Mona Ozouf

# Composition française

## Retour sur une enfance bretonne

Gallimard

Mona Ozouf est directeur de recherche au CNRS. Elle est l'auteur de nombreux ouvrages sur la Révolution française, la République et la littérature, notamment *La fête révolutionnaire* (1976), *Les mots des femmes* (1995), *Les aveux du roman* (2001), *Varennes* (2005) et *Composition française* (2009).

*Pour Anne et Piotr*

On ne doit jamais écrire que de ce qu'on aime. L'oubli et le silence sont la punition qu'on inflige à ce qu'on a trouvé laid et commun dans la promenade à travers la vie.

Renan,
préface aux *Souvenirs d'enfance et de jeunesse*.

*Avant-propos*

Quand je réfléchis à la manière dont les Français ont senti, pensé, exprimé leur appartenance collective, deux définitions antithétiques me viennent à l'esprit. Elles bornent le champ de toutes les définitions possibles de l'identité nationale. L'une, lapidaire et souveraine, « la France est la revanche de l'abstrait sur le concret », nous vient de Julien Benda. L'autre, précautionneuse et révérente, « la France est un vieux pays différencié », est signée d'Albert Thibaudet.

Rien de plus éloigné que ces deux conceptions de l'idée nationale. La France de Benda est un produit de la raison, non de l'histoire. Une nation politique et civique, faite de l'adhésion volontaire des hommes, surgie du contrat, bien moins héritée que construite. Une nation dont la simplicité puissante, obtenue par l'éradication des différences, unit toutes les communautés sous les plis du drapeau. La France est alors la diversité vaincue.

De l'autre côté, celui de Thibaudet, la France, ni civique ni politique, est faite de l'identité ethnique et culturelle des « pays », au sens ancien du terme, qui la composent ; fruit des sédimentations d'une très longue histoire ; concrète et non abstraite ; profuse et non pas simple; faite de l'épaisseur vivante de ses terroirs, de ses paysages, de ses villages, de ses langages, des mille façons de vivre et de mourir qui se sont inscrites dans la figure de l'Hexagone. La France, cette fois, c'est la diversité assumée.

Les deux définitions ont longtemps figuré les aiguilles d'une même horloge, étroitement solidaires donc. Elles ne coexistent pourtant pas sur un pied d'égalité. Dans les représentations que les Français se font de leur pays, la France une et indivisible de Benda l'a emporté sur l'autre. Au point que la simple mention d'une France divisible passe pour un mauvais propos, que Braudel stigmatise comme « dangereux ». Décrire la diversité française a longtemps été le moyen convenu d'équilibrer le vigoureux effort d'abstraction unitaire poursuivi au cours de l'histoire nationale. L'évoquer aujourd'hui paraît gros d'une menace de fragmentation ou même d'éclatement. Voilà pourquoi la France de Thibaudet se présente avec humilité devant la France de Benda. À la glorieuse légitimité du droit elle ne peut opposer que de modestes données de fait ; elle se sent plus ou moins en situation défensive ; elle sait que la nation politique, sûre d'elle-même et dominatrice, n'a jamais été amicale pour la nation culturelle ; et que celle-ci, pour l'essentiel, a perdu la bataille des symboles.

Cette nation culturelle, où cohabitent de fortes personnalités régionales, n'a cependant cessé de faire valoir ses droits à l'existence, de faire entendre sa voix marginale et d'exhiber son étrangeté. Emmanuel Berl, en rappelant que l'Alsace n'est pas devenue allemande, que l'occitan, le basque et le breton ont « résisté à des siècles de persécutions violentes ou larvées », fait remarquer que les sociétés modernes sont enclines à éradiquer les différences, tant elles y sont poussées par la logique de l'égalité ; mais une logique égarée, qui confond l'égalité avec la ressemblance, voire avec la similitude. Il conclut que la différence est trop profondément instillée dans la nature des hommes pour qu'on puisse prétendre l'en extirper ; à la France unitaire les vieux « pays » s'obstinent à rappeler qu'elle a sans doute vaincu, mais sans les réduire.

Après des siècles de nivellement monarchique et de simplification républicaine, la cause en effet n'est toujours pas entendue, et les rapports du centre et de la périphérie n'ont pas laissé d'être problématiques. La diversité française s'est refusée à l'indifférenciation. De cette résistance des particularités, la Bretagne est très tôt devenue l'exemple canonique ; le vieux duché de Bretagne du XVe siècle, qui était alors pourvu de toutes les herbes de la Saint-Jean nécessaires à la constitution d'une nation, la langue, le territoire et peut-être même le « pacte de tous les jours », ne s'est toujours pas mué, cinq siècles plus tard, en une division ordinaire de l'espace français. À cette banalisation la personnalité bretonne a opposé son obstination légendaire. Elle témoigne, plus que toute autre province, de la vie rebelle de l'esprit des lieux. Elle est l'emblème de la mauvaise grâce que la France de Thibaudet montre à la France de Benda.

Rien n'était plus familier à mon enfance que l'évocation de la résistance à ce qu'on nommait chez moi le jacobinisme de l'État français. Bretonne, cette enfance l'était superlativement ; moins encore par mon lieu de naissance que par la personnalité de mon père, militant de la langue bretonne, et par le legs d'émotions et d'idées qu'il m'avait laissé, rendu plus impérieux par

15

sa mort précoce. Un héritage qui devait être bientôt concurrencé par les leçons, non moins impérieuses, que dispensait l'école française. Si bien que la tension entre l'universel et le particulier, si caractéristique de notre vie nationale, j'ai dû la vivre et l'intérioriser, non sans trouble ni perplexités, encore aggravées par un troisième enseignement, celui de l'église.

Mes souvenirs me préservent ici du cliché selon lequel mes jeunes années en auraient été bercées. Rien n'était moins endormant, moins tranquillisant que les croyances déposées dans ma corbeille de baptême par trois fées qui ne s'aimaient guère, l'école, l'église et la maison.

## La scène primitive

« Va embrasser ton père » : avec cette phrase la peur fait irruption dans ma vie.

Je ne reconnais pas la voix qui la prononce, celle de ma mère pourtant, mais si changée. Je ne reconnais pas la pièce où j'entre, la chambre obscure d'un logement où nous venons tout juste d'emménager. Les femmes qui sont autour du lit me sont inconnues ; leurs sanglots m'accompagnent tandis que je vais de la porte au lit, où un jeune homme est étendu : je le connais bien, et pourtant lui non plus je ne le connais pas, avec sa joue si froide.

Personne ne prononce, et n'a à prononcer le mot mort : la glace de ce contact le fait entrer en moi. Avec lui, la mémoire : je n'ai jusqu'à cette scène que des images fugitives de mon père ; encore ne suis-je pas certaine qu'elles ne sortent pas de l'album de photographies, si souvent feuilleté ensuite, où on le voit debout, où il rit, où il me tient dans ses bras, sur fond d'un beau paysage d'hiver ; quelques semaines donc avant sa mort. Mais chaque fois qu'il revient dans mes souvenirs, je le vois allongé, immobile, dans le demi-jour de cette chambre inconnue : il est là, et en même temps pas là, passé derrière une porte invisible.

Je viens d'avoir quatre ans, et tout bascule à ce moment de la vie : car je ne reconnais pas non plus ma mère, entrée dans une dissidence muette. Je lui parle, elle n'a pas l'air d'entendre ; son regard me traverse ; je la suis partout, de pièce en pièce, de la maison à la cour, de la cour au jardin, sans trouver dans cette proximité le moindre secours : elle aussi s'en est allée, toute jeune, toute vive pourtant, dans un monde où je ne peux la rejoindre. Ma grand-mère se moque de moi, si peureuse, toujours agrippée à la jupe maternelle, suspendue à sa vie silencieuse ; un « *brennig* » sur son rocher, dit-elle : en breton, une patelle.

Les entours eux-mêmes vont brutalement changer. Ma mère ne supporte plus des lieux chargés d'une mémoire trop heureuse, ou trop tragique, comme ce logement dont mon père a assuré seul l'emménagement et où il a contracté la bronchopneumonie qui devait, en ces temps sans antibiotiques, l'emporter en quelques jours. Elle demande donc — elle est institutrice — son « changement ». Si bien qu'on me tire du lit à l'aube — j'ai le souvenir d'un matin très froid, on est pourtant au printemps —, on m'habille « en dimanche », ce qui veut dire que je troque mes sabots pour des souliers ; je dois accompagner ma mère qui va visiter son futur poste. On me dit que nous allons à Plouha, et vingt kilomètres seulement ont beau nous en séparer, pour moi il s'agit d'un grand voyage, puisque nous prenons le train, pour la première fois me semble-t-il : nous devons rendre visite à la directrice de l'école maternelle où ma mère sera adjointe avant d'en prendre elle-même, l'année suivante, la direction.

On m'a fait sentir la solennité de la rencontre,

encore imprimée dans ma mémoire : une salle à manger froide, des chaises raides, je m'y tiens aussi droite qu'il le faut ; et devant l'assiette de biscuits secs qu'on me tend, je lève un œil vers ma mère, qui fait un imperceptible signe d'acquiescement, puis fronce un sourcil pour obtenir de moi le « Merci, Madame » qui doit suivre, qui suit en effet. « En tout cas, elle est bien élevée », commente la dame. Je rêve aujourd'hui sur cet « en tout cas », qui tempérait si étrangement l'approbation. Sans doute était-ce la suspension du jugement sur la jeune veuve, trop coquettement habillée peut-être, un peu maquillée aussi puisque je me souviens, dans tout le noir qui l'enveloppe, du rouge de ses lèvres. Mais dans l'immédiat, j'avais obscurément perçu les réticences de l'accueil : je n'avais pas eu besoin du consentement implicite de ma mère pour refuser poliment le deuxième biscuit sec.

Glaciale, cette première rencontre avec ce qui devait être le décor de toute mon enfance : le « palais scolaire » de Plouha, un gros bourg du Goëlo, au sud de Paimpol. Transformé en collège d'enseignement secondaire, il a encore grand air aujourd'hui. À l'époque, il me paraissait gigantesque : une école maternelle, deux écoles primaires, filles d'un côté, garçons de l'autre, deux cours complémentaires réputés. Celui des garçons forme une nuée de candidats à l'école d'hydrographie de Paimpol, qui fournit à la marine marchande ses capitaines au long cours et ses officiers de cabotage. Et il y a encore un gymnase, un terrain de sport, des logements pour les instituteurs et, derrière les bâtiments des « garçons », un bout de jardin carré pour chacun, entouré de grillage. L'énorme paquebot scolaire est amarré, solitaire, à l'extrémité ouest du bourg, loin de l'église et des commerces. À lui seul, il dit que Plouha est un bourg « bleu », l'un de ceux où, dès 1904, la Ligue des Bleus de Bretagne avait pu s'implanter. Pourtant une croix de mission, un peu plus loin encore, donne le mot de la fin à la religion : les maristes de Saint-Brieuc avaient fait à Plouha, en 1922, une mission remarquée. Aujourd'hui, l'école publique paraît moins superbement isolée : une zone pavillonnaire l'a entourée et reliée au monde ordinaire, j'allais dire profane.

Quand nous y arrivons, ma mère et moi, l'imposant édifice, flambant neuf, affiche sa modernité, même si les logements des instituteurs sont dépourvus du moindre cabinet de toilette. Des fenêtres de la chambre de ma mère et de la salle à manger, on a vue sur le terrain vague, immense à mes yeux d'alors, qui sépare l'école du bourg. En contrebas se trouve la gare, aujourd'hui disparue : car depuis 1922 aussi, de « Plouha-embranchement », modeste halte sur la ligne Saint- Brieuc-Guingamp, part une nouvelle ligne qui rejoint Paimpol par la côte. « Plouha-ville », tel est le nom ambitieux de cette gare-joujou où s'arrête deux fois par jour un attendrissant petit train. Au-delà, on aperçoit les frondaisons du presbytère, bruissantes d'oiseaux, et plus loin encore, le clocher de l'église.

Mais on ne va jamais dans la salle à manger : nul ne songe à nous rendre visite. Le vrai cœur de la maison est à l'ouest, dans la chambre que j'occupe avec ma grand-mère, et surtout dans la cuisine où dès le matin la cuisinière rougeoie, où on mange, se lave, étale les journaux sur la table pour ne pas salir les cahiers, à l'heure des devoirs du soir; espace exigu où on se sent en sécurité, surtout quand la nuit tombe et qu'on allume les lampes. Les fenêtres, de ce côté-ci, donnent sur la cour de l'école maternelle. Quand nous la voyons pour la première fois, par ce printemps maussade, c'est un désert de béton. Ma mère aura tout de suite le projet de défricher, de semer, de planter, une œuvre qu'elle accomplira dans le scepticisme général : comment imaginer un jardin avec des bambins ? On lui prédit qu'ils cueilleront, piétineront, saccageront. Rien de tout cela n'aura lieu : elle fera l'éducation des yeux et la répression des mains, associera les enfants aux plantations, leur apprendra le nom des fleurs, il y aura le coin du muguet, celui de la benoîte et du buddleia bleu, et les pois de senteur géants grimperont chaque printemps à l'assaut des fenêtres.

C'est grâce aux fleurs aussi, aux commentaires qu'elles font naître, aux échanges qu'elles suscitent, que, les années passant, ma mère nouera quelques rares relations avec les gens du bourg, et que le monde s'entrouvrira un peu pour elle. Dans l'immédiat, le jardin de cette cour d'école l'aide à conjurer la désespérante vacuité des jeudis et des dimanches, où l'absence de mon père lui est encore moins tolérable.

À cet absent, tout concourt à donner une écrasante présence. Il est là, à la table carrée de la cuisine, dont ma mère, ma grand-mère et moi occupons trois côtés, et ma mère, à chaque repas, fixe la place vide. Il est là, sur le buffet, avec la photographie devant laquelle se règlent les menues incartades de mon enfance, censeur muet, d'autant plus éloquent. Il est là, et plus encore, dans la bibliothèque, avec, pieusement conservées, les livraisons du petit bulletin militant qu'il publiait à l'intention des instituteurs bretons. Il est surtout là dans les propos de ma mère, et dans sa légende de combattant de l'idée bretonne, née d'un itinéraire singulier, sur lequel je m'interroge toujours.

Jean Sohier, mon père, était né du côté de la Bretagne qui devait devenir pour lui le mauvais côté, celui où on ne parle pas breton. Haut-breton donc, fils d'un gendarme de Sel de Bretagne qui, devenu percepteur, avait été nommé à Pessac, puis à Lamballe. La petite ville possédait une École primaire supérieure, et c'est là que mon père entre en 1918 pour préparer le concours de l'École normale d'instituteurs. Famille bourgeoise, écrit Soaz Maria, qui lui a consacré un mémoire, seul essai biographique à l'heure qu'il est[1]. Ce n'est vrai que si on prend le mot de bourgeoisie dans son acception la plus modeste. De mes deux arrière-grands-pères en ligne paternelle, l'un était tisserand, l'autre boucher. Parmi les témoins présents à la naissance de ma grand-mère paternelle, on trouve aussi un oncle boucher, et une tante commerçante, la tante Octavie, un personnage dont on parlait avec révérence et dont j'ai encore, capables de traverser les siècles, les inusables draps brodés, avec leurs beaux monogrammes.

Si on remonte plus avant dans la lignée paternelle, on trouve toujours des tisserands, des cabaretiers, des bouchers, de petits propriétaires. Et m'est parvenu, de bien plus loin, l'inventaire après décès d'un certain Julien Sohier, mort en mars 1702, et qui témoigne d'une relative aisance : ce paysan tisserand possède treize journaux[2] de terres, des courtils

1. Soaz Maria, *Yann Sohier et* Ar Falz, *1901-1935*, Morlaix, Ar Falz, 1950.
2. Le « journal », mesure variable au gré des lieux, désigne la superficie qu'un homme peut labourer ou faucher en une journée.

où l'on cultive le chanvre, une maison composée de deux longères, des étables, des granges, un fournil, un cheval, six vaches, des veaux. Il a trois métiers à tisser,

et comme la formule des notaires ruraux pour évaluer les fortunes dans ces cantons de Bretagne intérieure était alors « tant en argent qu'en toiles », celui d'Allineuc fait l'inventaire minutieux des toiles écrues et des toiles blanches : pour celles-ci, il compte 316 aunes, ce qui, selon les spécialistes de l'industrie toilière, excède de beaucoup la moyenne des possessions chez les tisserands ruraux. Comme la somme totale de l'héritage, évaluée à 7 484 livres.

Sans doute faut-il tempérer ce constat. Lorsqu'une des filles de ce Julien Sohier, Perrine, avait, quelques années avant la mort de son père, épousé un certain Christophe Le Fur, elle apportait 700 livres en dot, mais le recteur d'Allineuc qualifiait le jeune couple de « pauvres gens vivant de leur travail », et employés du reste, en échange du vivre et du couvert, par les parents du jeune homme. Mais deux des frères de Perrine, eux, font commerce de toile, et la fille de l'un d'eux fait un beau mariage avec le neveu d'un opulent marchand. Dans ces cantons d'Uzel et d'Allineuc, l'industrie rurale de la toile, complément d'une agriculture pauvre, avait visiblement permis à la famille de mon père, et très tôt, un début d'ascension sociale. Famille de toute petite bourgeoisie donc, mais dotée de quelques moyens, surtout si on la compare à ma famille maternelle, où on chercherait en vain un propriétaire ; et relativement alphabétisée aussi, puisque, même en 1702, tous les hommes savent signer, certains avec d'ambitieux paraphes.

Cette petite aisance se voyait encore dans l'appartement de ma grand-mère paternelle à Lamballe, dans un des beaux immeubles XVIIe et XVIIIe, granit et ardoise, qui bordent la place centrale. Je n'y allais qu'une fois l'an, à la Toussaint, pour la visite au cimetière, mais c'était suffisant pour m'y faire respirer un air de raffinement inconnu de l'autre côté de la parentèle. Le bâtiment était délabré, les courants d'air s'y engouffraient, mais le volume et les proportions des pièces m'ont donné une première idée de ce que pouvait être l'aisance bourgeoise. Il y avait quelques gracieux meubles Louis-Philippe, un guéridon ovale qui portait un de ces vases à long col revenus à la mode, et dont retombaient mollement des glycines de papier mauve : ma mère considérait les fleurs artificielles avec une dérision silencieuse, mais à mes yeux c'était le comble de la délicatesse. Il y avait aussi, dans un charmant secrétaire, de jolies éditions, dont un Molière relié, que je lisais dans les longs après-midi retour du cimetière, en attendant l'heure du train, et dans l'ordre chronologique, si bien que j'ai lu *La Jalousie du barbouillé* bien avant *Le Misanthrope*. Et quand il arrivait qu'on sortît des verres pour quelque limonade, c'étaient de beaux verres de cristal, dont j'ai hérité.

Bien plus tard, en lisant Proust, j'apprendrai que dans son imagination, Lamballe était « le doux Lamballe, qui dans son blanc va du jaune coquille d'œuf au perle ». Mais Lamballe, pour moi, c'était tout autre chose, et rien de doux : la montée au cimetière, dans le grand remue-ménage roux et jaune des feuilles de la Toussaint, en longeant la collégiale dont à l'époque je ne voyais pas la beauté ; puis la station auprès de la tombe, le visage de pierre de ma mère et les mines compassées de la famille qui calcule le temps décent que doit, après le dépôt et l'arrosage du chrysanthème, durer cette méditation, mais n'ose l'interrompre de son propre mouvement. Enfin, le retour chez ma grand-mère, avec, seul moment un peu chaleureux de ces journées chagrines, la halte chez mes cousins, de l'autre côté de la place.

La famille, dit encore la biographe, était catholique. Mais qui ne l'était ? Et mon grand-père paternel était-il pieux ? Son fils le décrivait comme un homme calme, ennemi des conflits, et dans la dépendance de sa femme à qui, semble-t-il, il avait, comme si souvent, délégué, ou abandonné, le soin de la pratique. Ma grand-mère s'en acquittait avec exaltation. Elle avait une dévotion exhibée, théâtrale, gage pour elle de son appartenance à ce qu'elle appelait « le dessus du panier » de la paroisse. À chaque visite, il lui fallait reprendre, et il nous fallait écouter, les récits de sa participation éblouie au Rosaire perpétuel, avec tout ce que la bourgade comptait de « dames des châteaux ». Et je savais par ma mère — elle évoquait la scène avec horreur, et pour moi c'était l'épouvante — qu'au lit d'agonie de mon père elle avait tenté de lui faire embrasser le crucifix tandis qu'il se débattait. Elle était seule à porter la dévotion de la famille. Les cousins, pas plus que l'oncle et que la tante, ne manifestaient d'attachement à l'église, en dehors de la communion solennelle dont en Bretagne le plus anticlérical ne saurait se passer. Et il semble que le choix de l'école publique ait été pour mon père et son frère aîné, enfants de fonctionnaire il est vrai, une évidence indiscutée.

À demi pieuse donc, et à demi bourgeoise, la famille en revanche était pleinement francophone, avide d'acculturation française, sans aucun souci d'identité bretonne, à mille lieues des préoccupations et des émotions qui allaient naître chez le fils cadet — chimères, celles-ci, pour le conformisme du milieu. Jean avait été un adolescent timide, qui se pensait, ou se savait, mal aimé. Sa mère, disait-il, ne lui avait jamais manifesté de tendresse. Elle n'en montrait pas davantage à l'orpheline que j'étais, qu'elle congédiait une fois prestement donné le baiser de l'arrivée. Elle avait un jour laissé échapper qu'en attendant mon père, déjà pourvue d'un garçon, elle avait espéré une fille; « c'est donc ça », avait-il dit alors, pensant avoir découvert le secret d'une enfance un peu triste, avec comme seule éclaircie les séjours chez un oncle Louis et une tante Lucie, qui vieillissaient sans enfants dans l'odeur de savon, de pommes tapées et d'abricots secs de leur petite épicerie rurale, monde chaleureux et clos où il se sentait aimé. On l'asseyait, racontait-il, sur le gigantesque moulin à café qu'on tournait en lui faisant croire qu'il participait efficacement à l'opération. Il disait à ma mère n'avoir été heureux que là, et il semble avoir traversé l'École primaire supérieure de Lamballe, puis l'École normale d'instituteurs de Saint-Brieuc, comme des milieux aussi arides que celui de la famille.

Rien ne semblait donc prédisposer le jeune homme à s'affirmer « patriote breton », comme il l'écrit dans une de ses lettres. Comment l'inspiration lui en était-elle venue? Est-ce en lisant le *Barzaz Breiz*, comme l'affirment les articles publiés au moment de sa mort[1]? Ou parce que, comme le dit sa légende, il avait à l'école communale fondu en larmes à l'idée, humiliante quand on vient d'étudier le mont Blanc, que le plus haut sommet de la Bretagne culmine à

1. Ainsi dans le magazine *Breiz* du 7 avril 1935.

389 mètres ? Ou encore — telle était la version de ma mère — pour avoir croisé dans les rues de Tréguier de jeunes paysannes en costume — il n'est pas interdit de penser qu'elles étaient jolies —, parlant une langue inconnue qui lui avait semblé harmonieuse ? De tout cela, je ne sais ce qui est le plus vrai.

Ce qui est sûr, c'est qu'il avait fait ce choix en rébellion explicite avec son milieu familial. Mais aussi avec celui de l'École normale, où il était entré en 1918. Il ne parlait jamais de ce qu'il avait pu retenir de cet apprentissage : nulle mention d'une découverte, aucune évocation de professeur. Il y avait été un élève très moyen, dont on déplorait l'application incertaine, soupçonnait l'insolence, et auquel on ne concédait l'intelligence que pour déplorer le manque de sérieux, jusqu'à lui prédire régulièrement l'échec au Brevet supérieur. Visiblement il avait la tête ailleurs. De l'École normale, « foyer d'impérialisme français » à ses yeux, il avait détesté en bloc la pédagogie contraignante, l'étroitesse, le chauvinisme : tout cela résumé et incarné dans la personne du directeur, qui surveillait les visites du jeune homme, son courrier, ses sorties, faisait planer sur lui la menace du renvoi et lui témoignait une aversion opiniâtre, du reste amplement payée de retour. « La tyrannie est finie », c'est ainsi que mon père salue en 1921 sa sortie de l'École normale. « Pour toujours », exulte-t-il.

Ces années maussades avaient pourtant comporté leur éclaircie. Vivait alors à Saint-Brieuc un bénédictin de la langue bretonne, François Vallée, « *Tad ar Yez* » (« le père de la langue »), qui travaillait à l'œuvre monumentale du « Grand Dictionnaire français-breton ». Un personnage légendaire, qui publiait un journal, *Kroaz ar Vretoned* (La Croix des Bretons).

Chez lui se réunissaient les jeunes sympathisants du mouvement breton. On y célébrait les insurgés des Pâques dublinoises, et c'est là que s'était fondé, en 1919, le Groupe régionaliste breton. Je ne sais comment mon père était entré en contact avec Vallée, mais la perspective de prendre avec lui de « bonnes leçons de patriotisme et de breton » avait illuminé ses semaines normaliennes. Chez Vallée, il nouait des amitiés, faisait des rencontres, comme celle d'un inspecteur d'académie atypique, intéressé par le problème des langues minoritaires, François Launay, dont il avait gagné l'estime et la discrète protection. Et c'est là qu'il se rebaptise et devient Yann Sohier.

Qui était-il, au juste, ce très jeune homme qui milite dès la fondation dans les rangs du Groupe régionaliste breton, devenu en 1920 l'Union de la jeunesse de Bretagne ? En cherchant aujourd'hui à reconstituer son baluchon d'idées, d'émotions, d'aspirations et de croyances, j'ai conscience de poser le pied sur un terrain très mouvant. Non seulement parce que je crains de lui prêter ce que je souhaiterais qu'il eût pensé ; mais parce que voltigent autour de sa mémoire les légendes contradictoires, souvent intéressées.

L'une, nationaliste et droitière, lui fait l'honneur d'un exploit : avoir, pendant son service militaire, laissé tomber volontairement son fusil devant Poincaré, qui passait en 1923 le régiment en revue lors des fêtes du centenaire de Renan à Tréguier ; puis, l'acte accompli, d'avoir entonné, tout seul et contre une bruyante *Marseillaise*, le *Bro goz va Zadou*[1]. Si,

---

1. Le *Bro goz va Zadou* (Le vieux pays de nos pères) est l'hymne national breton.

comme il est de bonne méthode, on se reporte aux textes, et à ce qui est resté de sa correspondance, l'affaire est moins glorieuse. « Quant au chant du *Bro Goz*, écrit-il, je l'ai entendu, mais hélas de loin, le casque sur la tête et l'arme au pied. En revanche, j'ai eu « l'honneur » de présenter les armes à Poincaré ainsi qu'à la *Marseillaise*. » Autre action d'éclat, elle aussi maintes fois relatée : en 1932, à Vannes, il aurait bondi sur le marchepied de la voiture d'Édouard Herriot au cri de « Vive la Bretagne indépendante ! ». Même démenti, dans une de ses lettres : « J'ai bien été à Vannes le 7 août, mais comme je ne vous ai pas trouvés [vous, c'est-à-dire ses copains nationalistes], c'est donc avec cafard que j'ai erré dans les rues, où j'ai appris la grande nouvelle » (il s'agit du plasticage à Rennes du « monument de la honte », installé en 1911 dans une niche de la mairie, qui montrait Anne de Bretagne humblement agenouillée devant un roi de France prédateur, un événement dont a retenti toute mon enfance).

Pour camper, non plus à droite mais à gauche, l'autre légende est tout aussi chimérique. Morvan Lebesque, après avoir enrôlé mon père dans un Parti communiste dont il ne fut à la vérité qu'un compagnon de route, explique qu'à partir du moment où le PC met en veilleuse sa politique anticoloniale, après le Front populaire et les accords Laval-Staline, « Sohier s'enfonce dans la solitude et fonde *War Sao*[1] ». La solitude, il est vrai qu'il s'y est alors enfoncé. Mais c'est celle de la mort ; et en 1935, bien avant les événements égrenés par cet extravagant roman.

---

1. Morvan Lebesque, *Comment peut-on être breton ?*, Paris, Éd. du Seuil, 1970.

Les deux légendes, l'une et l'autre héroïques, l'une et l'autre fausses, prospèrent néanmoins sur deux réalités : d'une part, l'engagement du jeune homme dans le Parti national breton, avéré, puisqu'il y adhère en 1931, après avoir adhéré au Parti autonomiste dès 1918 ; d'autre part, son appartenance à la gauche, avérée elle aussi : car il était pacifiste, comme pouvaient l'être au sortir de la Grande Guerre les générations d'élèves des Écoles normales d'instituteurs, antimilitariste, fasciné par l'URSS pour une politique des minorités largement fantasmée et révulsé par l'injustice. Un socialiste nationaliste breton, espèce improbable, et j'ai encore dans l'oreille l'accent, mi-attendri, mi-scandalisé, avec lequel un vieil instituteur, au cours d'une conférence à l'École normale de Quimper, et tant d'années après, s'est écrié à mon adresse : « Ô, votre père, Madame, c'était un original ! »

Cette dualité, les commentateurs de son action l'ont accommodée à leur façon. L'interprétation la plus simple, la plus basse aussi, est de suggérer que les idées de gauche avaient été chez lui une simple pose, destinée à faire passer sous un pavillon flatteur, mais mensonger, parmi les instituteurs jacobins qu'il lui fallait convaincre, la marchandise de l'idée bretonne. Et cette posture aurait été le fruit de l'accord secret qu'il aurait passé avec les milieux catholiques nationalistes de Bretagne. Une imposture donc.

Ce double jeu, on l'a parfois exalté. Tel est le parti pris par les frères Caouissin, dans un article dont le titre dit tout : « Union sacrée et complicité bretonne »[1]. Pour mieux illustrer cette connivence, un dessin perfide montre l'abbé Perrot (avec devant lui *La Croix*,

---

1. Herri et Ronan Caouissin, *Dalc'homp sonj*, n° 5, 1983.

marque d'appartenance droitière, et *Breiz Atao*) lisant *Ar Falz*, le bulletin de mon père. Celui-ci, de l'autre côté de la page (avec devant lui *L'Humanité*, marque de gauche, cette fois et *Breiz Atao*), lit *Feiz ha Breiz* (Foi et Bretagne), la revue de l'abbé[1]. Chacun des compères fait à l'autre un clin d'œil canaille. Mais il arrive aussi que cette alliance clandestine suscite l'indignation ; c'est à elle que Françoise Morvan donne libre cours, dans un injuste et talentueux pamphlet[2]. Pour caractériser l'attitude de mon père, elle a cette élégante trouvaille : « un flottement institué » ; institué, c'est-à-dire volontaire, fruit d'une ambiguïté savamment entretenue. Également malveillantes, les deux versions se rejoignent pour conclure à une même pratique de la duplicité.

Quand il m'arrive de lire cette prose justicière, je me demande si leurs auteurs, à défaut de souvenirs personnels, ont la moindre connaissance de la gigue d'opinions et d'engagements qui donne à l'histoire intellectuelle des années 1930 son tempo affolé et frénétique. Les portes des partis politiques battent alors comme dans les westerns celles des saloons, laissant entrer, sortir, se raviser, des jeunes gens tantôt salués comme des héros, tantôt fustigés comme renégats : le nouveau zélote, fraîchement converti, croise en entrant le premier défroqué qui s'en va ; il y a ceux qui atermoient devant l'entrée, font un

---

1. L'abbé Jean-Marie Perrot, fondateur en 1905 de l'association catholique *Bleun Brug* (Fleur de bruyère), directeur de la revue *Feiz ha Breiz* (Foi et Bretagne), de 1919 à sa mort, fut assassiné en 1943 par la Résistance pour des sympathies nazies aujourd'hui controversées.
2. Françoise Morvan, *Nationalisme et dérive identitaire en Bretagne*, Arles, Actes Sud, 2002.

petit tour exploratoire puis tournent le dos; ceux qui étaient tièdes se réveillent enragés; le fervent se désenchante; le pacifiste mue en va-t-en-guerre; tel qui faisait le coup de poing avec les Camelots du roi s'inscrit au Parti communiste; tel qui haussait les épaules devant la révolution d'Octobre (vague crise ministérielle, disait Aragon) devient un dévot de l'URSS; les avant-gardes échangent leurs imprécations fiévreuses. L'ambiguïté du mot « révolution », qui couvre d'un manteau séduisant des pensées antagonistes, aide aux conversions les moins attendues.

Ainsi vont ces années, entre vestes retournées, engouements soudains, brouilles inexpiables, ruptures, excommunications, portes claquées, ferveurs errantes. Si dans ces temps déraisonnables on considère les intellectuels français, on n'a que l'embarras des têtes qui tournent au vent des événements : Gide, Nizan, Drieu, Aragon, Claude Roy. Il n'en allait pas autrement en Bretagne. Mais les commentateurs d'aujourd'hui, forts de l'assurance que leur donne le privilège de connaître la fin de l'histoire et convaincus qu'ils auraient su, eux, faire le choix pertinent, s'obstinent à ne pas comprendre que les êtres peuvent abriter en eux des pensées contradictoires et querelleuses et que leurs « flottements », pour reprendre à Françoise Morvan sa formule, pourraient être non pas allègrement « institués », mais douloureusement vécus. Dans l'étroit espace intellectuel de leur prétoire, ils semblent ne pas apercevoir non plus le rôle que jouent dans les engagements des hommes les liens de fidélité et d'amitié, les souvenirs de jeunesse que nul n'a envie d'insulter, les hasards, les coïncidences, les rencontres, les grains de sable qui font dériver les vies vers des rivages inattendus.

Que mon père ait été un de ces jeunes hommes divisés, mon enfance était largement inconsciente. Je vivais alors dans la célébration d'un homme habité par un volontarisme historique sans faiblesse. Aujourd'hui, je m'en fais une image plus humaine et plus contrastée. Il était cet alliage étrange : un athée ami des prêtres, un individualiste syndiqué, un libertaire admirateur de Lénine, un nostalgique sans tendresse pour les nostalgies.

À l'aube de son engagement, dans les années 1920, tout semble désigner le jeune pacifiste qui sort antimilitariste d'une guerre qu'il n'a pas eu l'âge de faire, et qui vient de se reconnaître breton, pour adhérer à l'idée fédéraliste : faire place à une Bretagne autonome dans une France fédérée est un projet qui le séduit. De fait, il s'en réclame explicitement : soucieux d'inscrire le combat breton dans un contexte mondial, il ne désespère pas, en 1928 encore, de marier le fédéralisme au sentiment national. Il songe en 1930 à créer un syndicat des instituteurs fédéralistes de Bretagne. On le voit se référer constamment au congrès de Châteaulin, où les autonomistes avaient solennellement affirmé n'être ni séparatistes, ni rétrogrades, ni antifrançais. Il n'aimait pas l'esprit de secte des nationalistes, et moins encore le décalque mimétique qu'ils faisaient de la politique française en épousant sa passion de l'unité et de l'indivisibilité. Mais quand en 1931 le Parti autonomiste breton éclate entre fédéralistes et nationalistes — scission confuse où les personnes comptent davantage que les idées —, ce sont, en dépit de ses affinités avec les premiers, les seconds qu'il choisit de rejoindre. Contre toute attente. Mais non, me rétorquerait ici Françoise Morvan, il suit au contraire la pente constante du mouvement breton, dont le racisme, à l'en croire, est le cœur.

Même si tel était le cas, je maintiens qu'il s'agit d'une embardée personnelle, très vite redressée. À ma connaissance, mon père ne s'en est jamais expliqué. Il me semble pourtant, avec l'aide des souvenirs de ma mère, en apercevoir quelques raisons. D'abord l'horreur des brouilles qui selon lui étaient la plaie d'un mouvement cancanier, nerveux, fertile en inimitiés : comme dans tous les groupuscules, on y usait beaucoup de temps à excommunier, exclure, compter les traîtres et les renégats, et il pouvait alors paraître raisonnable de rallier la majorité, supposée plus efficace et plus solide : tout, plutôt qu'aggraver les accrocs au « front unique de protestation contre l'impérialisme linguistique ». Ensuite, l'extrémisme de la jeunesse. Péguy a écrit qu'on ne pourrait jamais assez dénombrer les sottises que fait commettre aux Français la peur de ne pas paraître assez avancés, et je crois déceler chez le jeune Yann Sohier cette crainte de passer pour un tiède, comme cette obsession de la pureté qui, dans les mouvements révolutionnaires, a pour effet constant de multiplier le nombre des impurs et d'appeler les purges en cascade.

Ainsi s'explique l'intimidation fascinée que lui inspiraient les plus extrémistes de ses amis, et qui a laissé sa trace dans sa correspondance. Lorsqu'il avait quêté, pour une relance éventuelle de *Brug* (Bruyère), la revue socialiste d'Émile Masson, l'approbation du redoutable Mordrel, il confiait son appréhension, sa « terreur » même, écrit-il, de ne pas l'obtenir, ce qui arriva en effet : un tourment dont se souvenait ma mère, qui nourrissait une aversion décidée pour cet ayatollah du mouvement breton[1]. On voit mon père saisi du même vertige lorsqu'il examine le programme SAGA, conçu par Mordrel en 1933 sur le modèle des mouvements nazis[2]. Devant cette bouillie idéologique qui envisage l'exclusion des étrangers, singulièrement « ceux de race latine et de couleur », son premier mouvement est de dégoût. Puis on le voit s'évertuer à penser — à croire — qu'il pourrait peut-être en sortir un bien pour la Bretagne.

Ce sont des hésitations très fugitives. Car en janvier 1932, quelques mois après avoir donné la préférence aux nationalistes, non sans avoir pourtant souhaité la tenue d'une Constituante pour régler démocratiquement la question, on voit « *Yann ar skolaer* » (« Jean le maître d'école », un des pseudonymes de mon père) adresser à *Breiz da zont* (Bretagne à venir), le journal du Parti nationaliste intégral, une lettre furieuse. Il déclare n'avoir qu'« un seul souhait, la disparition de votre petit torchon », et il annonce aussi, « bonne nouvelle pour les émules d'Hitler, la parution prochaine d'un journal de défense bretonne et prolétarienne ».

Ce journal, c'est le sien. Il en rêve depuis longtemps, et c'est lui qui va fournir une boussole à une navigation jusque-là incertaine. Paraît, en janvier 1933, le premier numéro de ce qu'à la maison on appelle solennellement la « revue de ton père » : un très modeste bulletin. Je tiens aujourd'hui entre les

1. Olier Mordrel, directeur de la revue *Stur*, d'inspiration fasciste, exerçait alors sur le mouvement breton une autorité difficilement discutée.
2. SAGA, pour « *Strollad ar Gelted adsavet* » (Parti des Celtes régénérés).

mains cette vingtaine de numéros, échelonnés entre 1933 et 1935. Une faucille, inscrite dans un motif celtique, orne la première page et illustre le titre, *Ar Falz*, choisi pour sa couleur populaire et paysanne. Avec ses huit à seize pages, ses cent à deux cents abonnés, son faible tirage, le bulletin paraît assez insignifiant pour que les Renseignements généraux, qui le disent « rédigé par un instituteur communisant », le jugent bien peu inquiétant. Du moins était-il original par la cible visée, les instituteurs publics de Basse-Bretagne, et le but affiché : la défense de la langue bretonne. Mon père avait puisé chez Renan, qu'il lisait et annotait assidûment, l'idée que le génie d'un pays réside dans sa langue : vrai signe de l'activité créatrice de l'esprit, qui marie le sensible à l'intelligible. Il attendait ce miracle culturel, la résurrection d'une langue. Telle était aussi l'espérance de ses correspondants occitans ou gallois. Et il l'avait retrouvée chez Émile Masson, une de ses plus constantes admirations[1].

Comment avait-il connu cette œuvre véhémente et visionnaire, je ne l'ai jamais su. Mais l'homme lui inspirait une immense révérence ; il avait donc fait, vers 1920, ou 1921, le pèlerinage de Pontivy ; après la mort de Masson, il avait caressé le projet de faire revivre sa revue, d'abord sous son nom de *Brug* (Bruyère), puis sous celui de *Gwerin* (Peuple, ou plus exactement Plèbe) ; il avait alors écrit à sa veuve, dans l'intention d'obtenir des listes d'abonnés, voire des inédits. Il y avait en effet chez Masson de quoi le fasciner : le portrait des Bretons comme « un peuple

---

1. Ce socialiste libertaire, professeur au lycée de Pontivy, liait l'émancipation du prolétariat breton à une nouvelle politique linguistique.

d'insurgés, fils authentiques de pilleurs d'épaves, de brûleurs de manoirs, de réfractaires »; l'apostrophe aux pêcheurs et aux paysans pour qu'ils ne cèdent pas aux séductions de la ville; la représentation du militant comme arpenteur de chemins creux, colporteur assis au banc clos des fermes, répandant dans la langue natale la bonne nouvelle socialiste; peut-être aussi y trouvait-il un baume pour l'inconfort où pouvaient le plonger ses propres oscillations, car Masson professait que la vie n'étant pas à la merci des formules abstraites, « elle nous contraint à collaborer avec nos pires adversaires ». Enfin, et surtout, il reprenait à son compte l'identification du combat socialiste à la défense de la langue bretonne, langue de prolétaires. On comprend qu'il ait mis *Ar Falz*, dès le premier numéro, sous la bannière d'un hommage à Masson, une filiation qui sera constamment réaffirmée. Cette fidélité, j'en trouve encore des traces dans ses admirations, sur lesquelles je me suis souvent interrogée, car la bibliothèque n'en témoignait pas : celle, par exemple, au dire de ma mère, qu'il portait à George Eliot et à son *Daniel Deronda*, ou encore à Tolstoï. Tout ce que je devais bien plus tard, en lisant *Antée. Les Bretons et le socialisme*, retrouver au panthéon de Masson[1].

Ce qui donne à *Ar Falz* sa couleur propre, c'est l'appel angoissé pour la défense de la langue. Et c'est aussi ce qui fait la cohérence de ce jeune homme tiraillé entre des fidélités contradictoires. Le seul poème qu'il ait jamais écrit, en breton du moins, « *E tal ar groaz* » (« Devant la croix »), raconte que lors

---

1. Émile Masson, *Antée. Les Bretons et le socialisme*, Guingamp, Toullec et Geffroy, 1912.

du dernier hiver, au village de Kernevez, sept cercueils de sapin ont emporté sept vieilles femmes, les dernières à parler la langue des ancêtres; désormais, et sur cette chute crépusculaire, le poème se clôt, on n'entendra plus à Kernevez que « la langue de l'étranger ». La mélancolie colore toute cette entreprise de sauvetage de la langue, et donne à *Ar Falz*, souvent, un accent pathétique.

Disposer d'un journal était pour mon père un très vieux rêve. Il croyait aux pouvoirs de l'écrit. Il y avait en lui quelque chose d'un Jacques Thibault inondant de tracts les lignes ennemies. Ses velléités de faire revivre *Brug*, la revue de Masson, le montrent assez. Il reprenait à son compte le projet de répandre partout en Bretagne « les paroles émancipatrices des Reclus, Ibsen, Tolstoï, Proudhon, Renan, Kropotkine ». Telle est la liste de Masson, mais la sienne n'était pas très différente, même s'il y ajoutait Jaurès et Romain Rolland. Je ne sais s'il eût conclu avec Masson à l'« ardente sympathie » que ces écrits, répandus à la volée dans les campagnes bretonnes, devaient nécessairement susciter chez les paysans bretons. J'ai tendance à penser qu'il eût été moins optimiste, tant l'emplissaient d'amertume la diffusion décevante d'*Ar Falz*, les soucis d'argent, le pénible recrutement des abonnés, la compréhension vite fatiguée des amis, l'hostilité toujours vivace des ennemis. Dès ses premiers pas militants, lorsqu'à la caserne il tentait de répandre les idées de *Breiz Atao*, il avait pu, tristement lucide, constater que les plus réticents des soldats étaient souvent les bretonnants eux-mêmes.

La rencontre, à travers *Ar Falz*, avec le terrain ingrat de l'action quotidienne avait eu comme premier effet de corriger chez lui l'extrémisme pédagogique.

Sans doute continuait-il de rêver à un enseignement donné tout entier en breton, et à se méfier de ce qu'il appelait bilinguisme, c'est-à-dire l'usage des deux langues à des fins de comparaison. Mais il convenait qu'il faudrait maintenir le français, en attendant l'ère problématique d'une langue internationale — la perspective de l'espéranto luit souvent à l'horizon de ses écrits. Il se limitait à demander des choses « possibles », même si, dans le contexte, elles étaient encore impossibles : un jour de breton par semaine; ou, au moins, une heure ou deux; ou, au moins, la possibilité d'enseigner le breton, le jeudi, dans les locaux scolaires, mais en dehors des programmes officiels. Le bulletin met ainsi progressivement de l'eau dans le vin rouge de ses convictions, et on voit même mon père, dans une controverse avec un certain Penru, dans *Le Populaire de Nantes*, abandonner une des revendications phares d'*Ar Falz*, l'obligation de passer un examen de breton pour les concours administratifs en Basse-Bretagne.

Il n'est pas douteux non plus qu'à partir du moment où il a son bulletin à lui, sa religion politique s'affirme, ses hésitations s'apaisent. Est-ce seulement, comme on l'a suggéré, la contrainte du milieu où il devait exercer son action? Je n'en suis pas convaincue, car s'il s'était agi seulement pour lui d'user des arguments les plus aptes à emporter l'adhésion d'instituteurs en majorité radicaux ou socialistes, était-il vraiment pertinent d'afficher aussi clairement un drapeau de gauche extrême? Là-dessus vient buter la thèse du double jeu, ou du « flottement institué » de Françoise Morvan. Il avait très volontairement, comme il le rappelle dans sa controverse du *Populaire de Nantes*, baptisé son bulletin « La Faucille ».

Tout aussi volontairement, entre autres pseudonymes — une pseudonymie inséparable du combat militant, et destinée à donner le sentiment qu'*Ar Falz*, pour l'essentiel œuvre d'un seul homme, était celle d'une équipe —, il signait des noms éloquents de « *Fanch Divadou* » (François sans biens), ou « *Yann ar Ruz* » (Jean le Rouge).

Durant les deux années de sa publication, le bulletin continue, dans un joyeux désordre, à traiter pêle-mêle de la fête du printemps en Tchouvachie, des écoles itinérantes des paysans gallois, du théâtre flamand, à donner des nouvelles des instituteurs alsaciens, des catalans et des basques. Mais il accorde de plus en plus de place aux peuples opprimés — Algérie, Tunisie, Maroc, Indochine, Madagascar —, appelle à soutenir la ligue contre l'impérialisme et l'oppression coloniale. Les mois passant, le ton devient de plus en plus vigoureux : « Méfiez-vous des promesses vaguement régionalistes des fascistes qui rêvent d'un nouveau coup d'État », et une angoisse croissante habite les pages. Le fascisme, prophétise *Ar Falz*, c'est avant dix ans la guerre inévitable. Au point que malgré son horreur des inimitiés qui déchirent le mouvement breton et sa réticence à y contribuer, le journal dit leur fait aux « énervés » de *Breiz da zont*, dont le « torchon jésuitique et fasciste » montre assez ce qu'ils sont : de « petits papistes anti-juifs »[1]. Papisme, antisémitisme, deux tares conjuguées. L'analogie entre le peuple juif et le peuple breton, l'un et l'autre « flagellés des iniquités », il l'avait trouvée une fois encore chez Masson, et épousée.

1. *Breiz da zont* (Bretagne future) était l'organe des nationalistes bretons catholiques.

La cause est-elle entendue, et faut-il, comme le fait généreusement sa biographe, conclure « qu'il était hors d'atteinte des tentations qui gagnèrent certains membres du parti nationaliste » ? Hors d'atteinte, qui le sait et peut le dire à sa place ? Après tout, certains de ses amis, militants de gauche comme lui, se sont laissé séduire : les facilités ouvertes à la pratique et à l'enseignement du breton par l'occupation allemande les ont conduits à céder à la possibilité miraculeuse, si longtemps convoitée, de faire à Radio-Rennes des émissions en breton. Qu'aurait fait ton père ? Cette question, anxieusement posée par ma mère, a accompagné comme une basse continue mon enfance et mon adolescence. Ma mère la laissait ouverte. Comme d'autres ont cru pouvoir la fermer, et de la manière la plus détestable, en suggérant qu'il aurait abandonné ses convictions de gauche dès lors qu'elles devenaient stratégiquement inutiles, je n'aurais garde de la fermer à mon tour au gré de mes propres souhaits, peu soucieuse de prolonger la ligne d'une vie que la mort trancha si tôt.

Je peux seulement ajouter, et ceci, les commentateurs n'ont pu l'apercevoir, que l'inquiétude chez lui n'était pas seulement politique, mais existentielle. La survie de la langue bretonne, qui était son obsession, avait selon lui tenu seulement à une maille filée dans le tricot jacobin de la législation scolaire, un oubli de Jules Ferry, qui n'avait songé à imposer l'obligation qu'à partir de six ans. Jusqu'à six ans donc, les petits Bretons avaient pu rester dans le giron de la langue maternelle. Si bien que le danger le plus sournois et le plus efficace qui menaçait le breton dans ces années 1930 était à ses yeux tapi dans la multiplication des écoles maternelles et plus encore dans leur succès :

« L'école maternelle, avec sa jeune maîtresse, ses jeux, ses chants, sa cantine scolaire, son petit théâtre enfantin, sa gaieté, aura vite fait d'accomplir cette chose effroyable [...] l'assimilation sournoise, mais plus implacable, plus dangereuse et plus terrible que le port du sabot fendu, le "symbole" de nos pères. »

Quand je lis ce texte, je me frotte les yeux. Car c'est le portrait de ma mère qu'il fait ainsi. Je reconnais la manière fervente qu'elle avait de faire son métier, son engagement dans une pédagogie moderne et vivante. La vie militante empêchait probablement mon père de se donner aussi pleinement à son enseignement, mais il partageait cet enthousiasme. Tous deux avaient correspondu avec Célestin Freinet, qu'ils admiraient pour sa sensibilité libertaire, son invention pédagogique, peut-être aussi ses démêlés avec l'Éducation nationale. Je rêve à cette source de tourment pour mon père, plus profonde peut-être encore que l'autre : le travail que sa femme faisait avec tant d'entrain, était-ce vraiment une manière, en accélérant la francisation de la Bretagne, de rendre son œuvre à lui plus problématique encore ? Je me demande aujourd'hui comment ma mère réagissait à ce soupçon, qui devait faire passer une ombre sur leur vie.

Elle et lui s'étaient rencontrés de la manière la plus convenue : à une conférence pédagogique — sur l'enseignement du calcul, se souvenait-elle. Là se nouaient traditionnellement les idylles et se décidaient les mariages des instituteurs. J'ai pu très tôt imaginer la scène et ses entours : le roman de Pierre Omnès, *La Meule*, qu'*Ar Falz* avait édité comme emblématique de l'esprit « bonnet rouge » du bulletin, figurait en bonne place dans la bibliothèque de la maison ; il s'ouvrait sur une rencontre entre un instituteur rebelle et une jeune collègue qui chantait en breton. C'était presque l'histoire de mes parents : mon père, ce jour d'octobre 1928, assis au banquet de la conférence à côté de la jeune personne qu'il avait repérée comme la plus séduisante, écoutait ceux et celles qui, se sachant ou se croyant une belle voix, chantaient au dessert. Après une *Fleur de blé noir* très applaudie, il s'était penché sur sa jolie voisine : « Et vous, Mademoiselle, aimez-vous Botrel ? »

Botrel, chouan bêta, était alors dans le mouvement breton l'objet d'une aversion bien partagée. Camille Le Mercier d'Erm l'avait durement stigmatisé. Mais ma mère n'avait jamais lu ses charges furieuses contre les « botrelleries », et je ne sais ce qui lui avait soufflé une réponse négative. Peut-être un goût formé au contact des grandes littératures, anglaise et russe, initiation inattendue dans ce milieu, cadeau d'un rayonnant professeur de français à l'École normale, Renée Guilloux, la femme de Louis ? Ou, plus simplement, intuition qu'il s'agissait d'un piège tendu par le jeune homme qu'elle trouvait à son goût ? Le non de ma mère, me racontera-t-elle plus tard, avait en tout cas décidé du choix paternel.

J'espère toujours obscurément que mon existence n'a pas seulement tenu à cette allergie à Botrel. Mais d'après ses lettres, il est clair que mon père envisageait le mariage de manière très volontariste : il cherchait une femme qui puisse comprendre et partager son combat. Et miracle, la jeune réfractaire à Botrel, assise à ses côtés, devait se révéler une bretonnante, une finistérienne née à Lannilis, à l'ouest extrême de la péninsule : impossible d'être plus breton. Avec ma mère, mon père épousait donc, en bloc, la Basse-Bretagne, la langue, une famille paysanne, indemne de toute contamination par la bourgeoisie française, une belle-mère en coiffe du Léon. Bref, le « côté de Lannilis », en tournant le dos à son propre « côté », celui de Lamballe.

De ce choix témoigne le rêve de rejoindre cette géographie de l'extrême, en demandant chaque année la mutation du couple dans le Finistère : refusée, celle-ci, par l'inspecteur d'Académie du Finistère, au motif que « ces maîtres seraient des autonomistes militants ». De ce choix, il existe pour moi une traduction visuelle, dans la photographie des noces de mes parents : à l'écart de l'assemblée, visiblement étrangère à la réjouissance commune, ma grand-mère paternelle, élégante et impérieuse sous son chapeau du bon faiseur, affiche une assurance accordée à la haute opinion qu'elle se fait d'elle-même. Au centre, ma grand-mère maternelle, épanouie sous sa coiffe et dans un costume qui est celui de tous les jours, même si c'est, pour l'occasion, sa plus belle jupe et son châle le plus neuf, sourit paisiblement : elle sait qu'elle est au cœur de la fête. Le choix de mon père pour le « côté » de sa femme — sa mort va le rendre plus définitif encore — sera nécessairement le mien : tout au long de l'enfance et de l'adolescence, pour moi aussi il n'y aura qu'un « côté ».

La jeune fille que mon père remarque, second miracle, qui parle breton mais n'a jamais entendu parler d'identité bretonne, va embrasser sa cause et épouser sans hésitation l'aridité de la vie militante. Accepter qu'un salaire sur deux soit entièrement consacré à la confection et à la diffusion d'*Ar Falz*; participer aux campagnes d'abonnement et d'affichage; écrire à l'occasion un article; entretenir les échanges avec les correspondants gallois, catalans, félibres ; vivre dans la réprobation, et parfois sous la menace : « Je vous enverrai faire l'école à Madagascar », avait dit à mon père, lors d'une réunion publique, le sénateur de Kerguézec ; anticiper les perquisitions de la police et cacher au grenier, dans une malle, sous les châles brodés de mariage, le drapeau noir et blanc que dans son jeune temps insouciant et provocateur mon père arborait à la fenêtre les jours de 14-Juillet. Une existence difficile, inquiète, mais exaltante aussi, captivante, toute branchée qu'elle était sur la vie publique et la rumeur du monde.

Mais lorsque ma mère s'installe à Plouha, après la visite du « nouveau poste », ce qui animait les journées s'éteint d'un coup. Très rares parmi les vieux amis sont ceux qui ont gardé le souvenir de la jeune veuve : son chagrin sauvage doit, il est vrai, en décourager plus d'un. Là-dessus renchérissent encore les règles du métier. « Être bien avec tout le monde, n'être très bien avec personne », telle était la consigne explicite donnée aux instituteurs, et plus encore aux institutrices, cibles désignées des malveillances villageoises. Commence alors une vie recluse. « Je me sens effroyablement seule », écrit ma mère dans une des rares lettres que j'ai retrouvées. L'effroi, je viens moi aussi de faire sa connaissance. Il ne va pas me lâcher de sitôt, avec l'angoisse diffuse, informulée, de ne pas être « ce que ton père aurait voulu ». Il comporte pourtant son remède, dans la personne de ma grand-mère.

## La Bretagne incarnée

Elle est le plus souvent debout, entre l'évier et le fourneau de la cuisine, la louche du café à la main, ajoutant ou ôtant une rondelle de fonte au gré des plats qu'elle prépare, tournant la pâte à crêpes, raclant du chocolat sur les tartines du « quatre heures », baignée dans la lumière d'ouest qui vient de la fenêtre. Je l'ai si souvent dessinée que l'image est nette : elle se tient aussi droite que l'arthrose le lui permet, enveloppée dans d'immuables jupes noires et jamais sans sa coiffe. L'attacher est son premier geste du matin, bien avant l'éveil de la maisonnée : quelle honte, si le facteur venait à la surprendre « en cheveux » ! Je ne la verrai ainsi que sur son lit d'agonisante. Son souci constant est la dignité — nul ne songerait du reste à la lui contester. Sa règle morale essentielle est de ne jamais se mettre dans une situation telle qu'on puisse en avoir honte. « *Gand ar vez* », « avec la honte », est l'expression qui pour elle englobe tout ce qu'il est inconvenant de faire et même de penser. Elle est la reine de la maison, pleinement consciente de sa souveraineté ; convaincue que si on n'a pas grand-chose à opposer au malheur, du moins l'honneur des femmes est d'adoucir la vie avec des gestes simples, proposer le réconfort d'une tranche de « pastéchou » ou d'une tasse de café. « Du café vous aurez ? », c'est la phrase rituelle quand survient une visite, et la cafetière émaillée à fleurs ne quitte pas le coin de la cuisinière.

Telle est la figure tutélaire de mon enfance, qui nourrit, soigne, console, rassure : l'image même de la sécurité, pour moi que la peur domine désormais, dans le monde glaçant où nous avons été jetées ma mère et moi. Auprès du lit d'un jeune mort, j'ai appris que tout ce qui bouge peut devenir immobile : grand-mère, maman, le chat Bilzig. Depuis, j'ai tout le temps peur : peur de mal faire, ou pas assez bien ; peur, si longtemps paralysante, d'ajouter au chagrin de ma mère ; peur pour elle quand, vers mes sept ans, elle part se faire opérer, et que je lis dans ses yeux sa peur de me laisser ; peur quand vient à dates fixes le « monsieur de l'assurance-vie » — on m'a dit qu'en cas de malheur il doit au moins me permettre de « faire des études » —; tellement peur que je parcours cent fois en imagination les peurs dont je peux m'exempter : le tremblement de terre, puisqu'on m'apprend en classe que la Bretagne n'en est pas menacée ; la prison, puisqu'il est avéré que nous sommes d'honnêtes gens ; la guerre, parce qu'à six, à sept ans, je suis convaincue que les femmes n'y vont pas. Et peur toujours dès que vient la nuit. Des monstres griffus montent alors du plancher, et je demande à ma grand-mère si je peux la rejoindre dans son lit, sous le gros édredon grenat qui laisse échapper ses plumes ; il y a là un moment terrifiant, où le cœur bat, pendant que je grimpe de mon lit vers le sien, auquel il est accoté. Mais une fois l'enjambée faite, et nul loup ne m'ayant happé le mollet, blottie tout contre elle et dans sa chaleur, plus rien ne peut m'arriver.

Ma grand-mère, elle-même veuve depuis deux ans, était aussitôt venue s'installer chez nous après la mort de mon père, pour réconforter, aider, régenter aussi la jeune veuve. Qui avait pris cette décision ? Personne, ça se faisait, c'est tout. La Bretagne de cette époque ne voyait pas d'un très bon œil les remariages, ma mère avait vingt-neuf ans, elle était jolie, elle avait été gaie, ma grand-mère pouvait redouter quelque rencontre qui troublerait l'ordre des jours et menacerait sa régence. Sa présence était un gage de dignité et de décence : elle se voyait auprès de la jeune femme comme la « *karabasen* », la vieille bonne du curé, au presbytère. Ma mère, du reste, n'avait fait aucune objection à cette installation, qui la délivrait des soucis du quotidien, sans comprendre tout de suite à quelle vie quasi claustrale cette présence sourcilleuse allait la condamner. Quant à ma grand-mère, elle trouvait tout naturel de revivre avec sa fille l'existence qu'elle avait elle-même menée, où les hommes étaient loin, en mer ou dans la mort.

Elle avait grandi, appris à vivre et à survivre dans un monde fait de peu. Ses parents, métayers du comte de Blois, avaient dû plusieurs fois changer de résidence au début de leur mariage : les actes de naissance des quatre aînés mentionnent des demeures diverses, quoique dans un territoire fort exigu. Ils avaient ensuite trouvé un peu de stabilité dans une ferme toute proche du domaine de Kerascouet, entre le pigeonnier et le manoir, qu'on apercevait dans l'épais du bois. Puis ce fut, pour la naissance des deux derniers enfants, la ferme de Kernevez ; une pauvre ferme, dont la tristesse frappait ma mère quand, petite fille, elle rendait visite à ses grands-parents : pièce unique, allée de terre battue entre les lits clos, chétive fenêtre à laquelle la table rectangulaire s'appuyait par son bout étroit, à demi masquée de surcroît par une mauve arborescente — ma mère était toujours précise dans son évocation des plantes — qui achevait d'assombrir la scène, même au fort de l'été.

Le comte, « *an Aotrou* », le monsieur, le maître, était un homme puissant, respecté, dont on parlait, selon ma grand-mère, avec un mélange de soumission, de peur, de considération. Ce Louis de Blois s'était vu léguer en 1876 le château de Kerascouet, qui appartenait à la famille de sa femme. Il était d'emblée devenu le personnage influent de la commune de Coat-Méal, dont il avait été élu maire en 1878. En 1880, l'événement de l'année à Coat-Méal — ma grand-mère a alors huit ans — est l'acquisition d'une nouvelle cloche pour l'église, baptisée Louise-Marie par le curé de Lannilis : le parrain, bien sûr, c'est le comte. Avant de s'installer à Kerascouet, il avait été magistrat, procureur de la République à Chateaubriant. Les paysans illettrés, que le moindre papier administratif, écrit évidemment en français, plonge dans la perplexité et la crainte, doivent nécessairement avoir recours à ses lumières. Ma grand-mère parlait des jours où il recevait : elle voyait encore la file de carrioles venues de Plouguerneau, Guissény ou Kerlouan, rangées près de la maison des gardes. Le maître usait d'un jargon mi-breton, mi-français, et se faisait comprendre tant bien que mal : il passait pour habile à démêler l'écheveau des affaires les plus épineuses.

Claude Bizien, le père de ma grand-mère — pour tout le monde, il était « Glaoda » —, participait de la terreur respectueuse inspirée par « *an Aotrou* ». Parfois, il était convoqué au château pour quelque

50

semonce : en principe, il devait au comte de Blois, son bailleur, la moitié de sa production. Mais cette moitié était difficile à évaluer, et il semblait que le rendement de la ferme ne fût jamais tout à fait satisfaisant au gré du châtelain. Glaoda, lui, n'était jamais tout à fait sûr non plus d'avoir assez de beurre et de lait pour le château ; il redoutait de voir arriver Amélie, la servante chargée de la collecte, et les enfants, du plus loin qu'ils l'apercevaient dans le chemin creux, prévenaient leur mère : « *Mamm, Amelie zo en hent !* » (« Mère, Amélie est en route ! »). La mère soupirait : « *Va Doue, bugalez ker !* » (« Mon Dieu, mes pauvres enfants ! ») et annonçait qu'il faudrait se passer de beurre pour la bouillie du soir. Quand, plus tard, les enfants Bizien se réunissaient, ils trouvaient dans une collection d'anecdotes sarcastiques récoltées sur le comte et ses travers de quoi prendre leur revanche sur ces bouillies austères.

Là ne se bornaient pas les échanges entre la maison et le château. Le comte avait accepté d'être témoin à la naissance du sixième des enfants, auquel on avait bien sûr donné son prénom, Louis. La fragile comtesse peinait à nourrir son nouveau-né, et Corentine, la femme de Glaoda, mon arrière grand-mère, était alors requise pour allaiter l'enfant avec celui qu'elle avait toujours à la mamelle. Elle-même n'avait rien d'une plantureuse nourrice, mais comment refuser ? Du reste, si elle craignait le comte, elle avait pour l'épouse une sorte de tendresse, où jouait la solidarité féminine. Quant aux deux filles aînées, Marie-Anne et Marie-Scholastique (celle-ci était ma grand-mère), elles étaient parfois priées de servir à la table des maîtres, surtout l'aînée, devenue très belle en grandissant, et que les convives du comte avaient maintes fois remarquée. L'idée était donc venue au château de destiner cette beauté au couvent, afin qu'elle s'instruise, sans doute, mais aussi, disait ma grand-mère, un éclair de malice dans l'œil, afin qu'elle prie pour le salut de la famille de Blois : la jolie Marie-Anne devint donc sœur Agathe, de l'ordre des Franciscaines, quitta la Bretagne pour Le Havre où, la belle voix des Bizien aidant, elle finit par diriger une chorale ; perdue dès lors pour la famille qu'elle ne devait, à ma connaissance, jamais plus revoir, mais qui parlait avec révérence de la « tante sœur ». Apparemment, dans toute cette affaire, elle n'avait pas eu son mot à dire, pas plus que la mère et le père. Celui-ci pourtant, « *An Tad* », « Le Père », était aussi maître chez lui qu'« *an Aotrou* » en son château.

Ce Glaoda respecté était un taiseux. Il lui arrivait parfois de s'égayer quand l'achat ou la vente d'une bête le contraignait à aller à la foire de Lannilis. La sœur aînée de sa femme y tenait un café de village où elle faisait un fricot apprécié, et cette « tante Bléas », conscience morale de la famille, avait à cœur de bien traiter le beau-frère. Il avait droit à cette chose rare, un verre de vin. Dans cette nombreuse famille, on faisait à chaque naissance la folie d'acheter un litre de vin. Emballé dans un torchon, posé avec un verre dans le panier noir à anses et confié aux deux grandes sœurs, le précieux litre faisait le tour des fermes proches et chaque maître de maison était invité à célébrer la bonne nouvelle (en était-ce une encore, à la neuvième, à la dixième naissance ?). Le père, lui, n'y avait pas droit, et c'est pourquoi le verre de vin de la tante, augmenté peut-être d'un « dernier pour la route », avait le don de mettre en fête le cœur de Glaoda sur le chemin du retour. Glorieux lui aussi de sa belle voix, il chantait à tue-tête, fouettait le cheval, la carriole menait grand train sur la route empierrée, la voix sonore emplissait les champs. À Kernevez, Corentine, qui n'aimait pas voir son homme sur les chemins les jours de foire — n'était-il pas allé, un de ces jours de liesse et d'égarement, jusqu'à « monter sur les manèges », honte inexpiable dont la parentèle n'avait pas fini de parler? —, collait l'oreille au chambranle de la grande cheminée. « Au lit, les enfants, disait-elle, votre père arrive. »

Ils étaient douze, les enfants, selon la généalogie établie avec passion et patience par un de mes cousins (ma grand-mère disait treize, écart qui signale sans doute quelque fausse couche) : six filles, six garçons, nés entre 1870, pour l'aînée, et 1893, pour le plus jeune, ce qui donne à méditer sur les fatigues de la frêle Corentine, qui avait épousé Glaoda en 1869. Elle s'était mariée à vingt et un ans, fort jeune donc en un temps où l'âge tardif des filles au mariage, en milieu rural, et particulièrement dans l'Ouest, tenait lieu de mesure contraceptive. Les naissances ensuite s'étaient échelonnées tous les deux ans — c'était l'intervalle intergénésique moyen dans la France du Nord — avec une extraordinaire régularité. Février 1870, 1872, 1874, juillet 1876 pour les quatre aînées, quatre filles. Puis vient un intervalle encore plus court, malgré l'allaitement, qui retardait habituellement les nouvelles conceptions : août 1877 pour le cinquième enfant, le garçon espéré. L'espacement des naissances redevient ensuite régulier, juillet 1879, août 1881, août 1883, octobre 1885, octobre 1887 pour les cinq suivants. Les deux dernières naissances enfin, la fertilité baissant, sont espacées de trois ans. En 1893, la vie féconde prend fin pour Corentine, qui aurait pu, comme Marie

Leczinska, et comme elle pourtant pieuse, soupirer : « toujours coucher, toujours grosse, toujours accoucher ».

Parmi toute cette marmaille, aucun enfant mort en bas âge. Les petits Bizien étaient « *tud kaled* », comme le voulait la réputation des Léonards, des durs, des costauds, en dépit, ou à cause, d'un régime sans douceur. La bouillie d'avoine, cuite sur le feu d'ajoncs — le bois était rare dans ce pays sans arbres —, était, racontait ma grand-mère, posée à même le sol dans son chaudron au pied de la cheminée et les marmots s'y précipitaient : les index — en breton, le « *biz-yod* » est littéralement le « doigt de la bouillie » — faisaient office de cuillers, on jouait furieusement des coudes : une portée de petits cochons autour de la mangeoire, ironisait ma grand-mère ; elle avait encore dans l'oreille les récriminations de ses frères, celles de Stanislas surtout, le plus jeune, le « *bidourig* », le chouchou. « *Mamm, grit d'ar merc'hed kloza ho bleo* » (« Mère, obligez les filles à cacher leurs cheveux ») : il s'échappait toujours quelques mèches des bonnets trois pièces attachés sous le menton, et de longs cheveux tombaient dans la bouillie.

Vie rude, avare en éclaircies, repliée sur un territoire exigu. Pour se marier on allait au plus près, à la limite du degré de parenté prohibé. Les lieux de naissance et de mariage de la famille s'inscrivent dans un cercle de dix kilomètres de diamètre, et il en allait ainsi depuis la nuit des temps : mon cousin a pu remonter la lignée familiale jusqu'en 1650, et c'est toujours pour retrouver les mêmes noms de paroisses : Plouguin, Ploudamézeau, Saint-Pabu, Lannilis, Landéda, le pays des Abers, le même étroit terroir léonard. La guerre devait se charger d'ouvrir tragiquement cet espace et d'apprendre à la famille que le monde existait au-delà du canton : trois fois Corentine et Glaoda allaient voir le maire, ceint de son écharpe tricolore, descendre le chemin creux, porteur d'une terrible nouvelle : la première fois, ce fut pour Auguste, mort en avril 1915 à Vitry-le-François ; puis, les larmes à peine séchées, pour Jacques, qu'une bombe emporte en juin au bois Saint-Mard (j'ai sous les yeux la lettre que le vicaire de Plounéour-Lanvern, brancardier, adresse au recteur : la bombe qui a tué brutalement Jacques est du type qui laisse tout juste, commente-t-il, le temps de faire son acte de contrition, de quoi peut-être consoler les parents, à qui il tient à faire savoir aussi que la tombe est entretenue « avec un soin jaloux », que les camarades vont même y porter des bouquets, et qu'on y plantera une croix). Un an plus tard, en septembre 1916, ce fut le tour du « *bidourig* », qui servait sur la canonnière *Ardente* comme marin de l'État, et que ses vingt-trois ans et ses boucles blondes n'avaient pas suffi à protéger. Le sixième enfant, Louis, avait eu la « chance » d'avoir trois doigts emportés en 1915 en Argonne.

D'après les récits de ma mère et de ma grand-mère, il y avait eu pourtant, dans cette vie dévastée par la guerre — car la sixième fille, Jeannie, la seule à ne pas porter le prénom de Marie, devait mourir aussi en 1919, laissant une petite fille que ma grand-mère éleva —, le réconfort de la tendresse réciproque. La dernière image que ma mère avait gardée de ses grands-parents était toute de sérénité : ils avaient alors quitté Kernevez pour une maisonnette plus sommaire encore, mais qui les rapprochait de leur fils Gabriel, le berger, et elle les avait rencontrés dans une sente tiède, un bel après-midi de septembre ; ils se tenaient par la main — Glaoda était devenu aveugle — et Corentine s'était munie d'un pot à lait et d'un croc pour la cueillette des mûres. C'est pour lui faire de la confiture, disait-elle. Elle allait mourir l'année suivante, et son vieux compagnon ne lui survivre que l'espace de deux mois.

On conçoit qu'avec cette ribambelle de marmots, et une fois Marie-Anne partie pour le couvent, mes arrière-grands-parents n'aient jamais songé pour ma grand-mère, la seconde des filles, à un autre destin que celui d'aider à la ferme. Il y avait un seul livre à Kernevez, un *Buhez ar Sent,* une « Vie des saints », probablement placée là par les châtelains et d'un usage douteux, puisque sur l'acte de naissance de ma grand-mère il est précisé que Glaoda « ne sait signer ». D'école, pour Marie-Scholastique, il ne fut jamais question : elle avait dix ans déjà au moment de la loi Ferry sur l'obligation scolaire, et elle ne devait apprendre à lire et à écrire que fort tard, mue par ce sentiment de dignité qui ne la quittait jamais, pour ne pas livrer à l'écrivain public du bourg ses lettres au jeune mari embarqué sur le *Furieux* ou sur l'*Isly*. Cette décision témoigne du rôle majeur qu'a joué la correspondance dans l'alphabétisation féminine. C'était aux femmes que revenait le soin d'entretenir la mémoire familiale, de tenir le greffe des naissances, des mariages, des anniversaires, de faire circuler les images de la communion solennelle. Cette fonction traditionnelle de transmission maintenait vivants les apprentissages (les hommes, eux, avaient tendance à tout oublier, sitôt franchie la porte des écoles), quand elle ne les faisait pas naître, comme ce fut le cas pour ma grand-mère.

Elle lisait lentement, et je ne comprenais pas pourquoi il lui fallait pousser, l'un après l'autre, les mots de l'index. L'écriture était restée pour elle une cérémonie, elle s'y préparait longuement, commençait laborieusement, aidée par quelques formules convenues : invariablement, elle « prenait la plume pour vous faire savoir » que sa santé était bonne, les nôtres de même, et l'hiver bien froid. Elle s'appliquait, et je revois encore ses majuscules s'envoler au-dessus de son texte comme autant de montgolfières.

J'ai du mal à imaginer les lettres d'amour pour lesquelles elle avait fait ce tardif apprentissage : autant elle était prolixe sur les jours de l'enfance, autant elle était silencieuse sur sa rencontre avec Charles, le matelot de deuxième classe qu'elle avait épousé en 1899. Elle n'avait pas eu recours en tout cas au « *bazvalan* », l'entremetteur attitré des mariages bretons, qu'on reconnaissait à la branche de genêt qu'il arborait, mais il est vrai que dans ce bout de monde austère il n'y avait aucun patrimoine à négocier.

Je regarde aujourd'hui la photographie des noces de mes grands-parents : les yeux clairs et la sérénité de Marie-Scholastique m'enchantent. Charles est plus emprunté, dans un veston qui le gêne visiblement aux entournures, et le noir et blanc de la photographie ne permet pas de voir les « yeux roux » dont fait état sa fiche d'incorporation à l'Inscription maritime de l'Aber-Wrac'h. Pour le reste, ils sont semblables à tant de mariés léonards dont le portrait était exhibé sur les vaisseliers des fermes, entre la photo du service militaire et le certificat d'études (le « *santifikad* », disait-on, tant ce précieux papier, image sainte à sa manière, paraissait sanctifié, et aussi sanctifiant). Vêtus de noir, sans même le brin de fleur d'oranger à la boutonnière, mes grands-parents sont raides l'un à côté de l'autre, regardant fixement l'objectif, attestant que le mariage est chose grave : la romance, on le sent, aura peu de place dans ces vies rugueuses. Ils ne se sourient pas, ne se touchent pas. Ici, pourtant, la main de ma grand-mère est posée sur l'épaule de son jeune époux, dans un geste d'appropriation tranquille.

Ce geste était probablement dicté par le photographe. Mais il me semble qu'il dit beaucoup de la relation entre mari et femme. Les gloses de Bourdieu sur la « domination masculine » auraient, j'imagine, si elle avait pu les connaître, beaucoup fait rire ma grand-mère. Les femmes léonardes ont la conviction de tenir les rênes du ménage — et les tiennent en effet. On a beaucoup parlé du matriarcat breton, trop légèrement sans doute quand on veut en faire un trait constitutif, et admirable, de la mentalité celtique. Mais dans ce Léon rural le lignage l'emportait sur l'union, la filiation sur l'alliance, les femmes conservaient en se mariant leur nom de jeune fille, et ma grand-mère restera jusqu'au bout Marie Bizien : un individu doté d'une personnalité singulière, non une épouse. Ces femmes par ailleurs géraient l'argent du ménage, concédant aux hommes de temps en temps, et parcimonieusement, de quoi « avoir du plaisir » les jours de foire ou de pardon.

Cette suprématie féminine incontestée était, dans le cas de Marie-Scholastique, confortée par une autorité native et par les longues absences — dix-huit mois parfois — du mari devenu, au fil de ses campagnes sur la *Victorieuse* ou le *Furieux*, quartier-maître, puis second-maître, mais toujours absent des décisions de la vie domestique. Ma mère et mon oncle se souvenaient des jours où l'inconnu débarquait avec sa casquette et ses galons dorés sur les manches et de la place qu'il fallait tout à coup lui faire, dans l'unique chambre où leur mère, hier encore, semblait leur appartenir. Celle-ci les surprenait presque autant que l'intrus, enjouée tout à coup, métamorphosée, accueillant les clients — à son tour, après la tante Bléas, elle tenait au bourg de Lannilis un modeste café — d'un joyeux : « Charles est arrivé ! » Le soir, ils faisaient une promenade à deux, souvent à Saint-Sébastien, au bas du bourg, la chapelle édifiée après la peste de 1652 : Charles et Mari (Mari, en appuyant vigoureusement sur le *a* et en négligeant le *e* final du français) sont toujours amoureux, chuchotait le voisinage.

Mari voyait cependant repartir son époux sans larmes ni émotion perceptible par les enfants, obscurément soulagée peut-être : avoir un homme dans les pieds ne lui convenait guère ; elle détestait ceux qui rôdent autour des fourneaux, soulèvent les couvercles, s'informent des plats. Des « Jean-Jean », disait-elle, sobriquet qui réunissait les encombrants et les incapables. Un « *Yannig* », un petit Jean, désigne dans le Léon les indécis chroniques, les faiseurs d'embarras.

Que chaque sexe a sa place et que chacun d'eux se ridiculise en prétendant occuper celle de l'autre était un des articles de sa foi, irrecevable aujourd'hui puisque, pour l'avoir professée, Rousseau passe désormais pour un ennemi des femmes. J'aurais pourtant tendance, contre toute attente, à décerner à Marie-Scholastique un éclatant brevet de féminisme. Car si les rôles étaient pour elle clairement répartis, elle en inversait la hiérarchie coutumière. Le métier des femmes est de rendre la vie vivable, par rapport à quoi tout le reste est inessentiel. Comme les hommes ne sauraient prétendre à un rôle aussi décisif, ils étaient, en bloc, pour ma grand-mère, l'objet d'une condescendance affectueuse. Les prêtres eux-mêmes n'échappaient pas à ce verdict. Elle n'était pas insensible aux attentions masculines, mais elle y voyait l'hommage de la faiblesse à la force ; l'idéal, pour elle, eût été d'élever les hommes au niveau moral des femmes, à leur endurance, à leur force d'âme. Haute ambition, mais assez irréaliste pour préférer voir les hommes ailleurs : à Tanger, Dakar, Port-Saïd. Loin de Lannilis en tout cas, où, après le mariage, le jeune couple s'est installé.

Pour aggraver son statut subalterne dans le ménage, Charles, comme Glaoda, était un taiseux : nul n'avait pu lui arracher un récit sur sa guerre comme fusilier marin à Dixmude et dans la Somme, ni sur la croix de guerre que lui avait, dès septembre 1914, value sa conduite. De temps en temps, il lâchait seulement que c'était l'enfer. Pas de récits masculins dans l'enfance de mon oncle et de ma mère, en dehors de ceux d'un parrain, jeune frère de leur père, jardinier de son état, les poches toujours pleines des caramels et des nougats que lui rapportait le menu privilège de prélever le droit de place sur les commerçants du marché. Il gâtait ses neveux en cachette de sa femme (« ar wrah koz », « la vieille sorcière », disait mon grand-père, qui détestait sa belle-sœur) et de ma grand-mère qui tenait à la discipline et menait en maîtresse femme sa petite auberge.

Auberge est un mot qui risque d'égarer ; celle de ma grand-mère, signalée aux passants par le bouquet de lierre que le vent remue au-dessus de la porte, est un café où on sert à celui qui a faim « ce qu'il y a ». Elle s'ouvre à Lannilis sur la place aux Vaches. Le nom, que ma mère, devenue jeune fille, jugera peu élégant et transformera en place des Marronniers pour la correspondance avec ses amoureux, dit assez la fonction : des piliers de pierre mal équarris, reliés par de lourdes chaînes, servent à attacher les bestiaux les jours de foire ; et il y a trois marronniers en effet, autour d'un puits. C'est presque le centre du bourg, et c'est déjà la campagne : au bout de la place, la « ferme à Baptiste » fournit le lait. Mais les jours de foire, le lieu devient quasi citadin, animé en tout cas. Quand mon grand-père est en permission, il fuit le tumulte au jardin. Ma grand-mère, aidée de sa sœur Jeanne, sert son « bœuf à jus » réputé aux marchands de bestiaux ; l'œil à tout, assez leste pour subtiliser au mauvais payeur son chapeau à guides, assez déterminée pour calmer d'un seau d'eau froide vivement lancé au bon endroit les ardeurs d'un exhibitionniste, assez pragmatique pour n'en pas faire un drame et ne pas alerter les autorités. Peut-être la vision coutumière de ceux qu'il fallait mettre à la porte lorsque le « *gwin ardant* » (l'eau-de-vie), les faisait dériver vers l'exaltation ou la mélancolie avait-elle contribué à sa vision réaliste et résignée de l'espèce masculine.

De cette personne énergique, qui aimait voir autour d'elle le monde en ordre, on n'aurait attendu aucun élan subversif. Existait pourtant chez elle, difficilement raccordable au reste de son comportement, une malice libertaire. Ses sarcasmes s'exerçaient toujours contre les grandeurs d'établissement, sa sympathie allait aux insoumis. Elle nourrissait une tendresse railleuse pour le vagabond du village, un certain Goaker, pêcheur et vendeur de crevettes — il arborait la plus belle à la boutonnière —, tapageur nocturne, auteur de chansons scandaleuses sur les maris dont il

donnait les noms, ceux des trompés comme des trom-
peurs, ceux qu'il affirmait avoir croisés en goguette
dans les rues chaudes de Toulon et de Marseille,
fomenteur volontaire de « *reuz* » (trouble et vacarme
à la fois) quand les mois noirs et très noirs (en breton,
novembre et décembre) lui faisaient trouver enviable
le refuge de la prison de Brest. Ma grand-mère racontait avec délectation les démêlés de Goaker avec la
maréchaussée. Celle-ci, sur le chemin de la prison de
Brest où elle accompagne l'énergumène, est à vélo ;
lui, à pied. Dans la descente de Pont-du-Châtel,
Goaker va au pas, forçant les gendarmes à freiner.
Quand s'annonce la côte de Gouesnou, il s'élance
comme une flèche sur ses pieds nus ; eux s'époumo-
nent, transpirent, mettent pied à terre, poussent leurs
lourdes bécanes. Il les attend là haut, perché sur le
talus, saute au milieu de la chaussée les bras en croix
quand ils arrivent enfin et joue l'agent de la circula-
tion en leur ouvrant le chemin d'un geste large. Quand
je lirai plus tard la *Vie de Jésus*, je repenserai à la solidarité étrange de ma grand-mère avec Goaker. Renan
explique pourquoi le sentiment populaire d'hostilité à
l'égard du gendarme est si vivace en Bretagne. Le
gendarme est considéré, écrit-il, avec une sorte de
répulsion pieuse, car c'est lui qui arrêta Jésus.

Était-ce bien cela ? Cette femme réaliste, qui ne
s'autorisait pas de plainte, parlait peu de ses sentiments. Elle avait eu un grand chagrin dans la vie, la
mort d'une fillette de cinq ans, enlevée par une
méningite cérébro-spinale, vingt jours avant la naissance d'un nouvel enfant. Ce fut une fille, qu'on
appela donc Anne, comme la petite morte, et qu'on ne
cessa plus de comparer à l'aînée, dont chacun vantait
le charme, la vivacité et l'intelligence. Ma mère savait

qu'après la mort de cette autre Anne, le petit frère de trois ans avait longtemps réclamé sa compagne de jeux ; lui disait-on qu'il avait à nouveau une petite sœur, il rétorquait : « Ce n'est pas celle-là que je veux. » Le sentiment de l'impossible substitution devait assez marquer l'enfance de ma mère pour que son premier souvenir soit celui d'une phrase généreuse prononcée par sa grand-mère. Lors d'une visite à Kernevez où chacun célébrait les mérites de la petite disparue, la vieille Corentine s'était tournée un moment vers la cadette et avait dit à sa fille : « *Da hini vihan a zo koant ivez, koant evel gwerc'hez Gwitalmeze* » (« Ta petite dernière est jolie aussi, elle ressemble à la vierge de Ploudalmézeau »).

Ma mère s'était donc toujours sentie évaluée à l'aune de l'éblouissant souvenir d'une absente et en gardait quelque rancune à ma grand-mère. Elle n'en avait pas moins de reconnaissance pour celle qui lui avait ouvert le chemin des études et de l'indépendance matérielle. À dire vrai, le hasard y avait joué sa partie. En octobre 1910, elle a cinq ans, et une voisine — ma grand-mère est trop prise par son commerce pour accomplir elle-même ce rite — la conduit pour la première fois à l'école. Celle des sœurs bien entendu, dans cette paroisse léonarde dont le nom proclame qu'elle est le lieu même de l'église, la plus belle de l'évêché de Léon si on en croit Émile Souvestre, réputée pour la vertu de ses jeunes filles, et aussi, ce qui est plus aisé à vérifier, pour être une pépinière de prêtres.

L'unité de la paroisse se résume dans la personne du recteur : une figure, cet abbé Ollivier, directeur, avec le curé de Ploudalmézeau, du *Courrier du Finistère*, grand faiseur d'élections, assez hardi pour soutenir, en 1897, la candidature d'un abbé démocrate contre le comte de Blois lui-même. Il incarne un nouveau type de prêtre breton, affranchi de la tutelle des châteaux. Il passe pour le prêtre le plus influent du diocèse et veille avec un soin jaloux sur « ses » écoles. Quand ma mère entre à la salle d'asile (pas encore de maternelle dans la commune), une sœur Théodora y règne : grosse voix, grands pieds masculins sortant du drap bleu de la jupe, œil sans douceur sous les ailes glacées d'amidon de la cornette et baguette en mains pour scander des cantiques que ma mère ignore. La crise d'angoisse qui saisit alors la petite fille se solde par une punition dont cinquante ans après elle pouvait revivre l'effroi : l'enfermement entre la porte de la classe et la porte de l'ouvroir, espace exigu et tout noir où, indignité absolue, elle mouille sa culotte.

Le lendemain, debout sur le coffre du grand vaisselier où ma grand-mère la coiffe pour le départ à l'école, elle est à nouveau en pleurs. « *Petra zo engavet aman* » (« qu'est-il arrivé ici ? »), s'enquiert Angèle, la potière, qui fabrique à Lanveur des mitres de cheminées. C'est une habituée, attablée devant son bol de café au lait. On lui raconte la sœur Théodora, la terreur de la veille, le désespoir du matin. « Et alors, Mari, il n'y a pas une autre école ? Et plus près de chez toi encore. La conduire, je ferai, moi. » Qu'y a-t-il, à ce moment, dans l'esprit de ma grand-mère ? Un brin d'appréhension, sans doute, en songeant à Job Corre, son propriétaire, un pilier de la paroisse, généreux mécène des écoles chrétiennes, qui pourrait bien lui signifier son congé. Une pensée aussi pour l'abbé Cleac'h qui chaque dimanche en chaire pourfend l'école publique, « *skol an diaoul* », l'école du diable, et les « *mistri difeiz* », les instituteurs sans foi ? Ou le souvenir de son ancien maître, le comte de Blois, qui, indigné par l'obligation d'ôter les crucifix des salles de classe, en avait fait placer un dans une niche sur la façade de l'école ? Se rassure-t-elle en se disant qu'elle a du moins inscrit l'aîné à l'école des Frères, ce qui devrait lui valoir absolution ? Mais plus probablement encore cette personne pragmatique cède à la fatigue et au soulagement : du moment qu'Angèle veut bien se charger de la petite, et que celle-ci a cessé de pleurer... Angèle remorque donc ma mère vers une maison de maître, la maison d'Alphonse Salaün, à Kergroaz.

Quand une école publique, dans les années 1900, s'installe dans une maison bourgeoise, c'est toujours le signe qu'un notable éclairé, un médecin ou un notaire, en a fait don à la commune en spécifiant son intention. Tel a bien été le cas dans la très catholique Lannilis où un certain Alphonse Salaün, négociant en vins, lègue en 1877, contre l'entretien de son caveau de famille, sa maison à la commune, « pour en faire une école laïque, ou autre établissement pour les pauvres ». Le grand-père de ce généreux donateur, membre du directoire du district à Brest pendant la Révolution, avait pu acquérir au titre de bien national le château de Kerouartz, gracieux fleuron Renaissance de Lannilis. Le petit-fils avait hérité de la foi républicaine et s'était lié d'amitié avec le docteur Morvan : une célébrité, celui-ci, connu des milieux scientifiques pour avoir donné son nom à une maladie cousine de la lèpre, et devenu contre toute attente le maire républicain de cette bourgade dévote jusqu'au jour où les affaires scolaires étaient venues rendre impossible tout œcuménisme. Et justement, quand en 1906, la laïcisation de l'école communale, toujours tenue par des congréganistes du Saint-Esprit, impose le déménagement, on songe au legs de M. Salaün, qui devait prendre effet à la mort de la dernière de ses sœurs. Si bien qu'en 1906 — ma mère a alors un an —, pendant qu'une florissante école catholique toute neuve s'édifie au Douric, explicitement destinée par l'abbé Ollivier à lutter contre « les écoles sans Dieu », une modeste école laïque de filles s'installe bourgeoisement à Kergroaz.

C'est donc là qu'Angèle inscrit ma mère — dans quelle langue, elle qui ne parle que breton, nul ne sait. Mais c'est un petit coup de force, car, comme le rappelle Pierre-Jakez Hélias, le vrai test de résistance à l'église était en Bretagne l'inscription d'une *fille* à l'école laïque. Quand un commerçant, soucieux de ne chagriner aucun des « côtés » de la paroisse, répartissait sa progéniture entre les deux écoles, c'est toujours les garçons qu'on expédiait à l'école laïque. Si ma grand-mère déroge à la coutume, c'est que la petite fille vit cette école-ci comme un monde enchanté. Le lieu y est pour quelque chose. Le jour où elle y entre, c'est la première fois qu'elle met le pied dans pareille maison : hauts plafonds, doubles portes moulurées, cheminées de marbre noir ; dans la classe des grandes, le portrait du bienfaiteur, œil débonnaire et barbiche IIIᵉ République, veille sur les candidates au certificat d'études. On franchit le portail couronné d'une exubérante glycine bleue, on joue entre les hauts murs colonisés par les valérianes et les giroflées, sous le grand araucaria et autour des massifs de rhododendrons : le père des deux institutrices, jardinier en chef de la ville de Brest, fournit ses filles en essences rares. Là, ma mère contracte pour la vie le goût des plantes.

Mais, surtout, les deux demoiselles sont raffinées, cultivées, des citadines. Elles prêtent des livres à leur meilleure élève, reçue « première du canton » au certificat d'études, avec une rédaction remarquée sur ce sujet d'époque : « Une route du front raconte son histoire ». Ma mère n'avait pas dû être en peine de le traiter. Son frère et elle, liseurs voraces, dépensaient le peu d'argent qu'ils avaient dans l'achat des « livres roses » qu'éditait alors la maison Larousse à raison de deux fascicules par mois : la découverte d'un champ de trèfles à quatre feuilles avait un moment représenté pour eux une aubaine ; ils les négociaient avec les soldats qui logeaient place aux Vaches, avides de talismans pour les lettres aux fiancées, et avaient pu enrichir ainsi leur collection. Et ces livres roses, précisément, spécialisés dans les récits patriotiques et dans l'héroïsme enfantin, racontaient à l'envi l'histoire de gamins bruxellois résistants et de vaillantes petites blondes à tresses, capables de tenir victorieusement tête en Alsace à des régiments d'oberleutnants.

Les demoiselles Pondaven, que ma mère adorait, avaient entrepris, selon un schéma classique, de « pousser » la petite jusqu'à l'École primaire supérieure de Quimperlé, où elle pourrait préparer l'École normale, et d'obtenir le consentement de ma grand-mère. Celle-ci, indifférente aux réussites de l'esprit, mais contente de pouvoir opposer le succès de « la fille de la laïque » à la réprobation muette, mais sensible, des voisines, avait donc consenti à la dépense du trousseau (j'ai toujours la petite armoire laquée achetée pour l'occasion), et au chagrin de l'expatriation. Le mot paraît exagéré pour la distance — cent quarante kilomètres de Lannilis à peu près —, mais non pour l'époque : le chemin de fer, détrônant *L'Es-pérance* et *L'Hirondelle*, les deux diligences, avait été inauguré à Lannilis en 1894. C'était une nouveauté que le « *marc'h du* » (le « cheval noir »), et la gare était devenue un but de promenade : il ne s'agissait pas pour autant de prendre le train mais de rendre hommage à la modernité. Ma grand-mère n'était, disait-elle, allée qu'une seule fois à Brest dans son jeune temps : à pied (vingt-trois kilomètres), avec des amies, et elle racontait l'accent triomphant avec lequel la petite troupe, interrogée en chemin sur sa desti-nation, répondait le matin un « *da Vrest* » sonore, transformé le soir en un « *e Brest* » épuisé, à peine audible.

Ma mère, une fois entrée à l'École primaire supé-rieure de Quimperlé, ne revenait à Lannilis que deux fois dans l'année scolaire. Ma grand-mère consentait à cette absence sans récriminer, détermination notable à une époque où on répugnait à envoyer une fille « au loin ». Elle montrera la même audace quand ma mère, empêchée de se présenter à l'École normale de Quimper à la suite d'une primo-infection, devra concourir dans les Côtes-du-Nord, autant dire à l'étranger, et entrera à l'École normale de Saint-Brieuc. Comment ma grand-mère en était-elle venue à cette décision remarquable ? Sans imaginer du tout le métier d'institutrice, elle sentait que ma mère aurait « moins de mal », argument qui devait être décisif pour la fille de Corentine. Malgré tout, et d'un bout à l'autre de la vie, elle considérera le travail intellectuel avec une condescendance amusée et logera ailleurs la réussite d'une existence féminine. « Quand vous aurez fini de jouer avec vos livres », nous disait-elle, à ma mère et à moi, résignée néanmoins à ce que ce

« jeu » n'ait point de fin, mais non convaincue : ce n'était pas là travailler, seulement gaspiller le temps, denrée si précieuse.

Sa présence à la maison enseigne donc que les livres ne sont pas la seule fenêtre sur la vie. Elle-même est un répertoire de recettes, de façons de faire, de tours de main, sur lesquels elle est laconique, écartant la curiosité d'un geste évasif de la cuiller de bois. Elle est un trésor de proverbes bretons, tantôt avisés (comment prévoir le temps, tirer de la brume, ou de l'arc-en-ciel, des enseignements pour la journée), tantôt sages (comment faire avec ce qu'on a), tantôt crus (comment tirer des misères du corps des raisons de ne pas s'illusionner sur son importance). Un répertoire de chansons aussi, les tendres (« *Kousk, Breiz Izel* », « Dors, Bretagne ») comme les gaillardes : elles apprennent à se méfier des gens venus d'ailleurs, de la « montagne » cornouaillaise surtout, si proche, mais pourtant, dans un monde que l'automobile n'a pas encore déplié, si lointaine, et d'où ne peuvent surgir que des êtres patibulaires ; elle chante la chanson du « *Pilhaouer* », le chiffonnier, né natif du repaire de voleurs qu'est Commana ; elle répète qu'il y a trois choses impossibles à Dieu même : « *diveina Berrien, diradena Brasparts, dic'hasta Poullaouen* », c'est-à-dire « ôter les pierres de Berrien, les fougères de Brasparts, et les putains de Poullaouen », toutes paroisses de cette « montagne » sans foi ni loi. Dans ses récits, les légendes ont peu de place, contrairement à l'image convenue qu'on se fait de la Bretagne. À peine une pensée, de temps à autre, pour les cloches englouties de la ville d'Ys, peu de korrigans, pas même de lavandières de nuit annonciatrices de mort, si répandues pourtant dans le Léon, et encore moins de fées. À ces créatures abstraites, je crois qu'elle prêtait peu de sérieux ; et même les « *Will-tansous* », variété locale et farceuse de korrigans, réputés pour défaire les tresses qui attachent les meules et piquer les vaches dans l'étable, faisaient rarement irruption dans ses récits.

La préférence décidée de cette personne réaliste pour le monde visible souffrait une exception, et c'est précisément celle que l'image de mon père sur son lit de mort me rend le plus apte à capter : tout près de nous, et bien plus proche que le Yeun Elez, le marais de tourbe noire qui passe en Bretagne pour la maison des morts, bruit le monde des « *Anaon* », les âmes des trépassés, qui se rappellent au monde des vivants par mille signes et intersignes. Il y a donc des choses que je sais très tôt : quand le corbeau du cimetière prend une certaine voix, cela n'annonce rien de bon à celui qui l'écoute ; mieux vaut ne pas entendre, la nuit, grincer les essieux de « *karrigell an Ankou* », la « charrette de la Mort » ; voir sur le « pont du Diable », grossière chaussée de pierres que la marée submerge et qui enjambe l'Aber-Wrac'h en aval de Lannilis, une ombre bouger, comme il lui était, racontait ma grand-mère, arrivé un soir de lune, n'a rien de rassurant : et si c'était le diable en personne ? On lui devait l'âme de la première créature à être passée sur le pont, un « dégourdi » y avait fait courir un chat, si bien que le diable berné pouvait à tout moment venir réclamer son dû. Tout cela fait frissonner.

Mais j'apprends aussi, baume placé tout à côté de l'effroi, qu'on doit aux âmes des trépassés des prières qui peuvent les aider à pousser cette porte du Purgatoire restée bienheureusement entrebâillée ; et qu'elles réclament des pensées, des gestes, des mots et des offrandes, comme celle de la dernière crêpe, la plus « *kraz* », la mieux grillée, qui les apaisent et les réconfortent. Car les défunts ont faim et froid. La mort est ainsi, au rebours de ce que prétend aujourd'hui notre langage anesthésié, tout le contraire d'une disparition.

Et puis il y a la langue. Quand mon père recommandait à ma grand-mère de ne me parler que breton, il n'exprimait pas seulement une méfiance vis-à-vis de sa belle-mère, mais un fait de psychologie collective. Le français, pour elle comme pour tant de ruraux, était la langue de la promotion sociale, celle qui ouvrait la porte de l'enseignement, de la poste, de la ville, des métiers et des lieux où la vie est moins lourde ; la pratique exclusive du breton, en revanche, était synonyme de mépris et de misère. Tant que mon père a vécu — ma grand-mère avait pour lui, chose rare chez elle, du respect, qu'elle exprimait en disant qu'il aurait pu être prêtre —, une surdité subite semblait frapper les adultes quand il m'arrivait de réclamer en français une pomme ou un crayon. Mon père mort, ma grand-mère avait laissé dépérir la consigne, et elle s'adressait à moi en français.

Le breton était donc réservé par elle à ses échanges avec ma mère, et elle usait de cette langue de l'intime pour s'entretenir des sujets qui devaient échapper à mon oreille. C'est à ces conversations que je dois d'avoir appris, ou deviné, le peu qu'il était possible d'apprendre sur la sexualité, continent alors recouvert d'une chape de silence. Je me souviens avoir entendu ma grand-mère rapporter à ma mère des confidences avec une voisine : elles étaient convenues toutes les deux qu'elles détestaient « dire bonjour » ; en revanche, « *bonsoir, n'e lavaran ket* » (« bonsoir, je ne dis pas »). Entretien étrange, qui m'était resté tout à fait opaque : qu'est-ce qui pouvait bien expliquer cette répugnance à dire bonjour, ce consentement à dire bonsoir ? Je n'ai compris que bien plus tard cette allusion à la vie sexuelle et ce manque d'entrain pour l'amour du matin. Je n'en avais pas moins retenu que s'il était possible d'interroger quelqu'un sur ces mystères, ce ne pouvait être que ma pragmatique grand-mère. Vers quatorze ou quinze ans, après avoir, grâce aux livres, notamment au Brasillach de *Comme le temps passe*, à peu près compris ce qui se joue entre un homme et une femme, restait pour moi l'énigme de la durée de l'acte : au gré des ouvrages, tantôt une étreinte éphémère, tantôt une folle nuit d'amour. Je m'en suis donc enquise auprès de ma grand-mère ; fidèle à sa fonction rassurante, elle m'a alors pris le bras : « *loutenn* » (en breton, « mon cœur », ou « ma chérie »), « ne t'en fais pas, c'est tout de suite fini », ce qui m'avait, je l'avoue, paru légèrement décevant.

Elle avait beau user du français avec moi, elle ne m'en communiquait pas moins, par ce français calqué sur les tournures du parler breton, le génie de cette langue vigoureuse, expressive, anthropomorphique : ici le bout du monde est la « tête » du monde, le manche de la bêche en est le « pied », la cime de l'arbre est un « bec », et le cantonnier qui rêvasse, paresseusement appuyé à son outil, « donne le sein » à la bêche. La brume du matin est la « pitance » du soleil, les vagues sont « les chevaux de la mer », le confluent est « le nez des deux eaux » ; et on achève une lettre de condoléances en recommandant à l'endeuillé : « *dalc'hit mad an taol* » (« agrippez-vous à la table »).

Même en français, les bretonnants cherchent

l'image : le curé de Berven, que j'ai entendu, au sortir de la guerre, tonner en chaire contre les danses modernes, découragé par l'énumération de ces noms barbares, boogie, rumba, samba, les réunissait dans l'opprobre réservé « à toutes les danses qui mettent la maison à remuer ». Et puis la langue, comparée à la rigidité du français, est d'une grande liberté. Elle se passe volontiers du verbe, cultive l'ellipse, commence ses phrases par l'information décisive et laisse les autres mots s'organiser dans un joyeux désordre. Parle-t-on de Gabriel, on apprend que « Gabriel, son fils, la mer le rend malade »; veut-on dire : « je t'attendrai » on dit plutôt « *gortoz a rin anezhan* », littéralement : « attendre je ferai de toi ». On peut commencer par l'adjectif, et oublier le verbe : « *niveruz ar vugale e Kerascouet* » (« ils sont nombreux, les enfants, à Kerascouet »). Langue vigoureusement accentuée, délibérément concrète : on ne pouvait jamais oublier, en écoutant ma grand-mère, de quel monde rural, savoureux et dru, en train de s'effacer, elle venait.

Ma grand-mère, son costume, sa coiffe, sa langue, ses savoirs multiples, tout en elle parlait donc de l'identité bretonne. Et pourtant. Avant de quitter son évocation, il me faut ajouter cette singularité. Si la France avait une existence à la maison, c'était grâce à elle. C'était elle, la TSF étant entrée dans notre cuisine, qui vénérait Tino Rossi : « Ah, Tino », disait-elle, les yeux au ciel ; elle qui, à côté de son répertoire breton — celui-ci allait du tendre au sarcastique —, chantait : « Vous n'aurez pas l'Alsace et la Lorraine » ; elle qui m'a appris l'émouvante chanson de l'enfant de Strasbourg, pâle petite mendiante qui refuse l'aumône d'un officier allemand, et j'ai encore dans l'oreille

l'accent martial avec lequel elle entonnait le refrain :
« Gardez votre or, je garde ma souffrance / Allez,
maudit, passez votre chemin / Car je ne suis qu'une
enfant de la Fran-an-an-ce / Aux Allemands, je ne
tends pas la main. » D'où tenait-elle cette science?
D'aucune fréquentation scolaire en tout cas, d'aucune
autorité jacobine, ni de l'exaltante littérature patriotique que lisaient ses enfants. Elle eût été bien incapable de situer Strasbourg sur une carte, et si on lui
avait demandé d'où elle était, nul doute qu'elle eût
répondu « je suis de Lannilis », semblable en cela au
paysan dont Eugen Weber raconte l'histoire, qui, aux
demandes d'identité de la police, n'avait su répondre
qu'un « j'suis de Pujols » obstiné.

Eugen Weber en conclut à une France du XIXᵉ siècle
en morceaux, dont l'identité et l'unité n'ont pu être
acquises qu'au terme de lourdes campagnes didac-
tiques, par l'école, le service militaire, le suffrage universel, et Theodore Zeldin, pour sa part, juge fort
improbable que ce soit chose faite en 1914. Je suis mal
convaincue par leurs arguments[1]. Car que savait ma
grand-mère de la France, elle qui n'avait eu ni école, ni
service militaire, ni droit de vote? Pas d'histoire, pas
de géographie. Quand, bien plus tard, elle est venue
habiter avec nous en banlieue parisienne, elle n'a jamais
voulu mettre les pieds à Paris : même pas à Montparnasse, le train s'arrêtait à Versailles. Faut-il dire pour
autant qu'elle ne se sentait pas française? Bernard
Groethuysen se demandait ce qu'il fallait au juste savoir
du dogme pour se sentir chrétien, et suggérait que ce

1. Eugen Weber, *La Fin des terroirs : la modernisation de la
France rurale, 1870-1914*, Paris, Fayard, 1983 ; Theodore Zeldin,
*Histoire des passions françaises,* Paris, Éd. du Seuil, 1980.

pouvait être fort peu de chose. De l'ignorance, donc, ou du faible degré de participation à la culture savante, il ne faut pas trop vite conclure à l'absence du sentiment d'appartenance. Ma grand-mère avait beau « être de Lannilis », elle était, elle se savait, française.

C'est donc à ma mère qu'il appartenait de remplir le vœu de mon père. Un vœu pourtant exprimé par lui avec une extrême délicatesse. En rangeant après la mort de ma mère une de ces grandes boîtes à couture surannées, recouverte de tissu à fleurs, j'ai retrouvé, sous les boutons et les pelotes de coton à repriser, cinq pages écrites par elle, intitulées « Derniers instants de Jean », et qui serrent le cœur. Pendant ce qu'il est convenu d'appeler « le mieux de la fin », mon père lui avait fait des recommandations me concernant : « Ne l'ennuie pas avec nos idées, avait-il dit ; plus tard, elle lira et comprendra. » Les « idées », en effet, ma mère s'en tenait elle-même écartée, comme d'une substance maléfique qui avait coûté la vie à son mari ; pas un mot de politique n'était prononcé à la maison. Mais elle tenait à être fidèle à ce qui avait été le cœur de son combat, la défense de la langue bretonne.

Chaque soir, après la prière — celle-ci, ma grand-mère s'en chargeait —, elle me faisait faire un exercice en breton : une lecture, prise dans *Geotenn ar Werc'hez* (*L'Herbe de la Vierge*, le recueil de nouvelles de Jakez Riou), ou dans *Bilzig*, le roman de François Le Lay (j'adorais l'histoire de ce petit bâtard en butte aux persécutions du curé), une traduction, quelques questions de grammaire et de compréhension[1]. Après quoi, on revenait au français. Le breton

---

1. Jakez Riou, *L'Herbe de la Vierge*, Rennes, Terre de brume, 1991 ; Fanch Al Lay, *Bilzig*, Brest, Emgleo Breiz, 1995.

est donc resté pour moi une langue largement livresque, que je lis, et aujourd'hui avec l'aide d'un dictionnaire, plus que je ne l'entends ou la parle. Elle était déjà alors objet de piété filiale plus que de pratique spontanée. Et l'identité bretonne, incarnée pour moi à la maison par la personne de ma grand-mère, et quotidiennement vécue à ses côtés, était aussi lue, apprise, voulue.

## L'école de la Bretagne

Voulue en effet, cette identité bretonne. Pour commencer il y a mon prénom, première marque sur ma vie des décisions de mes parents, petit attentat à ma liberté. Je l'ai beaucoup détesté. À l'époque, le choix des prénoms était moins échevelé qu'aujourd'hui, celui-ci me singularisait au milieu des Jacqueline et des Françoise, et, comme tous les enfants, j'aspirais à la conformité. De surcroît, les usines Renault avaient eu dans les années trente l'idée de baptiser une de leurs quatre-chevaux la « monaquatre » ; de là, plaisanteries et quolibets. Eussé-je été un garçon, mon père et ma mère auraient, je le savais, élu Caradoc, ou encore Tugdual, le saint patron de Tréguier, la ville où ils s'étaient mariés ; pour une fille, ils avaient heureusement opté pour des sonorités moins rocailleuses. Je protestais vigoureusement, pourtant, lorsqu'une connaissance demandait s'il s'agissait d'un diminutif de Monique, en revendiquant la celtitude de l'original. Mais je n'en étais pas contente et cherchais en vain des héroïnes capables de rendre plus aimable ce prénom encombrant. Mona, la jeune Huelgoataise de *L'Herbe de la Vierge*, est tout juste une décevante silhouette : on sait seulement qu'elle quitte sa campagne feuillue de Lothey pour la ville, en plantant là ses vieux parents. Plus tard, quand je verrai Louis Guilloux travailler à son *Jeu de patience* et donner mon prénom à un de ses personnages, cette Mona Ansker me décevra à nouveau : impossible à une adolescente de s'identifier à une créature aussi évasive. Il me faudra attendre *Un balcon en forêt* pour me réconcilier avec mon prénom.

Voulu encore par mon père, le paysage que je reconnais à jamais comme mien, celui qui donne le sentiment, à la fois si évident et si mystérieux, d'être là où on doit être. L'année qui précéda sa mort, muni d'un peu d'argent à la suite du décès de son père, il avait fait bâtir une maisonnette élémentaire sur une dune finistérienne secouée des vents, entre Plouescat et Cléder, au lieudit Kerfichen. À cette époque, le littoral est presque intact, de rares maisons de vacanciers couronnent la dune. Dès qu'on descend du car, le vent de galerne prend possession de vous, une puissante odeur d'iode emplit les narines. Au nord, devant la maison, on découvre un paysage marin grandiose, excessif et austère, grève hérissée de rochers fantastiques, cri des cormorans, fracas des vagues et gerbes d'écume sur la jetée du Brouan, le minuscule mouillage ; au loin, le sombre rocher balise du Skeiz — les estivants l'ont rebaptisé « la tête de lion » —, à la réputation sinistre. C'est là que s'est fracassée, en mars 1901, sous les grains et la grêle, la *Sainte-Marthe*, un trois-mâts bordelais ; on peut voir sa figure de proue dans la niche de pierre d'une ferme voisine, étrange icône aux bras démesurés, peinte de couleurs primaires, avec des yeux implorants chavirés au ciel. Plus à l'est, pour peu que la mer soit assez basse, on aperçoit encore les restes d'un bateau russe échoué sur le rocher de la Vieille ; ils attestent que la côte n'a pas volé son nom de côte des naufrages, et même des naufrageurs : les natifs passent pour avoir souvent usé du leurre des feux allumés sur la dune ; il leur arrivait de drosser sur les écueils les vaisseaux et leurs cargaisons, et même, comme Michelet me l'apprendra plus tard, d'assommer les éventuels rescapés ; une férocité accordée selon lui à la férocité de la nature bretonne.

Au sud et à l'est de la maison, c'est la dune, semée de mulons de goémon, coupée des rigoles de pierre où on le fait brûler, avec ses tapis de laminaires luisants et frisés et ses fleurs maigres, serpolet, œillet maritime, jonc marin et, comme dans le Guernesey de Hugo, le chardon bleu des sables. La dune aussi a ses rochers étranges : tout près de la maison, cette « *Roc'h faouted* », la « roche fendue », dans le creux de laquelle on se blottit pour oublier le vent ; un peu plus loin, le regard vient buter contre un impressionnant amas de rochers, parmi lesquels un énigmatique « rocher aux échalotes » qui surplombe le corps de garde (j'apprendrai plus tard qu'un certain Vissant, douanier de son état, faisait sécher ses échalotes devant sa porte). La maison de la douane, toit de pierres et cheminée unique, roche elle-même, fait corps avec les pierres dans lesquelles elle s'encastre et s'en distingue à peine les jours de brume. Je ne suis jamais entrée dans le corps de garde, mais on raconte que pendant la guerre de 1914 y vivait, seule, une jeune fille au chaperon rouge (« *bonedig ruz* ») : elle passait pour une espionne, on avait, chuchotait-on, aperçu des lumières la nuit, peut-être signaux aux Allemands, allez savoir. Je ne contemple jamais le corps de garde sans un frisson : je pense aux hivers de la jeune fille, solitaire dans sa maison naine, entourée de la suspicion villageoise, dans le tumulte opiniâtre du vent et des vagues.

Donc, un paysage sans aménité, et l'arrière-pays lui-même avait peu de séductions à proposer : campagne plate, sans arbres, vouée au morne quadrillage des artichauts et des oignons ; des fermes grises, agrippées au sol, étayées à droite et à gauche par l'étagement des « *penn-ti* », tournant obstinément le dos aux souffles du noroît, ouvrant au sud leurs étroites fenêtres sur les chicots de granit qui poussent au beau milieu des cours. Tout ici dit la méfiance qu'inspire la mer, dont les paysans n'usent que comme d'une prairie à goémon, rude à faucher, quand il faut entrer à mi-corps dans l'eau glacée, ramener avec le « *rastell* », le large râteau, les lourdes masses flottantes, charger les charrettes. On les voit souvent, sur la dune, adossés aux mulons, attendre que la mer baisse suffisamment. Quand, bien plus tard, au collège, on me demandera de composer un sonnet sur les travaux de la campagne, c'est aux laboureurs de ces champs amphibies que je songerai et j'ai encore en mémoire les deux alexandrins du dernier tercet, que j'espérais de facture hugolienne : « Et leur regard aigu de ramasseurs d'épaves /scrute l'horizon noir que l'écume blanchit. »

Ma mère n'était pas loin de partager la méfiance paysanne : les abers de son enfance avaient plus de douceur et rien ici n'est fait pour apaiser son chagrin. Mais pour moi c'était tout autre chose, l'image même d'une luxueuse liberté. Alors qu'ailleurs, tout geste de ma part entraînait inévitablement l'inquisition douce des « où vas-tu ? », des « que cherches-tu ? », je pouvais à Kerfichen vagabonder à mon gré, les contraintes semblaient se dissoudre dans cet air tonique. Sans compter que chacune des maisons voisines abritait cinq enfants qu'on voyait débouler tous les matins à la queue leu leu dans le sentier de sable entre les oyats : rendue au milieu de cette escouade à un anonymat bienheureux qui me délivrait de la sollicitude de mes deux mères, je goûtais deux mois durant un enchantement sauvage que la guerre brisa net.

Ce n'est pas une figure de style : 3 septembre 1939, les enfants jouent sur la plage, il fait très beau. J'ai gardé le souvenir précis de ce jeu : il s'agissait de « laver les rochers » pour le simple plaisir éphémère de les voir resplendir au soleil. Des trois maisons du bord de la dune surgissent les trois mères, avec des visages changés et des gestes impérieux, qui ne souffrent aucune discussion : il faut rentrer. La petite troupe remonte donc le chemin de sable, chacun rentre chez soi pour apprendre que « c'est la guerre » et que le temps du jeu est révolu. Pourquoi cette idée saugrenue avait-elle germé dans l'esprit de ces trois femmes ? Angoisse ? Anticipation du danger ? Besoin de réunir les siens autour de soi ? Je me le demande encore, mais n'ai jamais oublié cette interminable fin d'après-midi : les autres enfants, à cinq dans chaque maison, avaient dû bien vite inventer une parade à cette étrange punition sans coupables. La fille unique, elle, peine à comprendre. Mère et grand-mère, cependant, sont silencieuses : l'aînée pense à son fils, la plus jeune à son mari qu'elle, du moins, n'aura pas à voir partir. Il me reste à contempler, de la fenêtre, la plage déserte comme un paradis perdu. Il va l'être, de façon bien plus définitive que je ne me l'imagine. L'été suivant, les occupants auront mis en place un détachement de « veille du littoral », réquisitionné la maison et brûlé plafonds, planchers, volets, lambris, tout ce qui pouvait l'être.

Le décor marin de Kerfichen, imprimé en moi de manière indélébile, était d'autant plus précieux que le reste de l'année le paysage se limitait aux murs du palais scolaire, dont on ne sortait jamais. À Plouha, pourtant, il y avait aussi la mer, et au moins trois buts de promenade consacrés : Porz-Moguer est un port minuscule, un peu ingrat ; Le Palus, une décourageante étendue de galets ; Gwin-Segal, une admirable plage où on ne descend que par des sentiers de chèvre, entre ronces et fougères. Ces difficultés comptaient peu dans l'abstention de la maison. Ma mère avait la promenade dominicale en horreur ; elle redoutait l'inévitable rencontre avec des parents d'élèves anxieux de se renseigner sur les progrès du « petit », mais surtout elle fuyait toute espèce de contact. Du reste, les familles du bourg elles-mêmes, moins farouchement cloîtrées que notre petite cellule féminine, n'usaient de la « grève » — on ne disait pas la plage — que parcimonieusement, pour une expédition qui demandait une préparation minutieuse et un chargement de provisions et de lainages.

Pour moi, en tout cas, les jeudis et les dimanches ne réservaient en guise de divertissement qu'un déplacement pendulaire, de la maison à la classe, de la classe à la maison, juste quelques pas à travers la cour. Ma mère conjurait la tristesse des après-midi solitaires en travaillant aux dessins, décors et maquettes qui devaient illustrer la semaine. Je la suivais, contente de pouvoir jouir des privilèges dévolus aux enfants d'instituteur : s'asseoir au bureau du maître, écrire avec son encre rouge, dont la limpidité, comparée aux fonds bourbeux de nos encriers violets, semble décourager à l'avance toute possibilité de faute; user libéralement des fabuleux trésors de « l'armoire des fournitures », rames de papier Canson, gouaches et crayons à volonté (la municipalité de Plouha, traditionnellement à gauche, et malgré une légère embardée à droite en 1935, quand nous y arrivons, se montrait généreuse pour ses écoles laïques); détourner la classe de ses usages coutumiers en y apportant son ours et sa poupée. De là, plus tard, ma connivence fraternelle avec ces jeunes héros, François Seurel et Augustin Meaulnes, pour qui l'enfermement dans l'école sert de tremplin à l'imagination.

La texture de la vie à Plouha était donc pauvre et routinière, d'une austérité inouïe si on la compare aux exigences enfantines d'aujourd'hui. J'en avais parfois conscience, surtout quand je sortais de la lecture de la comtesse de Ségur. Je n'aimais guère *Les Malheurs de Sophie* : autour de la pauvre Sophie, trop de poissons rouges coupés en rondelles, de petits chats tués à coups de pincettes, d'abeilles dont on arrache les pattes, d'écureuils aux reins cassés; et, pour elle, trop de griffures, de pieds brûlés par la chaux, de fessées. Et je n'aimais pas trop non plus les bonnes maladroites, les mauvais pauvres, les chapardeurs qui peuplent les romans de la comtesse. Mais *Les Petites Filles modèles*, avec leurs commodes de poupée pleines à craquer de casaques, mantelets, brodequins, d'une « capote de taffetas bleu avec des roses pompon » qui m'a fait beaucoup rêver, et même d'un « talma », dont je me demande toujours ce qu'il peut être, me laissaient entrevoir, par éclairs, une vie luxueuse. Et plus encore *Les Vacances* : les visites de mon cousin germain sont les éclaircies de mon enfance, où je découvre, auprès d'un garçon aussi paisible que moi, le bonheur de lire côte à côte, mais elles sont beaucoup trop rares ; et *Les Vacances* bourdonnent, entre cousins, justement, de projets de cabanes, de parties de pêche qu'on « arrange », de pique-niques de fraises et de lait caillé. Plus que la richesse de ces châteaux où les enfants ont des charrettes, et des ânes auxquels les atteler, les mille occasions de faire des bêtises m'émerveillaient : si rares celles-ci, quand on ne se déplace qu'entre le logement, la classe et la cour, où, solitaire, je tourne à bicyclette. Car de ce merveilleux instrument de liberté, que j'ai reçu vers mes sept ans, je n'ai droit d'user que dans cet espace rigoureusement clos.

Mais si, les jeudis et les dimanches, le regard, les pas et les tours de roues venaient inéluctablement se cogner au mur mitoyen entre l'école maternelle et l'école des garçons, je n'en devinais pas moins, grâce au tapis volant des livres, qu'il y avait mille Bretagnes à explorer en esprit. Très tôt je sais que celle de Chateaubriand est violette et rousse, c'est toujours l'automne on dirait, avec partout la bruyère, « la fleur d'indigence et de solitude ». Celle de Renan est gris tourterelle, féminine et tendre, sources, chapelles, et bien sûr les yeux des jeunes filles comme ces fontaines, « où, sur des fonds d'algues ondulées, se mire le ciel ». Celle de Brizeux est vert acide, campagnes mouillées, feuillages luisants de la dernière averse. La palette bretonne est plus large encore, car grâce aux dessins de René-Yves Creston, un ami de mon père, dont on me raconte qu'il a fondé avec Jeanne Malivel et Georges Robin les *Seiz Breur*[1], une de nos

---

1. En septembre 1923, les peintres René-Yves Creston, Jeanne Malivel et le sculpteur Georges Robin créent avec d'autres artis-

fiertés, je sais que chaque pays, chaque paroisse presque, a sa mode (65 types de costume pour la Bretagne, a-t-il compté, avec 1 200 variantes), sa forme de gilet ou de coiffe, ses couleurs : bleus du pays *glazig*, jaunes d'Elliant, roux de Chateaulin, verts et violets de Plougastel, blancs de Pontivy. Bien avant d'avoir lu Saint-Pol Roux, la Bretagne est pour moi « l'ancienne à la coiffe innombrable ». Et j'ai beau n'avoir, enfant, visité aucune église, à une exception notable dont je reparlerai, et en comptant pour rien celle que je fréquentais, vraiment trop laide, l'histoire de l'art breton d'Henri Waquet me persuade qu'il y a chez nous un trésor d'églises, de retables et de chapelles. Je m'en remets à leurs noms et à la rêverie qu'ils font naître, j'égrène Saint-Fiacre, Kerfeunteun, Kerfons, Notre-Dame de Tréminou, en réservant pour plus tard le « *Tro-Breiz* » que je ferai un jour, c'est juré, un tour de Bretagne complet.

Borges dit quelque part être né dans la bibliothèque paternelle et n'en être jamais sorti. J'éprouve parfois ce sentiment aussi, même si celle de mon père avait moins d'ampleur. Je n'en reste pas moins surprise, aujourd'hui encore, par la richesse de son contenu : il était un instituteur sans fortune, consacrait son maigre salaire à l'édition de son bulletin militant et je me demande toujours comment il avait fait pour réunir pareil trésor. Ces livres étaient rangés dans un meuble vitré, orné d'entrelacs inspirés des enluminures irlandaises, et réalisé pour lui par un artisan de Tréguier, Joseph Savina, qui dans son atelier d'art celtique tentait de concevoir l'art nouveau des « *Seiz Breur*. « La

***

tes le groupe des *Seiz Breur* (les Sept Frères), qui cherchent à enraciner leurs créations modernes dans les origines bretonnes.

bibliothèque de ton père », disait ma mère avec une révérence solennelle : à l'écouter, je me persuadais que ces livres étaient incomparables aux autres.

Il y en avait effectivement beaucoup d'autres à la maison, éparpillés en divers endroits, livres enfantins pour moi, Perrault et la comtesse de Ségur, plus ceux qui venaient de la jeunesse de ma mère et portaient la marque, soit de ses goûts, soit des lectures canoniques des Écoles normales d'instituteurs : Édouard Estaunié, Ernest Pérochon, Colette. Ces livres-ci, et après avoir compris qu'il était inutile de songer à freiner ma boulimie, elle avait entrepris, quand j'ai eu douze ou treize ans, de les relire en pensant à moi ; sur la page de garde elle inscrivait, avec un crayon à papier, un chiffre d'autant plus discret que la religion des livres, à la maison, enseignait qu'il ne fallait ni les corner ni les annoter : dès leur acquisition, on les couvrait d'un papier cristal. Je trouve aujourd'hui l'entreprise très touchante, mais à l'époque je n'avais pas été trop longue à déchiffrer le code : ces 15, 17 ou 18 n'étaient nullement une note accordée à l'auteur, mais l'âge où elle estimait qu'il ne serait pas inconvenant pour moi de les lire. J'avais bien sûr fait mon profit de cette découverte en procédant tout à rebours. Je commençais par les gros chiffres, en ignorant tranquillement la consigne implicite. Ma mère, du reste, satisfaite d'avoir fait son devoir, ne poussait pas la vigilance jusqu'à vérifier. Aucune interdiction, en revanche, ne frappait la bibliothèque paternelle, peu faite, il est vrai, pour inspirer des idées folles à une jeune cervelle, et j'y puisais donc à mon gré.

La Bretagne en faisait l'unité. On y trouvait les grammaires et les dictionnaires, dont celui de François Vallée, auréolé de prestige : je savais que mon père avait bénéficié des leçons particulières de l'auteur et qu'il le vénérait. Mais le gros ouvrage était d'une fréquentation intimidante, et j'usais, pour les exercices du soir, du petit dictionnaire de Roparz Hémon. Il y avait aussi les histoires de Bretagne, Aurélien de Courson et Arthur de La Borderie. Grâce à eux, il y a tout de suite pour moi des lieux disgraciés, la lande piquée de boqueteaux de Saint-Aubin-du-Cormier où, un triste jour de juillet, les Bretons ont été écrasés par le roi de France, le lac de boue de Conlie où, Tristan Corbière me l'apprend, on a laissé en 1870 pourrir l'armée bretonne. Et des dates maudites : la plus noire, 1532, quand les États de Bretagne ont sollicité, et voté, l'union perpétuelle à la France. Elle sonne le glas de notre indépendance.

Il y a aussi des figures honnies : Du Guesclin, pour avoir servi avec l'armée de Charles V contre Jean IV : à la maison on ne l'appelle qu'« an Trubard », « le traître », une brute militaire doublée d'un perfide. Il y a des héros positifs : Nominoé et Érispoé sont glorifiés dans la bibliothèque comme fondateurs de la patrie bretonne, et pourtant ils donnent peu à rêver, peut-être parce que la maison tient leur histoire pour largement légendaire. Mais j'aime bien la « petite Brette », notre jolie boiteuse, la duchesse en sabots couronnée à Rennes, contrainte, au terme d'une histoire confuse où je me perds, où il y a des fiançailles rompues, des promesses trahies, des papes complaisants qui annulent les mariages en un tour de main, d'épouser sans entrain un Charles, puis un Louis, deux rois français. Il y a certes des livres, dans l'armoire vitrée, et notamment Camille Le Mercier d'Erm, pour montrer de la sévérité à notre duchesse. La maison ne la partage pas et la réserve à sa fille

Claude, qui n'a pas su défendre les ingénieuses combinaisons maternelles pour empêcher l'absorption de la Bretagne par la France. Anne, elle, a fait ce qu'elle a pu, j'en ai la conviction, et j'ai entendu vingt fois raconter avec quelle ferveur la maison a accueilli le dynamitage du monument de Rennes, qui la montrait humblement courbée aux pieds d'un roi de France.

Ma sympathie va aussi, bien qu'ils soient anonymes, aux frustes héros des « Bonnets rouges », révoltés, au nom de la « liberté armorique », contre les impôts prélevés par l'État royal au mépris des privilèges de la province. Ces privilèges, nous les nommons libertés, ou franchises bretonnes : ce sont elles qui, dans une affaire pourtant à peu près inintelligible, me rangent du côté de La Chalotais contre le duc d'Aiguillon (je ne sais pas alors que ce La Chalotais est un adversaire de l'éducation populaire, un réactionnaire par conséquent). Elles encore dont nous regrettons que nos députés aux États généraux les aient si légèrement sacrifiées, quand, pour parler le langage d'Aurélien de Courson, « la tempête populaire vint ébranler le vieil édifice de la liberté bretonne ».

Il est plus facile de s'orienter dans les livres, si nombreux, qui témoignent chez nous des collectes archéologiques, ethnographiques, linguistiques, et où on dénombre les silex taillés et les pierres levées, réunit les contes, légendes, proverbes, sentences, chansons, formulettes, oraisons, dévotions populaires, façons de vivre, de travailler et de mourir. Et donc, Anatole Le Braz pour *La Légende de la mort*, Émile Souvestre pour *Le Foyer breton*, Charles Le Goffic pour les volumes de *L'Âme bretonne*, Luzel pour les *Gwerziou* et encore le prolifique Paul Sébillot : hommage rendu par mon père à la Haute-Bretagne dont il était natif, peut-être pour se faire pardonner d'avoir donné son cœur à l'autre Bretagne. Parmi tous ces ouvrages brille le *Barzaz Breiz*, notre monument poétique, et nous n'oublions pas que George Sand a comparé « le tribut de Nominoé » à l'*Iliade*, « plus beau, plus parfait qu'aucun chef-d'œuvre sorti de l'esprit humain ».

Le *Barzaz*, chez nous, est l'objet d'une vénération qui ne va pas sans embarras. La maison le lit, et même le chante, notamment cet « *alarc'h* » (« Le Cygne »), qui célèbre la victoire en 1364 du duc Jean à Auray et dont le refrain, en annonçant la bonne nouvelle aux Bretons, jette au visage des Français le « *malloz ruz* », la « malédiction rouge ». Mais elle sait aussi que la collecte de La Villemarqué n'a pas été exemplaire, qu'on a même pu la taxer d'imposture. La maison hésite, et moi avec elle : ce Luzel, aux objections duquel la Villemarqué ne daigne pas répondre, ne serait-ce pas une fois encore un Breton honteux, enclin à déprécier sa propre culture ? Pour ma part, je voudrais croire à l'authenticité du *Barzaz*, qui nous venge de l'image d'une Bretagne inculte et barbare, et je me résigne à camper sur la position de repli suggérée par Le Goffic : si nous n'avons pas eu un peuple poétique, du moins nous tenons un vrai, un grand poète. Mais j'en suis mal satisfaite, et c'est dire combien j'aurais été comblée, à l'époque, par les découvertes de Donatien Laurent : en retrouvant les carnets de collecte du *Barzaz*, remaniés certes, et refondus pour la publication selon des procédés discutables, mais témoins d'une enquête véritable, il a rendu son honneur au vicomte, et à nous notre fierté[1].

1. Donatien Laurent, *Aux sources du* Barzaz Breiz : *la mémoire d'un peuple*, Douarnenez, Ar Men, 1989.

On a compris que la bibliothèque paternelle était militante. Ce qui, au premier coup d'œil, identifie une bibliothèque de militant, c'est l'abondance des brochures, revues, plaquettes, journaux, désordre visuel qui traduit l'activisme quotidien. La nôtre ne fait pas exception. Les revues y sont légion, et de toutes tendances. On y trouve *Feiz ha Breiz* (Foi et Bretagne), la vieille revue catholique, les premiers numéros de *Stur* (Le Gouvernail), de *Kroaz ar Vretoned* (La Croix des Bretons); les cinq livraisons de *Kornog* (Occident), l'éphémère et superbe revue des *Seiz Breur*, qui pourfend la désolante camelote des bretonneries pour touristes, cherche ses sources d'inspiration dans l'art populaire et salue la naissance d'un art nouveau : celui même que la maison honore, en installant sur le bahut de la salle à manger la paludière de grès noir de Georges Robin; et bien sûr *Gwalarn* (Vent d'Ouest), la revue littéraire, objet d'une attention toute particulière, puisque mon père en a fait relier les exemplaires[1].

Grâce à *Gwalarn*, j'apprends le nom d'auteurs et d'œuvres dont l'école, et même plus tard le collège, ne soufflent mot : Tchekhov, que traduit Roparz Hémon; Eschyle et Hawthorne, grâce à Youenn Drezen, un ami de la maison. Montrer que la langue bretonne était capable de rendre les nuances de la grande littérature, qu'elle n'était pas une langue morte, cette « tombe de la pensée » selon Hugo, telle était la vraie ambition de *Gwalarn*, si bien qu'une frénésie de tra-

---

1. La revue *Gwalarn* avait été créée comme supplément à *Breiz Atao* par Roparz Hémon, nom littéraire de Paul-Louis Nemo, professeur d'anglais au lycée de Brest, qui se voue à la renaissance de la langue bretonne, dans le but de l'ouvrir à la modernité.

duction s'était emparée de l'équipe. Mon père avait lui aussi entrepris une traduction de Longfellow, en pensant à moi. Je ne sais s'il imaginait que les aventures de ce jeune chasseur indien prodigue de prouesses étaient propres à séduire une petite fille, et j'avoue en avoir surtout retenu les mocassins colorés, la pirogue de bouleau et le sirop d'érable, mais *Hiawaza* fut, avec *Prinsezig an dour* (La Petite Princesse de l'eau), traduit du néerlandais, histoire d'une petite fille élevée par des grenouilles, dans mes premiers livres de lecture.

Toute conquérante qu'elle fut, la lecture de *Gwalarn* n'était pourtant pas forcément douce à l'esprit militant. La prose sévère de Roparz Hémon y répétait inlassablement qu'en dehors du théâtre les Bretons ont peu à verser au trésor culturel de l'humanité, qu'il nous faut admettre que notre littérature est une pauvresse, sans beauté et sans vraie émotion.

Il faut bien se remettre de pareil verdict. Et, heureusement, notre tout petit cap breton à l'extrémité de l'Europe, si mesquin sur les cartes de l'école, peut s'annexer d'autres territoires. Ceux-ci, Écosse, Galles, Cornouailles, Irlande, *Kornog* les peint des mêmes couleurs que la Bretagne, en laissant à l'est, en livrée de deuil, la France et l'Angleterre. Autour de nous, et avec nous, ces cousins composent la grande patrie celte. Sur les rayons de la bibliothèque leurs œuvres voisinent avec les nôtres, le *Barzaz Breiz* auprès des *Mabinogion*, qui sont pour Renan la véritable expression du génie celtique. Et la bibliothèque est encore assez œcuménique pour accueillir le *Kalevala*, jumeau finnois du *Barzaz*.

Parmi tous ces livres, ceux qui viennent d'Irlande brillent d'un éclat singulier. Grâce à eux, très tôt je connais le Connemara, le Donegal, leurs jolies rousses et leurs jeunes révoltés, Aran et les jupes rouges de ses femmes sur le noir de la tourbe. On caresse parfois, à la maison, le rêve d'un raz de marée qui noierait à l'est le bocage mou de la Manche et de la Mayenne, de manière à faire de notre Bretagne une île, et justement l'Irlande en est une : assez chanceuse pour n'avoir pas besoin de négocier avec ses voisins d'incertaines frontières, assez héroïque pour avoir secoué le joug de l'oppresseur, assez inspirée pour nous donner de grandes œuvres, l'Irlande est notre seconde patrie. Michael Collins et Patrick Pearse sont les héros de mon enfance, leurs « Vies » sont dans la bibliothèque et les « Pâques dublinoises »[1] une date mémorable ; grâce au *Dénonciateur* de Liam O'Flaherty, je sais comme peuvent être tragiques et pitoyables les figures de la lutte clandestine, le *Baladin* de Synge m'apprend comment l'hostilité envers la justice anglaise a fédéré la communauté villageoise autour d'un meurtrier rebelle. Et ce Synge, précisément, est une des gloires de la maison, les *Îles Aran*, un livre culte : nous savons que nous aurions eu besoin, nous aussi, d'un Yeats pour souffler à un grand écrivain d'aller recueillir, pendant qu'il en était temps encore, le patrimoine des plus reculés de nos terroirs.

Quand je cherche dans cette marée de livres ceux que j'ai lus et relus, j'en rencontre deux surtout, désormais si dépenaillés qu'ils témoignent d'un long compagnonnage. C'est d'abord, dans une collection

---

1. Première manifestation de la crise politique et économique qui se développait dans toute l'Irlande, une insurrection éclate à Dublin le lundi 24 avril 1916. Elle dure six jours, fait de nombreux morts et blessés, et ravage la ville.

canonique, les *Contes et récits d'outre-Manche*. Je relis aujourd'hui la préface que leur a donnée Suzanne Clot. On n'est, écrit-elle, français qu'à moitié si on n'a pas, parmi ses figures familières, Gargantua, Geneviève de Brabant et les quatre fils Aymon. Ne serions-nous donc, à la maison, que des demi-Français ? J'ignorerai en tout cas ces personnages jusqu'à la prime adolescence. Ce sont d'autres figures qui habitent mon imagination : l'enfant Taliésin à qui une seule strophe suffit pour briser les chaînes d'argent qui retiennent prisonnier Elphin, son prince ; Luned, la jeune fille qui donne à Owain la bague dont le chaton rend invisible ; la fille du roi des géants, cette Olwen aux blanches empreintes, dont chaque pas fait fleurir quatre trèfles candides ; la Dame du Lac, dont le bras rond, au-dessus de l'eau, tend Excalibur à Arthur ; et Merlin bien sûr, emprisonné « sans mur, sans bois et sans fer » par Viviane la perfide — la sinueuse créature du tableau d'Edward Burne-Jones illustre l'épisode —; Merlin donc qui dort maintenant sous son taillis d'aubépine, auprès de la fontaine de Barendon. Tout ici est charme, miracle, métamorphose, les pouvoirs des bêtes (l'oiseau qui prête son apparence à Merlin, le sanglier briseur de branches), les diableries des objets : le chaudron où l'eau refuse de bouillir si on y apprête de la nourriture pour un lâche, la barque silencieuse chargée de femmes voilées de noir qui conduit toute seule Arthur jusqu'à sa tombe.

C'est grâce à ce précieux livre encore que je pénètre dans la forêt de Sherwood et rencontre Robin Hood au bonnet vert et les *outlaws* champions du peuple saxon opprimé. À lui toujours que je dois de connaître le Shakespeare d'inspiration anglo-saxonne, les taches de sang sur les petites mains de Lady Macbeth, la marmite où mijote le brouet des sorcières, les pleurs de Cordélia, le mélancolique philosophe de *Comme il vous plaira*, et les arbres couverts de rondeaux d'amour dans la forêt d'Arden. Je n'ai pas la moindre conscience du fait qu'il s'agit là, comme l'assure la préfacière, du « patrimoine de tous les petits Anglais ». Car c'est « la matière de Bretagne », et l'usage répété du mot de Bretagne dans ces contes me conforte dans la conviction qu'il s'agit de notre Bretagne armoricaine à nous et que tel est bien notre patrimoine fabuleux.

Du second livre, très fréquenté lui aussi, je sais qu'il n'est pas breton, mais irlandais. Ce *Pot d'or*, d'un certain James Stephens, raconte une étrange histoire d'enfants enlevés, et de la quête pour les retrouver, qui nécessite l'aide active des créatures du « Side », ce monde invisible. Quand je le retrouve aujourd'hui, je me demande comment je pouvais traverser les longs dialogues mi-figue mi-raisin des deux « philosophes » héros de l'histoire. La gaieté du livre, je crois, agissait sur moi comme un remède à toute peur. Car il s'agissait d'un vagabondage allègre à travers landes et collines et du compagnonnage heureux avec les « lépricones », petits cordonniers verts attachés à la possession d'un pot d'or qui les garantit des entreprises humaines, plus convaincants que les korrigans bretons auteurs de farces rustiques. Et le paysage était celui d'une paradoxale Irlande solaire, où les dieux descendaient sur les coteaux pour danser nus avec les paysannes dans une lumière glorieuse.

Rien, dans les livres « pour enfants » de la maison, ne pouvait vraiment rivaliser avec ce monde plein d'âmes, de signes et de forces cachées, où dès que la nuit tombe, comme Synge le découvre à Aran, les esprits les mieux rassis commencent à s'inquiéter des fées : ces créatures invisibles ont coutume de jeter leur dévolu sur les jeunes hommes, font briller à leurs yeux une pomme merveilleuse, et malheur à eux s'ils la goûtent, ils leur appartiennent à jamais. Les contes de Perrault, eux, offraient peu à rêver. Leurs héros n'usent après tout que de procédés très prosaïques. Semer des cailloux pour retrouver sa route comme le petit Poucet, forcer l'allure des chevaux comme les beaux-frères de Barbe-Bleue, donner le coup de couteau chirurgical qui libère un Chaperon rouge et une grand-mère trop gloutonnement avalés ne relève pas de la magie mais d'un savoir-faire très ordinaire. Je donnais donc, répondant sans le savoir au vœu posthume de mon père, mon cœur au contenu de sa bibliothèque, où abondaient exploits, chimères et merveilles, où l'invisible était partout embusqué, et qui de surcroît était sacralisé par ses choix. C'est dire avec quel sentiment de scandale j'entendrai plus tard Louis Guilloux — il avait entrepris de débarbouiller l'adolescente que j'étais de ses ferveurs provinciales — épingler Charles Le Goffic et Anatole Le Braz comme exemples mêmes de la platitude littéraire.

Vouée à une celtitude idéale, et amplement fantasmée, la bibliothèque n'avait pourtant pas une entière cohérence. Au gré des lectures, on pouvait s'y tailler une Bretagne douce ou violente, archaïque ou moderne, progressiste ou réactionnaire. Elle faisait quelques pas de côté pour accueillir avec une sympathie de principe ceux, comme Frédéric Mistral, qui avaient mis en évidence les cultures minoritaires. Il suffisait parfois aussi qu'un livre consacrât quelques

pages à la Bretagne pour y être accueilli. On y trouvait deux ou trois Balzac dépareillés, *Béatrix* pour sa
description de Guérande — ce sera mon premier
Balzac —; *Les Chouans* (dont le sous-titre annonce :
*la Bretagne en 1799*) pour, ou malgré, sa présentation
noire et blanche du tempérament breton, héroïsme et
sauvagerie mêlés ; Paul Féval pour la forêt de Rennes
et ses loups ; Alphonse de Chateaubriant pour le paysage de la Brière, brouillards sur les tourbières et
métairies prosternées dans les roseaux. On pouvait
même y dénicher un livre vilipendé par l'opinion bretonne, comme *Les Filles de la pluie*, d'André Savi-
gnon, prix Goncourt 1912, qui avait fait scandale pour
prêter aux Ouessantines des mœurs légères, mais je
ne retenais d'elles que leur beauté sauvage et leurs
feux de tourbe, sur lesquels cuisaient les fars en sac,
chef-d'œuvre culinaire de ma grand-mère.

Et, bien entendu, la bibliothèque rendait justice à
nos grands Bretons, en dépit de leur appartenance
indiscutable à la littérature française : Lamennais,
Chateaubriand, Renan, trônant ici en intimidantes
œuvres complètes. Je ne crois pas qu'à la maison personne ait jamais lu l'*Essai sur l'indifférence en
matière de religion*, ni même *Les Martyrs*, mais la
présence de ces livres imposait le respect. Nous
savons qu'il s'agit là de nos attachés culturels dans la
capitale, de nos intercesseurs. Ils témoignent que nous
ne sommes pas ces têtes dures et ces cœurs sommaires que nous renvoie le regard de Paris. Certaines
de leurs sentences nous réconfortent en nous lavant
de tous les mépris : ainsi Renan, qui nous promet une
revanche « sur les races dures, sans sympathie, qui
n'ont ni l'espoir, ni l'amour des hommes », et gentiment prophétise : « Un jour, votre santé morale sera le

sel de la terre, vous aurez du talent quand il n'y en aura plus. »

De ces lectures faites trop tôt, et d'un vagabondage irrévérencieux dans les massifs de pages, me sont longtemps restées des images plus que des idées : dans les *Paroles d'un croyant* les rois agrippés à leurs couronnes, comme si un vent de noroît furieux décoiffait les pages de Lamennais : dans les *Mémoires d'outre-tombe* la tourelle solitaire de Combourg et la canne du père résonnant dans les couloirs glacés, car à cette époque je ne parviens pas à dépasser les récits de l'enfance, tant me déconcertent les continuels allers et retours du vicomte entre passé et présent.

Je lis plus assidûment les *Souvenirs d'enfance et de jeunesse* de Renan, dans la petite collection blanche des éditions Nelson, en laissant de côté les pages sur le séminaire auxquelles je ne comprends à peu près rien. Mais j'aime l'évocation de Tréguier et des créatures doucement folles qui peuplent la petite ville, l'homme qui s'imagine en prêtre et emplit matin et soir la cathédrale de la psalmodie nasillarde d'une fausse messe, la fille du broyeur de lin qui brode pour le vicaire dont elle est amoureuse un inutile, un pathétique, trousseau de noces. Surtout, le livre est annoté et souligné de la main de mon père. Je peux rêver ainsi sur les passages qu'il me désigne. Celui qui concerne la foi, par exemple : je savais qu'il ne l'avait pas, ou plus, et il souligne qu'elle « a ceci de particulier que disparue elle agit encore » et que « la grâce survit encore par l'habitude au sentiment vivant qu'on en a eu ». Et aussi celui, dont je me demande aujourd'hui s'il lui paraissait exprimer ses propres contradictions, qui contient cet autoportrait de Renan :

« romantique protestant contre le romantisme, utopiste prêchant en politique le terre à terre ».

Je me promenais dans cette bibliothèque comme font les enfants en forêt, zigzags, gambades, cueillette de livres qu'on respire, ouvre, abandonne, troque pour d'autres, oublie, reprend. Nul ne m'ayant jamais demandé, comme à George Steiner, de faire un précis de chaque lecture avant d'en entamer une autre, c'était un vagabondage anarchique, mais qui m'avait munie d'un fort lot de croyances. La plus ferme est que de la France ne nous est venue aucune vraie sympathie. À l'exception de George Sand, que dès cette époque je vénère, pour ce généreux regret : « Vraiment nous n'avons pas assez fêté notre Bretagne. » Mais habituellement les livres égrènent les jugements péremptoires que les voyageurs qui se sont aventurés en Bretagne ont portés sur nous. À les en croire, nos paysages ne sont que landes désolées, fondrières des chemins, maisons corrodées par le sel, fumiers dans les cours, pluies définitives. Entrer en Bretagne, dirait-on, c'est s'enfoncer dans un royaume de tristesse : « Un vent froid s'élève, les arbres se tordent, la mer est sombre, le granit perce à chaque pas un sol maigre » (c'est Renan qui écrit et le plus désolant est bien de voir les Bretons apporter eux-mêmes de l'eau au moulin des stéréotypes). C'est pénétrer dans des chaumières informes où les trous dans les tables tiennent lieu d'assiettes. C'est aussi rencontrer des êtres étranges, à demi sauvages, têtes obtuses, corps mal lavés, esprits en proie aux délires de l'alcool.

Nos monuments et nos usages n'ont pas connu un meilleur sort. Ceux qui sont pour nous, en bloc, des « Parisiens », ont moqué nos ossuaires, des « granges à os » (mais, pour être tout à fait équitable, il faut dire que les Bretons eux-mêmes les nomment « *craou an eskern* », des « crèches à os »). Ils ont ridiculisé nos vieux saints : « Monsieur Saint-Gildas est aussi vétérinaire », s'esclaffe Mérimée (dont je ne sais pas encore que les « ratichons » allument les sarcasmes bien au-delà de la Bretagne). Ils ont humilié notre langue, qu'on ne peut, disent-ils, parler qu'avec « un bâillon dans la bouche » (toujours Mérimée). Quant à Mme de Sévigné, nous lui réservons une aversion particulière : non contente de compter joyeusement au bord des routes les pendus des « Bonnets rouges », elle a osé dire de nous : « *mea culpa*, c'est le seul mot de français qu'ils sachent ».

Tel est pour nous le point crucial. Nous connaissons par cœur les arguments que l'arrogance française n'a cessé d'opposer à ce qu'elle nomme à l'ordinaire un patois, et les bons jours un idiome. Pour commencer, la division de notre langue en dialectes : « vous n'êtes même pas capables de vous entendre entre vous, où donc est votre langue ? » ; à quoi les numéros d'*Ar Falz* présents dans la bibliothèque permettent de répondre que tel est le sort habituel des langues parlées, et que cette division n'affecte en rien l'unité de la syntaxe. Puis, « montrez-nous donc vos grandes œuvres, où cachez-vous vos grands écrivains ? » ; mise en demeure à laquelle nous opposons le *Barzaz* bien sûr, mais aussi, plus près de nous, un grand poète, Jean-Pierre Calloc'h (je ne le lis guère, découragée sans doute par le dialecte vannetais et l'austérité du thème), un grand dramaturge, Tanguy Malmanche ; on me dit qu'on a joué à Plouescat, le pays « pagan » de mes vacances, et l'année même de ma naissance, *Les Païens*, une pièce où j'ai retenu surtout l'image de Fant, la jeune fille qui traîne partout son sac lourd de galets, en réalité des âmes de trépassés en peine. Mais ces invocations peuvent-elles suffire ? Nous sommes mal convaincus nous-mêmes de notre gloire littéraire et, si nous l'étions, les avertissements de Roparz Hémon nous auraient vite dégrisés : certes, une grande littérature bretonne est possible si, à force d'énergie et de travail, nous régénérons la langue, et peut-être, avec elle, les Bretons. Mais pour le moment, elle ne fait que luire à l'horizon.

C'est, je le sais, l'œil fixé sur cette aurore qu'a travaillé mon père. C'est pourquoi je lis aujourd'hui avec une sympathie fraternelle, mais en mesurant l'écart qui séparait mon enfance de la leur, les récits de mon compatriote léonard Jean Rohou, comme ceux de Pierre-Jakez Hélias, même si ce dernier est un peu préservé par sa belle humeur cornouaillaise. Dans leurs écrits passe souvent l'évocation du mépris longtemps montré à leur langue, à leur accent, à leurs manières, des quolibets qu'ils ont dû endurer, et qu'ils ont intériorisés. Rien à la maison ne nous est plus familier, et objet de commentaires plus navrés, que le type du « Breton honteux ». Ce ne sont du reste pas les paysans aliénés que nous incriminons, mais l'espèce bien plus méprisable des « *tudgentil* », les petits bourgeois honteux de leur appartenance.

À aucun moment chez moi on n'est tenté de participer à cette honte : le cœur de l'entreprise paternelle consiste à la muer en fierté. Certes, il s'agit d'une fierté seconde : quelque chose nous souffle qu'on ne devrait être fier que de ce qu'on a mérité. Un peu plus tard, à Berven, dans une famille amie, nous nous amuserons beaucoup à chanter au dessert la fière chanson de l'équipe de football de Saint-Pol-de-Léon :

« Bénissons la Providence / de nous avoir fait bretons, bretons, bretons / nous avons bien de la chance / d'être de Saint-Pol-de-Léon, Léon, Léon. » Notre condition de Breton, nous le savons bien, nous n'avons eu que la peine de naître pour la trouver à notre berceau. C'est la part non choisie de l'existence, sa première et inéluctable donnée. Mais cette part non choisie appelle des devoirs. Il nous revient d'approfondir nos appartenances, de les cultiver, de les rendre visibles. Et si le regard d'autrui s'avise de transformer ce cadeau originel en tare, alors il nous faut choisir ce que nous avons subi, et retourner la honte en fierté. Et c'est à cette seconde nature, à ce breton régénéré qu'a tendu l'effort de mon père.

L'entreprise n'est pas sans difficultés. Si l'exaltation est dans la bibliothèque, elle n'est pas entière à la maison. Peut-être en raison des réticences que lui oppose ma mère : elle gardait rancune à tous ceux qui avaient sans relâche fait sentir à mon père que le breton dont il usait, pour n'avoir pas coulé de lèvres maternelles, était resté raide et contraint, un « breton chimique » ; elle était convaincue que le combat sans espoir qu'il menait l'avait tué, si bien que, devenue veuve, et inconsolée, le « mouvement breton » lui inspirait des sentiments très mélangés, où perçait une sourde rancune. Mais aussi pour une raison plus profonde. Mon père, je le sais en lisant *Ar Falz*, était très conscient de l'immense chemin à parcourir pour communiquer aux Bretons le sentiment de leur identité glorieuse et la fierté de leur appartenance. Il vivait l'aridité rebutante de l'existence propagandiste : réunir quatre militants dans quelque arrière-salle enfumée, coller des affiches sans lecteurs, mendier des abonnés sans ferveur, réchauffer des tièdes, prêcher des mal convaincus, expliquer sans relâche ; un vrai travail de Sisyphe, sans être assuré que les Bretons aient eux-mêmes le désir de revendiquer leur héritage culturel et comprennent le combat auquel il les conviait.

Peut-on faire le bonheur des Bretons malgré eux ? Vertigineuse interrogation que je retrouverai plus tard, sous des cieux moins océaniques et dans d'autres organisations militantes, et j'apprendrai alors que rêver d'un homme nouveau suppose partout et toujours le recours à la force. Mais dès l'enfance j'avais fait connaissance avec ce « malgré eux », épine plantée dans la pensée de mon père. Pour se consoler, et se donner du cœur, il pensait à la longue marche des révolutionnaires irlandais : on le voit, dans une lettre à son ami Debauvais, prononcer en guise de viatique les noms magiques de Griffith et de Patrick Pearse. Mais les Irlandais eux-mêmes, à en croire Synge, parlent anglais à leurs enfants chaque fois qu'ils en sont capables, pour les rendre mieux à même de faire leur chemin dans la vie. C'est ce que nous avons mille occasions de constater autour de nous et que ma grand-mère elle-même illustre. Comment donc être sûr que la volonté constructiviste et artificialiste du militant épouse la volonté du peuple breton ?

Avec ce mot de peuple, on touche à une autre originalité de la maison, objet d'un nouveau lot de croyances, et d'une nouvelle perplexité. La cause du breton, dans ces années-là, était aux mains des forces conservatrices. C'est à l'église, et non ailleurs, qu'on pouvait entendre la vieille langue, qu'on défendait conjointement la foi (*Feiz*) et la Bretagne (*Breiz*), deux mots qui riment miraculeusement ; c'est dans les fêtes folkloriques, où le clergé occupait la place d'honneur, que se déployait la splendeur des costumes, au son des binious et des bombardes. Or, la maison avait peu de respect pour le breton des prêtres, breton de sacristie, qui diffusait ces « *instructionou profitabl* », destinées surtout à tenir la jeunesse éloignée des tentations du monde moderne. Et la bibliothèque avait beau regorger d'ouvrages folkloriques, la maison n'en tenait pas moins le folklore en suspicion. Elle vomissait comme on sait déjà les poèmes de Botrel, ajoncs d'or, clochers à jour, fiancés chastes se tenant par le petit doigt, des niaiseries sentimentales à ses yeux, faux marins et paysans d'opérette. Elle m'apprenait à jeter un œil goguenard sur les faïences quimpéroises à binious et à *bragou braz* accrochées aux murs des rares maisons bourgeoises où il m'était arrivé d'entrer. Quand je lirai plus tard la charge furieuse, et souvent injuste, de Xavier Grall contre le trop nostalgique Pierre-Jakez Hélias, « sacristain qui sonne l'office des morts », je reconnaîtrai dans sa définition du folklore, « l'alibi des esclaves », celle même de la maison. Elle aussi tenait le folklore pour un opium du peuple, la draperie décorative qui sert à dissimuler l'oppression double qui s'exerce sur le peuple breton : comme breton, puisque il sait lire et écrire la langue dont il ne se sert pas, mais n'écrit ni ne lit celle qu'il parle à la mer ou aux champs ; et comme peuple, car il n'a évidemment pas été mieux traité que « les prolétaires de tous les pays ».

Et voilà qui colore étrangement l'identité bretonne de la maison, à mille lieues des stéréotypes. Car si la bibliothèque accueille, pour peu qu'ils aient parlé breton, ou célébré la Bretagne, bon nombre de Chouans et d'ennemis enragés de la République, comme ce Jean-Pierre Calloc'h qui fait de la guerre la juste punition d'une France adonnée à la volupté, la hiérarchie muette qu'elle enseigne, confirmée par les commentaires de ma mère, ne fait pour moi aucun doute, comme ne souffre pas d'hésitation la hiérarchie de ses attachements. Notre Bretagne est bleue. Ce qui exprime le mieux les croyances de la maison, c'est le roman d'Yves Le Febvre, *La Terre des prêtres*, qui raconte le drame pitoyable de la pauvre Mac'harit, enceinte d'un prêtre et victime de la vénération qui les entoure en pays de Léon. Ou les numéros de *Brug*, la revue bilingue, socialiste et libertaire d'Émile Masson. Ou encore, du même, *Antée. Les Bretons et le socialisme*, une bible celui-ci. Voilà qui nous mène bien loin du breton des prêtres dont Masson écrit qu'ils répandent « parmi le peuple breton, comme une pieuse vérité, que le socialisme est une engeance du diable ». La maison, avec Masson, croit à l'alliance indispensable du socialisme et de l'identité bretonne. Là est le cœur même du combat militant. Amener les prolétaires bretons à se réapproprier leur langue, langue de gueux, prolétaire elle-même, et à secouer le joug de l'oppression capitaliste, c'est tout un.

Lue, apprise, pratiquée, volontairement orientée vers un an I de la liberté, l'identité bretonne de la maison était un projet encore plus qu'un constat, un avenir davantage qu'un passé. C'est dire l'ambiguïté des croyances que je trouvais en héritage. Tout dans la bibliothèque parlait de la force inspiratrice du passé, par où la Bretagne des livres rejoignait la Bretagne de ma grand-mère, qui croyait à la présence vivante des morts. Mais tout indiquait aussi que dans l'adoration de ce passé breton et de sa civilisation rurale il y avait un risque d'ankylose. Mon père, qui ne voulait pas d'une Bretagne pétrifiée dans son passé, devait sentir vivement cette contradiction. Dans les *Souvenirs* de Renan, ce sont les passages qu'il souligne : « Les vrais hommes de progrès sont ceux qui ont pour point de départ un profond respect pour le passé », et encore : « J'aime le passé, mais je porte envie à l'avenir. »

Telles étaient donc les croyances complexes de la maison. Celles qu'on professait à deux pas de là, dans l'école, insoucieuses du passé, et tout entières dirigées vers l'avenir, avaient plus de simplicité.

## L'école de la France

Pierre-Jakez Hélias a raconté qu'il avait dû quitter
le Paradis pour entrer dans les écoles. Voilà ce que je
n'ai pas eu à faire : des écoles, je ne suis jamais sortie.
L'école pour moi, c'est ce que les autres appellent la
« grande école ». Car la petite, la maternelle, est
encore la maison. J'y passe pourtant une année dans
la « grande classe » : celle sur laquelle règne, avant de
la céder l'année suivante à ma mère, la dame aux cheveux blancs et aux gâteaux secs. Je ne suis pas sûre
qu'elle se soit beaucoup adoucie depuis notre première
visite. Car le souvenir marquant de cette année est
l'escapade d'une douzaine de bambins, dont moi, au-
delà du portillon qui donne sur le terrain vague : je ne
sais qui avait parlé d'un petit chat perdu, et qui miau-
lait tristement. Petite panique à l'intérieur des murs
quand on s'était aperçu de l'évasion, et j'entends
encore la voix indignée de la dame : « Ils sont tous
partis, Mona Sohier en tête ! » En tête, sûrement pas,
j'étais bien trop timorée. Je percevais du reste moins
l'injustice du propos que l'hostilité sourde — elle
visait ma mère bien plus que moi. Mais on ne faisait
pas encore l'appel dans ces petites classes, et c'est la
première fois que j'entendais, ainsi accolés, mon nom

et mon prénom : premier et bizarre trouble d'identité dont je me souviens toujours. Ma mère, accourue sur les talons de la directrice, avait arrangé prestement l'affaire ; il n'y aurait pas de sanction : de ce côté-ci du groupe scolaire s'exerçait encore la protection de la maison.

L'école, donc, commence à cinq ans, quand je franchis l'étroit passage qui sépare les deux cours. Dans celle-ci, pas une fleur, et plus un garçon. Ils ont tous disparu derrière le mur du fond et pendant cinq ans ne réapparaîtront pas. Mais à perte de vue, des filles, les grandes du cours complémentaire et les petites comme moi, des blondes, des brunes, des tresses, des couettes, des sabots, des galoches, des sarraus de toutes couleurs — le mien, qui signale l'orpheline, est tout noir. Il y a des conciliabules, des courses, des galopades, des groupes qui se font et se défont au gré des jeux. Ceux-ci se succèdent au long de l'année en obéissant à une mystérieuse nécessité : pendant deux semaines c'est la royauté des billes, que détrône « le gendarme et le voleur » ; règne éphémère à nouveau, auquel met fin la corde à sauter.

C'est la première fois, il me semble, que j'ai le sentiment, violent, comblant, de jouer. À la maison, l'ours Gell (Brun, en breton) et le baigneur Yannig sont de peu de secours. Deux ou trois ans plus tard, quand je lirai l'histoire de Cosette dans les « morceaux choisis » de l'école, j'apprendrai que la contemplation éblouie d'une poupée peut à elle seule tenir lieu de « jeu ». Mais tel n'était pas mon cas, au point que j'avais inventé un double pour mon baigneur, un Yannig dit « du jardin » parce qu'il logeait dans le coin du persil et du cerfeuil. Chaque fois que je déplace, dans la bordure de buis, le petit caillou rond qui figure la porte de sa maison, il vient me rejoindre. C'est un vrai copain, plus loquace et plus affectueux que l'inerte baigneur de celluloïd. Plus d'un demi-siècle après, quand je lirai le beau roman de Sorg Chalandon, *Le Petit Bonzi*, mon vieux compagnonnage avec « Yannig du jardin » me fera comprendre dès les premières pages que ce petit Bonzi est un être de fiction.

À la grande école, en revanche, nul besoin de se forger une compagne imaginaire. Elles sont tout de suite là, joyeuses, jacassantes, endiablées, elles entourent la nouvelle venue dès ses premiers pas dans la cour, et il n'y a qu'à se laisser glisser dans le groupe, on y est accepté, reconnu, allégé brusquement de la tristesse qui pèse à la maison. Je joue donc avec emportement, malgré ma maladresse. Je ne suis pas « *ouipous* » au jeu de billes, expression qui désigne celle qui repart avec un sac plus gros que celui avec lequel elle est entrée dans la partie. Je cours moins vite que les autres, le ballon m'échappe tout le temps des mains, je ne sais pas faire « vinaigre » à la corde à sauter, je suis un voleur sans audace, un gendarme sans autorité. Mais le miracle est que les autres m'acceptent et me traitent comme une possible partenaire. Plus tard, je retrouverai cette ivresse chez le jeune Jean-Paul, ébloui qu'on ait pu s'adresser à lui en l'appelant « Sartre ». Je déborde de reconnaissance, moi si solitaire, d'être si aisément intégrée aux groupes éphémères que chaque récréation ramène. L'école, et c'est là sa merveille, s'ingénie à nous rendre pareils.

Cette similitude, pourtant, souffre quelques exceptions, assez cuisantes pour qu'aujourd'hui encore je m'en souvienne. Les autres n'oublient pas tout à fait que je suis la fille de la directrice de l'école d'à côté.

Vient le jour — ce doit être au cours moyen — où des ricaneuses m'entourent dans la cour. Des délurées, celles qu'en Bretagne on appelle des « dégourdies ». Je suis la seule désormais, disent-elles, à ne pas savoir. Savoir quoi ? Je me garde de le demander, mais elles fournissent elles-mêmes la précision ; comment se font les bébés, et malheureusement elles ne peuvent rien me dire, elles voudraient bien, mais c'est à cause de ma mère, elles doivent se taire. Je me sens rougir jusqu'à la racine des cheveux, je ne dis mot, gagnée par un trouble bizarre : j'ai honte, je ne comprends pas pourquoi, je n'ai pas envie de savoir, peut-être obscurément convaincue que ce que je vais entendre ne me plaira pas. Elles me tournent autour, un peu déçues de mon inappétence, puis finissent par abandonner. Je ne saurai rien, et pour longtemps.

Moments fugitifs. Car l'école, dès la cour de récréation, est bien le lieu où l'on oublie d'où on vient, où s'efface la singularité taciturne de la maison, où on se sent comme tout le monde. Le seul regret est de ne pouvoir, les jeudis et les dimanches, prolonger la sociabilité démocratique de l'école. Pour une part, ce sont là habitudes d'époque. Dans ces temps lointains et dans ces lieux ascétiques on s'invite peu, les goûters d'anniversaire sont chose tout à fait inconnue, on ne franchit jamais le seuil d'une camarade de classe. Un farouche « chacun chez soi » gouverne les relations humaines, et ce qui l'aggrave, c'est que Plouha est ce que les instituteurs appellent en soupirant une « commune à concurrence ». En Bretagne, du reste, elles le sont presque toutes. Ici, l'école de la République a de l'autre côté du bourg son pendant dans deux écoles privées, celle des Sœurs, celle des Frères, prospères toutes deux, même si leurs bâtiments sont moins spectaculaires que les nôtres, et en compétition constante avec l'école laïque.

La commune donc a deux côtés, inscrits dans la topographie. Et même si la bipartition y est moins féroce que dans notre Léon natal, chacun sait de science native quel est le sien. Ce « côté » vous dit quel médecin choisir, quel boulanger et ce n'est pas pour la qualité de son beurre qu'on élit son épicier. Ma mère, quand s'annoncent les brumes de septembre, part avec son sac de boules de gomme faire la tournée des fermes où il y a, en préparation ou en acte, de jeunes enfants qu'il faudra bien scolariser. Le seront-ils chez nous ou chez les autres ? Il s'agit, au terme d'un échange précautionneux et crypté, de faire valoir nos mérites et de recruter de futurs élèves pour notre côté. Comme sœur Agathe, ou sœur Thérèse, a entrepris pour le compte de l'école catholique une tournée jumelle, il arrive parfois que se croisent, au détour d'un chemin creux, les bonbons laïques et les bonbons pieux. Ma mère détestait l'exercice, mais ne pouvait s'y soustraire. Et nous-mêmes ne pouvions échapper au sentiment de notre identité : « filles de la laïque » nous étions, et, si nous avions voulu l'ignorer, la fréquentation du catéchisme se serait chargée de nous l'apprendre.

Or, l'école publique n'est guère fréquentée par les enfants du bourg, mis à part les enfants de fonctionnaires. Les filles des commerçants et des petits notables vont chez les Sœurs, et voilà qui réduit, dans ce bourg fendu en deux par la guerre scolaire, le nombre d'enfants « fréquentables ». Chez nous viennent tous les jours, avec dans leur sacoche le « midi » et le « quatre-heures » (dans mon souvenir la cantine ne sera ouverte que l'année de la guerre), les enfants de cette énorme commune bocagère qui a perdu, je ne sais pourquoi, son unique école de hameau, et dont les écarts se dispersent sur quelque quarante kilomètres carrés. Dès l'étude terminée, mes amies de la cour de récréation repartent pour leur long sabotement du soir entre les talus. Elles habitent fort loin, ma voisine de classe tout près de Lisandré, le seul bois de la commune à pouvoir prétendre au titre de forêt et où, malgré ma peur des loups, je brûle d'aller. Elle fait entrer dans l'école, chaque matin, un peu de l'héroïsme fabuleux que j'attache alors, moi qui fais quatre pas d'une cour à l'autre, à la traversée d'une forêt. Mais étrangement, de son long chemin elle ne rapporte rien, ni fleurs pour la maîtresse, ni noisettes, ni châtaignes et du reste aucune élève ne le fait, contrairement à ce que racontent nos livres de lecture. Ceux-ci sont pleins d'histoires — elles me ravissent —, où des enfants arrivent en classe une botte de perceneige au poing ; ils décrivent des matins où chaque écolier doit noter sur son cahier, avec la date du jour, le temps qu'il fait, l'heure à laquelle sont passées les oies sauvages, et si le coucou a chanté, si la première ficaire est apparue au versant ensoleillé d'un talus. Rien de tel dans mon école, ni urbaine ni vraiment campagnarde, un espace neutre, qui neutralise tout ce que nos vies ont de couleurs particulières.

Une clôture invisible semble séparer la classe du monde extérieur. À l'école, ni Raymonde, ni Madeleine, ni Anne, ma préférée celle-ci, une secrète aux grands cheveux noirs, ne dit jamais rien de sa maison, du métier de ses parents, de sa famille. Des frères, des sœurs, elles en ont cependant, source de jalousie pour moi, mais on dirait que tout cela est aboli dès le portillon franchi. Chacune abandonne sur le seuil son baluchon de singularités, personne ici n'a d'histoire. L'école est le lieu d'une bienheureuse abstraction, on y est hors d'atteinte de ce qui, à l'extérieur, est menaçant ou douloureux.

Est-ce la raison pour laquelle j'aime tant l'école ? J'aime tout de ce qu'on y apprend, et tous les exercices : la dictée, avec la voix lente, persuasive et solennelle de la maîtresse qui s'attarde généreusement aux liaisons et cherche à suggérer les bons accords ; les récitations, pour lesquelles il est si facile de triompher sur l'estrade ; les rédactions, où nous devons si souvent raconter ce que nous n'avons jamais expérimenté : un pique-nique au bord de l'eau, une fête de famille, une promenade en forêt, une tempête en mer ; mais rien de tout cela n'est embarrassant, puisqu'on peut loger dans un récit de pure fiction toutes ses lectures. Quelque chose, par ailleurs, nous chuchote que ce n'est pas la vérité qu'on nous demande à l'école. Nul n'attend de nous un constat réaliste ; on nous fait mettre en dimanche pour « chanter », comme nous savons qu'il faut le dire dans les rédactions, des travaux et des jours imaginaires, et c'est bien ce qui nous convient.

La seule exception à cet enchantement quotidien est la leçon de couture. Mes points de chaînette se traînent en tortillons hésitants sur le tissu blanc qui vire au gris au fil des semaines ; « mettre une pièce », exercice qu'exige le certificat d'études, me restera à jamais inaccessible. Je trouve une parade à cette torture. La leçon de couture des samedis après-midi comporte une lecture et le choix d'une lectrice qui doit, pour celles qui sont courbées sur leur ouvrage, lire *Sans famille*, ou *Peau de pêche*. La classe me réclame : je lis plus vite que les autres, repère de loin

les points d'interrogation et d'exclamation, je mets
« le ton », avec, j'en ai peur, un brin d'emphase. La
maîtresse, découragée par mes performances à
l'aiguille, sait que je n'aurai de toute manière pas l'âge
requis pour passer le certificat d'études ; elle laisse
faire, j'en profite.

Et je les aime aussi, les maîtresses. J'apprendrai
pourtant beaucoup plus tard qu'à certaines d'entre
elles ma mère reprochait une pédagogie très routinière. Quand j'entre au cours préparatoire, je sais lire
depuis longtemps : dès mes deux ans, pour me soustraire à la vigilance incertaine des Marie-Jeanne char-
gées de me garder, ma mère m'a installée au fond de
sa classe pléthorique : une soixantaine de bambins de
deux à six ans ; aux plus grands, par je ne sais quel
tour de force pédagogique, elle apprend à lire. Ainsi
ai-je su lire sans l'avoir jamais appris. Quand je
« réapprends » à lire au cours préparatoire, à travers
les exemples débiles de la méthode Boscher (Lili a lu
le livre de Lolo), il y a beau temps que je déchiffre
avec avidité les étiquettes des paquets et des bou-
teilles, les enseignes des magasins ; beau temps que
Chenard et Walker, la flamboyante enseigne du
garage, est devenu pour moi « le cheval Balker »,
un coursier à l'ondulante crinière blanche qui tient
compagnie à Yannig du jardin ; je lis déjà, toute seule,
*Prinsezig an dour* en breton, et *Les Malheurs de
Sophie* en français. Mais la règle d'or du métier étant
de ne jamais mettre en cause l'enseignement des collègues, ma mère ne dit rien. À peine lève-t-elle un
sourcil le jour où je reviens de ce cours préparatoire
en récitant un poème de Jean Aicard dont le quatrain
qui m'est resté en mémoire me paraît aujourd'hui
aussi accablant qu'à elle : « Une montre à moi, quelle

affaire / mon père m'offre ce cadeau / pour m'encourager à bien faire / Elle marche seule, c'est beau ! »

Reste le souvenir d'une perplexité. Dans cette classe où la maîtresse nous apprend des fables en nous les répétant, puisque collectivement nous ne savons pas lire, l'histoire du corbeau et du renard me sera longtemps opaque. Que fait au juste cet archevêque dans l'arbre du corbeau ? « Il ouvre un archevêque », c'est l'abracadabra que j'entends, et j'ai beau tenter de restituer un peu de cohérence à l'affaire en imaginant qu'il laisse tomber sa « croix », l'histoire me paraîtra obscure jusqu'au jour où le texte écrit me sera — enfin — une illumination.

Mais quoi qu'il y ait à apprendre, et même s'il s'agit de choses que je sais déjà, l'école procure un sentiment de profonde sécurité affective. Ce qu'on a appris, il semble qu'on ne puisse plus le désapprendre. Le poème qu'on s'est mis en bouche et en mémoire a beau avoir l'air de s'être envolé, il suffit de le solliciter à nouveau, d'aller le chercher là où on l'a engrangé, à l'aide du sésame de deux ou trois mots, pour que « la pâle étoile du soir, messagère lointaine » se mette à nouveau à briller, que « ma mère, étendant sa main blanche », approche la grappe de raisin, et qu'un loup, celui qui « n'avait que la peau et les os », recommence à vanter au chien les privilèges de la vie errante : petits miracles qui se reproduisent à volonté. Et tout, ici, est en ordre : choux, genoux, cailloux ne risquent pas de perdre leur $x$ au pluriel, le seuil de Naurouze ne changera pas de place, la liste des écrivains du XVIIe siècle ne bougera pas, et d'autant moins que nous serinons cette rengaine : « La corneille, sur la racine de la bruyère, boit l'eau de la fontaine Molière. » La Loire prendra éternellement sa source au mont Gerbier-de-Jonc, que je vois toujours comme un pain de sucre coiffé d'une gerbe de roseaux et la preuve par neuf continuera de fournir ses rassurants services. Chaque automne ramènera, pour la première dictée de l'année, le petit garçon à la gibecière qui traverse le Luxembourg parmi les marrons tombés et les feuilles mortes, et chaque printemps redonnera ses chances à la Bretagne avec la page que Chateaubriand dédie à la précocité du printemps breton. Dans un charmant roman de Brigitte Giraud, *J'apprends*, j'ai retrouvé récemment la tranquille assurance que dispense l'école.

Elle vient d'un credo central, celui de l'égalité des êtres. Et cette fois, on peut la vérifier à mille traits. Les règles du jeu scolaire sont simples et fixes, pour la plus grande sécurité de tous : il suffit de les connaître, de s'y tenir. Nous savons faire la part des fautes qui coûtent un point ou un demi-point, voire un quart de point. Cinq fautes dans la dictée, et adieu le certificat d'études. Les goûts individuels, si volatils, si inquiétants aussi, n'ont pas ici leur mot à dire. Seuls les raisonnements justes se ressemblent, ce sont eux qui peuvent se partager entre les hommes, et l'école, précisément, se propose de nous apprendre à exercer notre raison, faculté qui, à l'en croire, est très également distribuée. Enfin, puisque tout, sans exception, est justiciable de l'analyse intellectuelle, l'école promet le monde à qui veut s'en saisir. Quand je lirai plus tard les conseils que Stendhal, ce zélote de l'éducation, prodigue à sa sœur Pauline, je retrouverai l'atmosphère de mon école primaire : si on est muni de listes de bons livres, de plans d'existence réfléchis, d'application et de courage, il n'est rien dont un être raisonnable ne puisse venir à bout. Et devant cette tâche, nous sommes tous à égalité. Plus tard, quand je ferai connaissance avec les enquêtes sur les instituteurs, je découvrirai que c'est bien ainsi qu'ils définissaient leur école. Chez nous, disaient-ils, avec en tête, très probablement, l'enseignement d'en face, gâté à leurs yeux par le privilège plus encore que par la dévotion, « c'était l'égalité sur les bancs ».

Quelque chose, dans les classes de notre école de Plouha, aurait pu faire douter de cette rassurante égalité. Il était bon, sans doute, qu'aucune inégalité ne semblât préexister à l'entrée dans la cour, et que l'inégalité, dans la classe, ne fût jamais naturalisée. Mais il fallait néanmoins se rendre à l'évidence : les places étaient loin d'être laissées au hasard des arrivées du matin ou des coups de cœur de l'année. Chaque mois, la lecture du classement, toujours un peu solennelle, présidait au chambardement de l'espace, martelé par les sabots : chacune devait, au vu de ses résultats, déménager son plumier et ses livres. Pourtant, les très bonnes et les très mauvaises élèves gardaient des mois durant leurs places (contre toute bonne pédagogie, les bons siégeaient aux premiers rangs, les cancres derrière), et c'était dans l'entre-deux que s'échangeaient les dignités. De ce classement, qui me paraissait si naturel, le procès global intenté à l'école dans les années 1970 devait faire la pire des mystifications. L'école, disaient alors ses détracteurs, feint de croire qu'en entrant dans la classe tous les écoliers, en dépit de leur bagage culturel, sont égaux, pour mieux faire voyager, intactes, les inégalités héritées. Rien n'était plus étranger aux croyances de mon école primaire que ce procès : elle nous assurait que nous étions les filles de nos seuls mérites et de notre seul travail, si bien que le classement était pour nous le véritable instrument de l'égalité.

Ainsi s'explique encore l'indifférence que montrait l'école à nos singularités. Je ne sais si nos maîtresses avaient lu Alain, et justifiaient comme lui le fait de ne jamais s'attacher aux différences semées chez nous par la nature, l'hérédité ou le statut social : évoquer la lune, le soleil, les saisons était, disait-il, le moyen de faire que « celui qui n'a pas de chaussettes se sente citoyen ». Comme lui, elles aimaient parler de « ce qui est à tout le monde » et n'évoquaient jamais nos particularités, individuelles ou collectives. Était-ce pour elles la manière de s'assurer que nul ne pût, dans la classe, se sentir méprisé ? Ou plutôt en raison de la menace que cette évocation aurait fait peser sur la croyance égalitaire ? Leur enseignement, en tout cas, n'opposait à ces particularités qu'un profond silence.

Dans le monde en ordre de mon école primaire, fermé au doute comme à l'irrationnel, ce silence était parfois pour moi l'objet d'une inquiétude fugitive. Pour passer de l'école maternelle à la « grande école », il n'y avait que quelques mètres à franchir, et c'était pourtant un autre monde. Sur tout ce que la maison m'apprend, l'école est muette. Bien sûr, pas un mot de breton : notre commune est déjà largement francisée, assise qu'elle est sur la frontière linguistique ; s'il arrive à quelque joueuse d'user, dans le feu de la marelle ou des billes, d'une forte expression bretonne, les instituteurs n'ont nul besoin de sévir contre l'usage intempestif de la langue, comme on le fait, je ne le sais que trop par les indignations de la maison, quand on s'enfonce dans la profondeur de la Bretagne bretonnante. Pas un mot non plus des singularités archéologiques, ethnologiques, folkloriques, que la maison collectionne avec gourmandise. Jamais un conte breton. Pas la moindre chanson bretonne. Et rien sur les métiers bretons : on fait silence ici sur les activités de nos parents. Il est vrai que l'éventail social de cette école d'enfants pauvres est singulièrement étroit, mais alors qu'aujourd'hui les gestes du sabotier, de la laveuse, de la couturière en journée seraient, il me semble, intégrés à quelque « activité d'éveil », ils sont dans la classe obstinément passés sous silence, avec l'assentiment des enfants sans appartenance que nous sommes devenus en franchissant le portillon. Et, bien sûr, pas un mot des convictions religieuses, de la frontière invisible qui fend la commune en deux.

Le plus étonnant est le silence que nos maîtresses observent sur les particularités géographiques de notre bourgade. Entre nos mains, pas un de ces livres, la plupart du temps rédigés par des inspecteurs, des instituteurs, des directeurs d'école, qui initiaient aux beautés de leur département les écoliers du Cantal, de l'Eure ou du Jura. Nous sommes habituées à ne voir dans nos livres de lecture que des villages roses et bruns, alsaciens de préférence, tuiles, colombages, pignons pointus, cigognes, nœuds de soie noire des filles, pipes des vieillards. Si loin des nôtres, qui ont des pierres grises fleuries d'argent par le lichen, des crépis blancs et des ardoises dont le bleu tourne à l'indigo sous la pluie. De notre commune, on ne nous dit jamais de quoi elle vit, ni pourquoi elle tourne si obstinément le dos à son rivage. Et on ne nous mènera jamais en promenade scolaire admirer son superbe paysage marin.

Pour en savoir plus sur notre Plouha campagnard, il me faudra attendre, près d'un demi-siècle plus tard, les pages que Maurice Le Lannou lui a consacrées dans *Un Bleu de Bretagne*[1]. L'année où nous arrivons à Plouha ma mère et moi, le père du géographe dirige l'école des garçons, et la rumeur villageoise parle avec une respectueuse considération du « fils Le Lannou », entré à une École normale dont on dit qu'elle est « supérieure » à celle d'où mes parents sont sortis : première évocation de la rue d'Ulm dans ma vie, comme un himalaya de la réussite. Ce Maurice le Lannou, je l'aperçois quelquefois, en visite chez ses parents où il ne dédaigne pas de jouer au football avec les grands élèves du cours complémentaire. Des fenêtres de la cuisine, qui donnent sur le terrain de jeux de l'école, je peux le voir tenir le rôle d'ailier gauche. C'est à lui que je dois d'aimer, depuis, les joueurs de couloir ; à lui aussi, et à son livre, d'avoir compris, fort tard, un environnement qui m'était à la fois si proche et si lointain.

Ce silence de mon école était-il volontaire ? La maison n'aurait pas manqué de lui trouver des raisons malveillantes, en prêtant à l'idéologie jacobine la volonté délibérée d'ignorer ceux des terroirs français qui étaient le plus chargés de particularités. Du reste, les arguments ne lui auraient pas manqué. Aucun livre ne nous faisait faire, en propriétaires, le tour de la Bretagne. Émile Masson le regrettait au point de souhaiter qu'on composât, sur le modèle canonique du *Tour de la France par deux enfants*, et en breton, un « tour » de notre pays. De fait, le *Tour de la France* d'André et de Julien (il ne nous servait plus en classe, mais il figurait encore dans la bibliothèque de l'école et je l'avais lu) se contentait de contourner la Bretagne en bateau. Pierre-Jakez Hélias raconte

1. Paris, Hachette, 1979.

120

qu'enfant il en était marri et se consolait en regardant la carte, qui, elle du moins, montrait bien la baie d'Audierne. Dans ma classe de Plouha, pour l'usage quotidien, ce « tour » démodé avait été remplacé par un autre plus moderne, et je revois l'automobile flamboyante qui figurait sur la couverture de cette *Joie des yeux*, le manuel en usage dans mon cours moyen. Mais Paul et Francine, moins touchants que les enfants perdus d'Alsace, que je revois toujours blottis sous les sapins, mais plus proches de nous, encore que pourvus d'une automobile et de parents voyageurs, à mes yeux un double et fascinant privilège, snobaient eux aussi la Bretagne.

Je ne peux plus aujourd'hui partager le procès de la maison. J'ai lu les livres nuancés et équitables de Jean-François Chanet et d'Anne-Marie Thiesse, j'ai participé moi-même aux enquêtes sur les instituteurs ; je sais que les instructions officielles, les revues pédagogiques et même le *Dictionnaire de pédagogie* de Ferdinand Buisson, bible absolue, ne cessaient de déplorer les programmes conçus a priori, identiques pour le Nord et le Midi, et recommandaient de toujours commencer, dans l'enseignement de l'histoire et de la géographie, par ce que les enfants avaient sous les yeux[1]. Tout cela m'a convaincue que les instituteurs, si souvent dépeints en massacreurs des coutumes, des savoirs locaux, des langues régionales, tâchaient de cheminer du proche au lointain, se faisaient volontiers ethnologues des terroirs, recueillant

---

1. Jean-François Chanet, *L'École républicaine et les petites patries*, Paris, Aubier, 1996 ; Anne-Marie Thiesse, *Ils apprenaient la France. L'exaltation des régions dans le discours pédagogique*, Paris, Éd. de la Maison des sciences de l'homme, 1997.

les chansons, les proverbes, les mille façons de vivre et de mourir, rivalisant de zèle avec les curés dans la rédaction des monographies communales. Ils menaient leurs élèves visiter le dolmen, le château fort, l'abbaye ; ils commentaient l'œuvre du grand homme du pays, édile, médecin, poète, dont on pouvait voir le buste sur la place publique. À Plouha, c'était un peintre barbichu, un certain Jean-Louis Hamon, désormais relégué au bas du bourg pour cause de marché, mais qui dans mon enfance trônait sur la place centrale près de l'église et dont nul alors ne m'a jamais parlé.

À l'étrange abstention de mes maîtresses de Plouha, qui exaltaient si volontiers la merveilleuse diversité de la France, mais ignoraient la nôtre, je ne peux donc imaginer de raisons lourdement idéologiques. Elles n'usaient jamais du terme de « petite patrie », que la maison du reste aurait jugé condescendant, voire injurieux. Mais je ne crois pas qu'elles aient volontairement participé à une entreprise raisonnée de déracinement. J'inclinerais aujourd'hui à penser que s'il régnait un tel silence en classe sur nos entours, si on faisait si peu de cas de nos ressources, la faute en revenait à une certaine indolence et à l'imperméabilité des institutrices aux consignes pédagogiques. Ma mère avait probablement raison de déplorer chez ses collègues un enseignement sans invention.

Mais, pour mon compte personnel, j'aimais tout de l'école, et singulièrement son évocation de ce qui m'était si lointain. Dans le soleil d'Algérie, le petit Albert Camus s'enchantait de voir sur les images de ses livres des écoliers encapuchonnés traîner des fagots sous la neige. J'aimais aussi les histoires où il neigeait, où il gelait — c'est si rare en Bretagne que

Louis Guilloux juge bon de signaler dans son journal les matins où il a « glacé » —, où fumaient les cheminées et où la soupe aux pois mijotait pour les enfants frigorifiés. Je crois n'avoir jamais autant tenu à un livre qu'à mon manuel de lecture du cours élémentaire, *Claude et Antoinette à la maison forestière*. C'était, sur un modèle canonique, rassurant et déjà archaïque, l'histoire d'un petit Parisien qu'on expédiait chez un oncle garde forestier, au centre de la France, pour se refaire une santé. Tout dans ce récit me ravissait : la tempête de neige qui bloquait deux jours durant la maison cernée par les bois ; l'expédition des enfants à travers la forêt dans le froid du petit matin pour visiter les coupes et identifier les arbres en compagnie de l'oncle ; la grand-mère qui racontait comment, petite fille, elle avait dû traverser les bois, toute seule dans la nuit noire, car son père charbonnier avait besoin du médecin ; et jusqu'aux noms des villages, Magny-le-Haut, Magny-le-Bas, si différents des nôtres. Dans ce livre modeste tenait pour moi tout l'exotisme. Aurais-je préféré qu'on me parlât de Plouha ? Je n'en suis pas sûre. À cette époque en tout cas, il me paraissait évident qu'à l'école, c'était la France, non la Bretagne, qu'il fallait apprendre.

La France, c'était d'abord une carte, que ses œillets de cuivre tenaient suspendue au mur, avec, en grosses lettres noires, le nom d'un certain Vidal-Lablache, aussi mystérieux que le cheval Balker du garage. On gardait l'année durant les yeux sur elle, tranquillement assise, bien d'aplomb sur ses six côtés (quel trouble, le jour où sur une carte d'Europe, je la vois toute de guingois, avec son nez breton pointé vers l'Angleterre, comme si un coup de noroît l'avait déséquilibrée). Tantôt, c'était la carte géologique : elle me permettait d'annexer le Cotentin, aussi rouge, aussi brun que la Bretagne — terrains primaires, disait la légende —, et de réparer ainsi l'étourderie fatale du Couesnon, qui a mis en Normandie Le Mont-Saint-Michel ; elle faisait apparaître aussi notre parenté avec le Massif central, qui est en France ma région préférée, depuis que j'ai vu, avec le pauvre Rémi, la coiffe blanche de mère Barberin disparaître dans la vallée. Tantôt, c'était la carte administrative ; on se contentait de la regarder, car on n'était pas tenu, à Plouha, d'égrener le chapelet laïque des départements, des préfectures et des sous-préfectures ; j'aurais, j'en suis sûre, adoré l'exercice. Tantôt, c'était la carte des canaux, sur laquelle j'essayais de suivre — avec *Sans famille* toujours en tête — le parcours de la maison flottante de Mme Milligan ; sur le canal du Midi d'abord, où Rémi a retrouvé — mais il ne le sait pas encore — sa mère ; puis je cherchais à comprendre comment, après Joigny, le *Cygne* avait pu hésiter entre le canal de Bourgogne et celui du Nivernais. La carte, pourtant, réservait une déception : que notre canal à nous, celui de Nantes à Brest, ne soit pas relié au chevelu bleu des autres. Une injustice que réparait la carte des chemins de fer. Car si Paris, grosse araignée noire tapie au centre de la toile, paraissait toujours aussi lointain, et notre position à nous si excentrique, si inconfortable, tout à l'extrémité gauche de la carte, au moins nous étions sûrs, grâce au fil noir du chemin de fer, de pouvoir aller partout. Il nous suffisait, au bas du terrain vague, de monter, à Plouha-ville, dans le petit train départemental, pour que la France nous appartienne.

Autour de ces cartes, de grandes images invitaient elles aussi au voyage. Au cours élémentaire, c'étaient les châteaux de la Loire, et l'année se passait à faire bouger les plumets, les pourpoints et les chausses des Valois autour de Chambord, de Cheverny, et plus encore de Chenonceaux, miracle de château sur l'eau. Au cours moyen première année, c'étaient les Alpes, l'aiguille du Midi, et le Ventoux que mon livre de lecture nomme « le pasteur des collines ». Ces images, comme de leur côté les dictées et les morceaux choisis, déversaient sur nous les beaux noms géographiques, ceux qu'il fallait savoir placer sur la carte muette ; celle-ci surgissait au mur à la fin de l'année quand le Tricastin, la Puisaye, le Gévaudan, la Margeride, le Gers, la Save et la Baïse étaient censés n'avoir plus de secrets pour nous. La géographie est une école des songes, et je ne sentais nullement l'initiation à ces merveilles comme une trahison de la Bretagne. Celle-ci du reste, pour l'enfant claquemuré, devait elle aussi tout aux livres.

L'histoire de France, elle, faisait constamment sentir la coupure du monde en deux. Le livre d'histoire offrait sans doute de belles images à notre admiration : les deux Jeanne, celle de Rouen et celle de Beauvais ; le jeune homme qui met une feuille de marronnier à son chapeau et grimpe sur une table au Palais-Royal pour haranguer la foule ; le fou qui brûle ses meubles pour ses plats émaillés ; le respectable monsieur en blouse blanche qui sauve de la rage le petit Joseph Meister. Et encore les deux petits garçons dont « le sort nous fait envie », ce Bara, ce Viala dont il faut, pour le certificat d'études, savoir la chanson.

Mais j'avais du mal à comprendre que nos ancêtres les Gaulois, vedettes moustachues de la classe, soient immanquablement accompagnés par l'ironie de ma mère : elle me disait qu'on apprenait la même chose aux petits Tunisiens, aux petits Marocains, autrement pourvus d'ancêtres ; et que nous-mêmes nous en avions d'autres, plus vraisemblables, en la personne des Gallois. Les héros de la maison, Judicael, Nominoé, n'ont droit à aucune évocation dans la classe. En revanche, parmi les grands hommes de la classe, beaucoup à la maison sont objet de suspicion, voire d'aversion. Ce Colbert qu'on nous montre jour et nuit à son bureau travaillant pour son maître a-t-il jamais montré quelque compassion pour nos pauvres « Bonnets rouges » ? Les fédérés de Bretagne et d'Anjou qu'on célèbre à l'école ont pour nous le grand tort d'avoir joyeusement abandonné leurs privilèges et d'avoir affirmé si calmement n'être ni bretons ni angevins. Ne disons rien de Du Guesclin : toutes les filles de France, nous apprend-on à l'école, ont filé une quenouille pour celui qui est à la maison le « *Trubard* » du *Barzaz Breiz*, la figure même du traître.

Ce qui séparait plus encore ces deux histoires, c'est qu'on nous racontait celle de la France comme une marche continue au progrès. Dès la première page de notre livre de lecture, elle nous était présentée comme une personne, qui certes traversait des épreuves, mais comme autant de crises de croissance, porteuses d'un développement ultérieur, et finalement résolues dans l'accès à plus d'équité et de bonheur : la France était ce pays qui avait cessé d'être un royaume pour devenir une patrie et n'en finissait pas de progresser vers la justice et l'humanité, en séquences bien ordonnées, comme les écolières elles-mêmes étaient censées le faire au long de l'année scolaire. La Bretagne en revanche, après le siècle glorieux où elle s'était couverte de chapelles et enguirlandée de calvaires et de retables, n'avait cessé de décliner, à mesure que ses filles et ses fils partaient en servage dans la capitale, qui lui expédiait en retour ses touristes, ses gendarmes, ses bazars et ses modes vulgaires : telle était du moins la vision de la maison.

Je n'avais pourtant à aucun moment le sentiment d'écouter une histoire truquée. C'était seulement une autre histoire, et ni là ni ici je ne demandais d'explications, dans la certitude que rien ne devait relier les deux mondes. Il me semble du reste qu'une fois de plus les maîtresses se souciaient peu de compléter, ou d'éclairer, la version du livre. Au cours moyen deuxième année, les gravures qui illustrent les grands événements de la Révolution française ont remplacé sur les murs les « vues » de la France. Je n'ai pas le souvenir que la maîtresse nous ait jamais invitées à les regarder. Mais je garde la mémoire vive, et cuisante, de la survenue, en pleine leçon d'histoire — on en est au 20 juin 1789 — d'un monsieur, un « inspecteur », chuchote-t-on, qui semble communiquer un peu de fébrilité à toute la classe, maîtresse comprise. Celle-ci me fait venir au tableau, sûre que je saurai ma leçon, et je la sais en effet, je n'oublie ni « allez dire à votre maître » ni « la force des baïonnettes ». Mais c'est tout autre chose quand le monsieur me demande de commenter l'image. J'ignore alors qu'elle est signée David ; je suis incapable de mettre un nom sur les visages ; je ne sais pas qui sont les trois, devant, qui se tiennent enlacés, et pas davantage cet autre, juché sur une table, qui paraît demander le silence pour lire le classement mensuel ; je ne suis même pas capable de désigner Mirabeau, dont je viens de rapporter les fières paroles. De guerre lasse, l'intimidant personnage me demande de décrire au moins la pièce, le Jeu de Paume où se passe toute cette affaire, et la seule chose que je trouve à dire, au vu des rideaux furieusement soulevés, tout en haut de l'image, c'est qu'« il y a du vent ». Je sens la déception de la maîtresse, je suis malheureuse moi-même, et c'est une première rencontre, fugitive, avec une autre façon de raconter l'histoire.

Il y avait pourtant un chapitre sur lequel la maison et l'école avaient passé comme un accord tacite, même si je n'en avais qu'une conscience très confuse. La « Grande Guerre », dans ces années qui en préparent une autre, est encore très proche. À la maison, elle est présente dans l'évocation, par ma grand-mère, de ses trois frères morts au front ; dans les billets de loterie qu'elle achète chaque mois, à l'effigie et au bénéfice des « gueules cassées » ; présente aussi dans la grande cape de deuil qui enveloppe, sur le monument aux morts de Tréguier, la douleur de toutes les mères. Mais la maison voit la guerre comme une calamité, un détestable dernier recours, et soupçonne la France, quand une guerre survient, d'y expédier en priorité les paysans bretons.

Si on excepte ce dernier article, il n'en allait pas autrement à l'école. Jeanne, son héroïne, était cette guerrière qui faisait la guerre sans l'aimer. Paul et Francine, les héros du livre de lecture, visitaient le Chemin des Dames et Craonne, et les parents saisissaient cette occasion pour leur faire haïr la guerre. « Peau de pêche », le petit Parisien dont je lisais l'histoire chaque samedi, pour accompagner le point de surjet de mes amies courbées sur leur ouvrage pendant la leçon de couture, avait été recueilli par un oncle paysan. Comme dans tous les livres écrits pour les écoliers sur ce modèle, il racontait la découverte de la campagne par un gamin ébloui : nids dérobés, truites pêchées dans l'odeur des menthes. Mais, et cela changeait tout, on était en Champagne, et en 1916; du Nord venait le bruit d'un orage continu, on sentait vibrer les vitres de la ferme; s'il faisait beau, les femmes songeaient que les petits gars auraient moins de mal; à la fin du livre, il fallait visiter un hôpital de campagne où on soignait les blessés et où on apprenait la mort du cousin. À chaque page, le conteur soulignait les inutiles horreurs de la guerre et les bienfaits de la paix. J'étais alors insensible à la tonalité pacifiste de l'ouvrage, qui tentait de conjuguer l'amour de la patrie avec la condamnation du chauvinisme belliciste; en quoi l'école, pour une fois, n'était pas si loin des croyances professées à la maison.

Au fond de la classe du cours moyen, il y avait une armoire vitrée qui contenait les livres qu'on appelait pompeusement « les livres de bibliothèque » pour les distinguer, j'imagine, des manuels. Beaucoup d'entre eux néanmoins s'en distinguaient à peine, écrits à la gloire de l'école et pour elle par des pédagogues qui n'oubliaient jamais à la fin de chaque chapitre de tirer une salve de questions, grammaire et vocabulaire. Chaque élève a droit d'en emprunter un chaque semaine : rien qu'un, hélas. Certes, on y trouve Hugo et Michelet, mais sous la forme frustrante des « morceaux choisis ». On y trouve surtout Hector Malot (mais *En famille* est bien décevant au regard de celui auquel nous avons donné notre cœur), Edmond About pour *L'Homme à l'oreille cassée*, Zénaïde Fleuriot pour *Hervé Plomeur* et aussi tous les petits héros qui peuplent les livres d'André Lichtenberger, Paul et Victor Margueritte : Trott, Poum, Line. Je lis avec avidité ces histoires de choux à la crème dérobés et de farces faites aux nurses anglaises. Aujourd'hui, je me demande comment ces historiettes, où Dieu était invoqué à l'occasion de chaque peccadille et qui étaient loin d'être exempts d'antisémitisme, pouvaient avoir trouvé refuge dans la bibliothèque laïque. Sans doute le rassurant label de « livres pour enfants » couvrait-il cette douteuse marchandise.

Rien de commun, en tout cas, avec la bibliothèque de la maison. Ici, pas de voleurs de choux à la crème, mais les grandes figures du mythe ou de la tragédie. Et pas un seul auteur partagé avec l'école, à l'exception de Mistral. Encore celui-ci figurait-il à la maison pour la tragique histoire de *Mireille*, et à l'école seulement dans les morceaux choisis pour l'épisode des « fleurs de glais », qui brillaient de manière si tentante de l'autre côté du ruisseau. Quand j'entends aujourd'hui les pamphlets anticommunautaristes moquer lourdement les cultures minoritaires puériles, radoteuses et frileuses, je ne peux me retenir de comparer les deux bibliothèques de mon enfance. La plus universaliste n'était pas celle qu'on aurait cru.

Une troisième bibliothèque devait, à la fin de cette école primaire, me laisser entrevoir d'autres trésors de livres. Une découverte suspendue à un hasard, le caprice d'une petite fille du bourg. Elle est bien plus solitaire que moi, puisqu'elle ne fréquente ni l'une ni l'autre école. Son parrain est dans la commune le médecin des pauvres, des laïques, le nôtre donc : un personnage original, puisqu'il est aussi un admirateur de Maurras et parle breton aux patients qu'il va visiter dans les fermes. Sa mère, son parrain et la femme de celui-ci se chargent de lui faire la classe, au terme d'un arrangement sur lequel je n'ai rien su. Vient un jour où elle est malade, et où les trois adultes à son chevet, à court d'inspiration, lui demandent ce qui pourrait lui faire plaisir : « le chien du curé, répond-elle, et Mona Sohier ». Le chien, en effet, batifole sous ses fenêtres sur le terrain vague ; et quant à moi, elle me voit passer dans le roulis des jupes noires de ma grand-mère pour le catéchisme du jeudi. On vient me quérir — j'ai oublié si le chien du curé avait eu droit lui aussi à sa convocation —, ma mère n'ose pas refuser, et ainsi commence enfin, hors de la maison, hors de l'école, une amitié.

Je franchis donc la porte de cette villa qui, noyée sous les roses en juin, me paraissait fabuleuse. Je l'ai revue, elle a perdu sa plaque de cuivre et ses rosiers et me paraît maintenant bien modeste. Mais quand j'y entre je découvre un salon, chose inconnue chez moi, un piano, je n'en ai jamais vu, et aux murs des tableaux qui montrent des jeunes femmes rêveuses en robes pastel, chapeaux fleuris, rangs de perles et lourdes paupières fléchissantes — on me dira, avec du respect dans la voix, que ce sont des « Marie Laurencin ». Dans la chambre de ma nouvelle amie, une imposante armoire contient, sous des reliures roses et grenat, des titres de la comtesse de Ségur que je ne soupçonnais pas, *L'Auberge de l'ange gardien, Les Deux Nigauds.* Dans la bibliothèque du docteur, des livres encore : on m'apprend qu'il faut les avoir lus pour pouvoir prétendre à la culture, tant ils sont supérieurs aux autres : j'entends pour la première fois parler de Mallarmé, de Proust, de Valéry. Des inconnus ceux-ci, et à l'école et à la maison : je retiens pourtant leurs noms, comme les phares d'un savoir inaccessible.

Inaccessible aussi car dans cette étonnante maison j'entends affirmer que sans la clé magique du latin il est inutile d'espérer ouvrir les portes du monde et qu'on demeure à jamais aveugle, sourd, invalide (le médecin, du reste, entreprend, dans cette année d'avant la sixième, d'enseigner les déclinaisons à mon amie et à moi et de nous initier à l'épitomé). Le propos avait été tenu devant ma mère et j'avais eu le sentiment qu'il ne lui faisait pas plaisir ; pour moi, c'était la première, et fugitive, conscience du mépris dans lequel ce milieu bourgeois tenait la culture « primaire » des instituteurs. Une autre scène, moins agréable encore, était peu après venue confirmer cette impression. Cette fois, elle se passe chez nous. Lorsque mon amie nouvelle et moi prenons l'habitude de nous voir le jeudi — les dimanches dans mon souvenir étant toujours voués au vide —, sa mère et sa marraine — ou, si on préfère, la femme de son parrain — viennent l'après-midi chez nous pour une visite. Ma mère leur fait les honneurs de sa classe, qui avec les plantes, les oiseaux, les poissons rouges et les joyeuses couleurs des dessins d'enfants, porte en effet sa marque bien plus que le petit logement de fonction. Elle s'anime en parlant de ses préparatifs pour la semaine qui suit. Tout ce travail est une découverte pour les deux femmes : elles avaient jusque-là, j'imagine, considéré l'école maternelle comme une simple garderie. L'une des deux s'exclame alors : « Ah, mon dieu, j'aimerais mieux être pute ! » Mot que je n'ai jamais entendu, mais je vois le visage de ma mère se figer, je pressens qu'il n'est pas flatteur, nouvelle et double révélation : d'une planète inconnue et de la distance sociale.

Je retrouverai celle-ci quelques années plus tard, et lors d'une scène jumelle. Cette fois, nous sommes au chef-lieu, et je suis au collège ; ma mère fait à nouveau visiter sa classe à un couple de notables de la petite ville. Ils admirent le travail mais s'inquiètent : ma mère ne craint-elle pas qu'initiés à ce début de raffinement et à la douceur des choses ses petits élèves, nécessairement rendus aux laideurs de la vie quotidienne, à la terre battue de leurs fermes ou, plus affligeant encore, à la misère des rues, ne deviennent des aigris ? Pis, des révoltés ? J'ai tout à fait oublié l'argumentation, sûrement courtoise, que ma mère leur oppose, mais non ma réaction muette : « Tant mieux, me dis-je, s'ils se révoltent. » Ce sera la première apparition dans ma vie d'un sentiment politique.

Mais pour le moment, dans cette fabuleuse villa des roses, je retrouve ce que j'avais entrevu chez la comtesse de Ségur : des saveurs auxquelles je ne suis pas habituée, les tranches de cake trempées dans le thé ; des jouets qui me paraissent luxueux, une poupée avec sa dînette de porcelaine et son trousseau — c'est la poupée de *La Semaine de Suzette* à laquelle la petite fille, me dit-on, est « abonnée ». Être abonné à un journal est pour moi une nouvelle découverte, un luxe inouï et une source d'envie, mais j'aurai beau supplier ma mère de me faire ce plaisir, je me heurterai à un refus sans appel : *La Semaine de Suzette* doit sa fortune à Bécassine, la maison ne peut oublier cette mortelle offense à notre dignité bretonne.

Mais j'ai mieux que tout cela désormais, le bonheur d'avoir une amie, qui m'attend tous les jeudis devant sa porte pour que nous allions ensemble au catéchisme, sur l'autre versant de la commune cette fois, du côté qui n'est pas le mien.

*L'école de l'Église*

Dieu, ou tout au moins son nom, c'est ma grand-mère qui le fait entrer à la maison. Le jour de mes cinq ans, elle déclare solennellement qu'il faut apprendre à la petite « ses » prières. Elle se réservait cette mission didactique — ma mère ne semblait pas concernée —, imaginait un long apprentissage qu'elle prendrait fermement en mains, comme elle faisait toute chose. À moi l'affaire n'avait pas paru beaucoup plus compliquée que d'apprendre une fable, même si ces fables-ci étaient deux, « Je vous salue, Marie » faisant suite à « Notre Père qui êtes aux cieux », et me restaient passablement inintelligibles. Ma grand-mère ne m'avait fourni aucune explication, et s'était contentée d'évoquer un ange gardien qui ne me quittait jamais ; je n'avais eu aucun mal à admettre son existence, tant cet ange me rappelait le compagnonnage de « Yannig du jardin » et se confondait avec lui.

Je ne sais donc pas à quel père je m'adresse, ce père qui est « nôtre » mais qui n'est certes pas le mien. Je vois le « fruit de vos entrailles » comme un énorme fruit, entre melon et citrouille, et le mot d'entrailles me reste tout à fait mystérieux. Quant à la « tinta-

135

tion », qui carillonne si joyeusement dans le *Notre Père* — ma grand-mère ne parviendra jamais à prononcer tentation —, elle me paraît si peu redoutable que je vois mal pourquoi je devrais me garder d'y succomber. Quoi qu'il en soit, l'apprentissage avait été rondement mené : au bout de deux jours je savais « mes » prières, et, vaguement déçue, ma grand-mère se contentait de venir tous les soirs près de mon lit les réciter avec moi. Je ne crois pas qu'elle ait évoqué leur vertu salvatrice, ni suggéré que je pouvais en user pour demander quelque grâce. Elle-même adressait pourtant aux saints des requêtes, invoquait sainte Barbe et sainte Claire quand l'orage menaçait, saint Antoine de Padoue quand elle avait égaré quelque chose, et sainte Anne, dont elle avait donné le nom à ses deux filles, pour toute chose. Mais il me semble que face à la prière elle gardait quelque distance : je me souviens l'avoir entendue se gausser d'une voisine qui, déçue dans ses exigences, se déclarait « fâchée avec sainte Anne », et boudait ostensiblement les 26 juillet. Même nuance railleuse dans sa voix quand, ne retrouvant plus le fil de son discours, elle déclarait : « *kollet meus ma oremus* », j'ai perdu mon oremus.

Autant que je puisse en juger, sa religion était dépourvue d'angoisse. De l'Enfer, si présent en Bretagne sous la forme de ces gueules grandes ouvertes pour avaler les pécheurs de tout poil et les filles perdues, dont la « Katell » du calvaire de Plougastel, pour laquelle j'avais un faible parce que j'aimais bien son prénom, elle parlait peu. C'est par elle, toutefois, que j'ai entendu pour la première fois l'épithète qui accompagne ordinairement l'évocation bretonne de l'Enfer : « *yen* », froid, l'Enfer froid. Était-il « glacé », comme le veut Jakez Hélias, ou « cruel », comme le lui objecte Xavier Grall, appuyé aujourd'hui par les linguistes qui donnent à « *yen* » le sens d'un jugement sans appel ? Je me demande si la querelle a vraiment du sens pour les Bretons accoutumés à la douceur de leur climat et à qui il suffit que l'Enfer soit froid pour être cruel. À l'époque, pour moi, il signifiait indiscutablement l'entrée dans un monde glaçant. Mais il semblait avoir une existence incertaine dans les pensées de ma grand-mère. Elle priait pour les âmes du Purgatoire, mais, pas plus que l'Enfer, ce lieu ambigu n'était pour elle l'objet ni d'une évocation ni d'une appréhension personnelle.

Elle était convaincue en effet qu'une bonne vie vous vaut le Paradis, et une bonne vie était celle qu'elle avait toujours menée : aucune action délibérément mauvaise, pas de plaintes inutiles, du courage, de la dignité, et l'assurance d'avoir toujours fait ce qu'il fallait, ainsi d'élever avec ses deux enfants, et comme le sien, la petite fille de sa sœur Jeanne, morte d'un cancer en 1919. Je me console mal aujourd'hui de ne pas lui avoir demandé — de moi pourtant elle eût accepté cette impertinence — de quels péchés elle pouvait se délivrer dans l'ombre quadrillée du confessionnal, et je ne crois pas qu'il lui soit jamais venu à l'idée de s'accuser du despotisme qu'elle faisait peser sur sa fille. Elle se rendait périodiquement à confesse comme on va chez le dentiste, chez qui du reste elle n'allait jamais depuis qu'un artiste local l'avait débarrassée, en une seule fois, de toutes ses dents, remplacées par cet objet vaguement répugnant qui trempait dans un verre sur sa table de nuit et que j'évitais de regarder. Se confesser était une bonne chose à faire, une hygiène qu'il était inutile de justifier.

Si elle savait ce qu'était une bonne vie, elle savait aussi ce qu'était une bonne mort. Elle m'avait raconté la mort de Corentine, sa mère, une mort comme les décrit Philippe Ariès, édifiante et publique. Autour du lit de l'agonisante, se tenaient avec les voisins, venus témoigner leur solidarité, sept sur huit de ses enfants vivants, et qui pleuraient; Corentine les consolait : pourquoi pleurer, « *bugale* », les enfants, puisque nous allons tous nous retrouver bientôt. Pour le grand voyage, Corentine partait avec un merveilleux viatique : celui de l'assurance d'une place au Ciel au milieu de tous les siens. C'était exactement dans cette certitude que résidait le Paradis, si bien qu'il n'était pas besoin d'évoquer ses musiques et ses lumières, ni même la comblante contemplation du Seigneur. La promesse de retrouver ceux qu'on avait aimés tenait lieu de tout. Et c'est elle qui délivrait ma grand-mère des minutieuses prescriptions de l'église et lui donnait vis-à-vis des prêtres son ironique désinvolture : ils étaient des hommes, pour commencer, et donc pour elle du deuxième sexe. Et aussi, rien que des hommes, c'est-à-dire des êtres humains, avec des manies et des petitesses dont il était loisible de se moquer. Elle n'en tenait pas moins à l'assistance aux offices et aux sacrements : dans ce domaine comme dans les autres, elle aurait eu honte de ne pas faire « ce qu'il fallait ».

Sa religion était une religion du cimetière plus que de l'église, sa fidélité paroissiale plus que cléricale. Quand je séjournais chez elle, à Lannilis, dans le triste petit logement qu'elle y avait gardé (« mon chez moi », disait-elle) nous faisions rituellement, après vêpres, une promenade dans le petit cimetière — il a été fort agrandi — entouré de tilleuls, et que je vois toujours comme un enclos paisible, tiède et ensoleillé. Ce « tour » dominical, plus important pour elle que l'assistance à la messe, était très ritualisé : d'abord, il faut se recueillir sur la tombe familiale, dont on lave à la Toussaint les petits cailloux blancs ; puis on doit rendre visite à la parentèle lointaine ; enfin, on ne manque jamais de faire une pause dans le coin des enfants morts sans baptême, là où sont les petites tombes, les petites croix. Je ne crois pas y avoir ressenti d'émotion particulière mais des péchés d'envie devant les perles mauves et violettes qui ornaient les croix et qu'en imagination je transformais en colliers. Je n'ai pas encore conscience que ma grand-mère n'a cessé de vivre avec le souvenir de sa fillette morte à cinq ans, et c'est avec cette ombre qu'elle s'entretient en s'attardant devant les petites tombes.

Ce qui me surprend aujourd'hui, c'est qu'à Plouha, si elle fréquentait l'église, elle délaissait tout à fait le cimetière. Plouha était au nombre des bourgs bretons qui, en désaffectant leurs vieux cimetières autour des églises, avaient séparé les morts d'avec les vivants. Ce cimetière lointain, ma grand-mère l'ignorait et je ne crois pas qu'elle s'y soit jamais rendue ; ni pour un enterrement — ceux qui mouraient dans la commune n'appartenaient pas à sa paroisse originelle, elle n'y avait noué aucune amitié, isolée peut-être par son costume et la coiffe du Léon que dans la nef elle était seule à porter — ni pour une promenade dominicale avec moi. De ces tombes-ci, aucune voix ne montait pour elle. À Lannilis, en revanche, elle marchait au milieu des siens, dans le « *parkeier an anaon* », le « champ des trépassés », où elle faisait société avec les âmes.

Tout ce qui venait d'elle était pour moi profondé-

ment rassurant et ses certitudes religieuses ne faisaient pas exception. Elles m'aidaient à penser qu'une
fois l'absent de mon enfance retrouvé, dans ce paradis
où je ne doutais pas d'aller moi-même, la quatrième
place à la table carrée de la cuisine serait de nouveau
occupée, et le sourire revenu sur les lèvres de ma
mère. Je voyais l'endroit comme un enclos verdoyant
où se retrouveraient tous ceux que j'aimais, mes
parents, ma grand-mère, mon cousin germain, le chat
Bilzig et « Yannig du jardin ». Une vision qui allait
radicalement changer avec mon entrée au catéchisme.

C'est évidemment ma grand-mère qui, l'âge de
raison venu pour moi, avait décidé que je ne pouvais
plus m'y soustraire. Majestueuse messagère entre
l'école du diable et la maison du Bon Dieu, elle m'avait
remorquée à travers le terrain vague pour me présenter au recteur, le père Dagorn. Ce n'est pas un ami
de « notre côté », et c'est à lui que la paroisse doit ses
spacieuses écoles privées. Je n'ai gardé aucun souvenir de cette rencontre dont elle m'avait pourtant fait
comprendre l'importance solennelle ; seulement celui
du lieu où j'entre pour la première fois.

L'église de Plouha est trop haute, trop claire, définitivement laide. J'apprendrai plus tard que la vieille
et gracieuse église de la paroisse avait été rasée, au
milieu du XIXᵉ siècle, par la volonté de l'abbé François-
Marie Perro, peu après sa nomination à la cure, et
après une visite à Saint-Brieuc qui l'avait ébloui. Il s'y
était épris de l'église Saint-Michel — celle dont Louis
Guilloux a rendu la laideur célèbre — et avait résolu
d'attacher son nom à une église neuve, en utilisant
les pierres de l'abbaye de Beaufort en ruine et en
empruntant même celles de la chapelle de Kermaria
an Isquit, joyau architectural de la commune, dont il

avait commencé à détruire le porche nord. Il avait dû abandonner cet activisme vandale devant l'hostilité des paroissiens, mais n'en avait pas moins pu imposer son église neuve, achevée en 1857.

Ce qui me frappe dans cette église, quand je fais mes premiers pas au « catéchisme », c'est la distribution de l'espace. À gauche, du côté dont on me dira qu'il est celui de l'Évangile, les filles ; mais les « filles des Sœurs » occupent les premiers bancs ; nous, les bancs du fond. À droite, du côté de l'Épître, la même règle non écrite installe les garçons des Frères devant nos congénères de l'école publique, ceux qu'on entend jouer et crier de l'autre côté du mur de l'école (seule occasion de les apercevoir, et de se choisir un bon ami). La fracture des « deux jeunesses », dont je découvrirai plus tard que Jules Ferry la déplorait tant, est ici exemplairement illustrée : entre les deux groupes, jamais un mot ne s'échange, aucune amitié ne se noue. Quand, au retour de l'église, je rapporte à ma mère ce qui est à mes yeux un mode de classement bizarre, habituée que je suis à celui de l'école, que le mérite justifie, elle me raconte que dans son enfance léonarde, c'était tout autre chose : l'heure du catéchisme était fixée de telle manière que les filles de la laïque ne pouvaient y arriver qu'en retard ; il fallait ôter ses sabots dès la porte de l'école franchie, courir vers l'église sur ses bas, arriver essoufflées et les pieds trempés, pour recevoir l'inévitable réprimande.

Rien de tel n'est à craindre à Plouha : l'hostilité des deux « côtés » y est bien plus feutrée que dans le Léon maternel. L'église n'en figure pas moins pour moi le lieu de l'inégalité. Ce sentiment me restera, conforté par un autre épisode : cette fois je suis au collège et c'est l'année de ma première communion ; la coutume veut que la mère de la première à la composition de catéchisme (l'église calque ses procédures sur celles de l'école) soit la « marraine de communion », pendant que le père du premier en est le « parrain ». J'ai tout à fait oublié quelle fonction honorifique leur était réservée dans le déroulement de la cérémonie, mais comme il est hors de question que ce rôle prestigieux revienne à ma mère, qui ne fréquente pas l'église, on me rétrograde à la place de seconde au profit de la fille du bedeau. Ce qui ne me chagrine pas, mais me confirme dans l'idée qu'à l'église on justifie continûment l'inégalité.

À Plouha, une profonde indifférence semblait baigner le vaisseau sans grâce de l'église. J'incline aujourd'hui à penser que la personnalité du prêtre y était pour beaucoup. Plus tard, dans mon adolescence, en fréquentant épisodiquement l'église léonarde de Berven, je ferai connaissance d'un recteur plébéien, vigoureux et pittoresque, et garderai la vive mémoire de quelques-uns de ses sermons : celui où il fustigeait les danses modernes et dont j'ai déjà parlé ; celui où il opposait la vraie prière, celle qui exige recueillement et concentration, à la prière machinale, expédiée en balayant la maison ou marmonnée en trayant les vaches : dans l'imitation de ces prières désinvoltes, il avait un vrai talent théâtral ; on le voyait balayer, traire, psalmodier, et il obtenait sans coup férir l'hilarité de l'auditoire. L'église elle-même, ombreuse et paisible, était un refuge où je venais dans les longs après-midi dessiner le jubé et les colonnes où de jolis oiseaux picorent des pampres. Mais à Plouha, pas un sermon qui me soit resté en mémoire. Pas une image dans l'église où poser ses yeux, en dehors d'un agressif chemin de croix aux couleurs criardes. Où sont ces « *taolennou* », les tableaux de mission, qui avaient tant servi en Bretagne à émouvoir et mobiliser les fidèles ?

La grande, la seule affaire du père Dagorn est que nous sachions « notre » catéchisme, c'est-à-dire le petit livre blanc que nous tenons en mains pendant la leçon et où il faut inscrire, sur la page de garde, son nom, sa date de naissance et la mention de son baptême. Son oubli vaut algarade et répétition, semaine après semaine, d'une identique sentence, martelée avec un fort accent breton : « Celui qui vient au catéchisme sans son catéchisme est comme le chasseur qui va à la chasse sans son chien. » Nous ouvrons donc le livre dès l'arrivée pour lire la leçon du jour, que le père Dagorn ne commente guère. Puis nous sommes interrogées sur la leçon précédente, qu'il faut réciter à la virgule près. Ce n'est pas beaucoup plus difficile que la table de multiplication, et ça lui ressemble. Ici aussi il faut savoir compter, dire qu'il y a trois personnes en une, et aussi trois vertus théologales, quatre fins dernières, sept dons du Saint-Esprit, dix commandements, puis les énumérer sans hésitation. Quand une des nôtres se tire avec honneur de l'exercice, l'agitation gagne les premiers bancs, les filles des Sœurs se retournent : comment, venant de l'école méprisée, un tel prodige est-il pos-sible ? Et quand elle se trompe, des ricanements soulignent l'erreur. Il y a une tempête de rires, à laquelle le père Dagorn met rudement fin, le jour où l'une de nous, en lieu et place de la communion des saints, bredouille quelque chose qui ressemble à la « communion des chiens ». Bref, filles de la laïque nous sommes, et devons le rester. Et c'est pourquoi nous nous gardons bien de poser des questions et demeurons immobiles et coites sur les bancs du fond avec notre lot de perplexités.

L'ambition du père Dagorn serait que nous sachions répondre sans hésitation aucune au chapelet de questions que le petit livre blanc égrène. Toutes si mystérieuses : Qu'est-ce que Dieu ? Qu'est-ce que la foi ? Qu'est-ce qu'un mystère ? Qu'est-ce qu'un péché mortel ? Et véniel ? Et la contrition ? Et l'attrition ? De tout cela, quel est le rapport avec notre vie ? Il ne donne jamais aucun exemple, ne raconte jamais aucune histoire, ignore les Évangiles et ne parle que fort peu de la personne de Jésus, qui pourrait nous émouvoir. Chacune de nous, j'imagine, suppléait à cette sécheresse par quelques images. Pour ma part, je vois Dieu, dont dès la première leçon il faut savoir dire qu'il est un être parfait, infiniment bon, infiniment aimable, éternel et créateur de toutes choses, comme un vieux monsieur excessivement poli, gracieux avec tout un chacun. Et quant à la « communion des saints » de la bafouilleuse, il faut savoir répondre au prêtre qu'elle est « le corps mystique de ceux qui sont unis par la participation à la vie divine » ; mais je ne peux me la figurer que sous la forme de sainte Anne, saint Yves, saint Sébastien et tous les saints qui passent dans les propos de ma grand-mère, agenouillés à la queue leu leu devant la table de communion. Les choses s'arrangeaient un peu quand le père Dagorn abordait au chapitre des péchés. Il expédiait trop vite le chapitre de la luxure pour qu'elle nous troublât beaucoup ; et « l'œuvre de chair », qu'il ne fallait commettre « qu'en mariage seulement », nous restait tout à fait opaque. En revanche, paresse, gourmandise, désobéissance, nous savions de quoi il retournait, et cela nous était bien utile quand nous devions nous confesser.

Et c'est à confesse, précisément, qu'éclatait le formalisme de cette religion froide, sans rien, ou presque, qui donnât à rêver. La semaine qui précède la confession, il faut se torturer l'esprit pour composer une liste acceptable de péchés. Sans frère, ni sœur, ni copains, les occasions de bêtises sont rares, désobéir à ma mère inimaginable, et il n'y a guère que le chat Bilzig, avec lequel j'entretiens des relations orageuses, qu'il m'arrive de tourmenter. La liste de péchés à déposer aux pieds du prêtre est donc toujours maigre, même si je l'étoffe le plus possible par de menues inventions, sans pouvoir malheureusement les inclure dans mon rollet pour gonfler un peu le chapitre du mensonge. Et elle se solde habituellement par deux *Pater* et deux *Ave*. La première fois que je rentre à la maison après cet exercice truqué, je dis à ma mère que je me sens légère : c'est ce que je dois ressentir, on nous l'a assuré. Je la vois sourire, il est clair qu'elle ne croit pas une seconde à l'authenticité de mes sentiments, et je sais qu'elle a raison.

Une fois pourtant, une seule, j'ai un véritable forfait à avouer. À la composition de dictée, ma voisine de classe Raymonde — elle et moi occupons l'année durant la table devant le bureau de la maîtresse — chuchote en se penchant vers moi (il s'agissait, je m'en souviens encore, de « la lune était sereine et jouait sur les flots ») : « Sereine, c'est *ai* ou *ei*? — Je ne sais pas, lui dis-je, mais tu n'as qu'à mettre *ai* et moi *ei*, et on verra bien. » À peine l'ai-je dit que me voici saisie d'une honte cuisante, en la voyant, docile, écrire *ai*. Je ne me souviens plus — sans doute ai-je voulu l'oublier — si, la dictée corrigée, elle avait soupçonné la félonie. Mais, du moins, j'ai cette fois-ci quelque chose de grave à dire à confesse, et qui me coûte. Le recteur écoute sans émotion apparente l'histoire des *ai* et des *ei*, passablement confuse sans doute, et le verdict tombe, exactement identique à ce qu'il est à l'ordinaire : deux *Pater*, deux *Ave*. Puis vient le « Allez en paix », et le bruit sec de la trappe de bois qui se referme. Le soupçon m'effleure alors de la profonde indifférence du prêtre. Quand je lis aujourd'hui les récits d'enfance où les curés se plaisent à poser aux jeunes personnes des questions troublantes, je serais bien en peine d'ajouter quelque chose à cette légende d'indiscrétion. Aucune investigation ne donnait ici à imaginer de grisants péchés inconnus.

À cet enseignement mécanique, d'une abstraction roide, rien dans l'église de Plouha ne venait apporter un peu de douceur. À chaque Noël, les « filles des Sœurs » qui se préparent à la communion solennelle ont le privilège de participer à la confection d'une grande crèche dans le bras droit du transept, de froisser le papier brun des rochers, de disposer la paille de l'enfant Jésus et d'installer la mousse dans laquelle on pique les roses de Noël des jardins de décembre. Cette fête tendre n'est pas pour nous, pas plus que la Fête-Dieu, où les rubans roses des fillettes et leurs corbeilles odorantes m'emplissent d'une convoitise muette, tandis que je les vois défiler de l'église vers le grand reposoir de la croix de mission, en longeant le palais scolaire et en répandant partout les pétales, dans le parfum enivrant des œillets mignardise. Je n'ai pas même le droit de les regarder trop longtemps, car ma grand-mère, au sortir de la messe, me reconduit vite fait à la maison. Elle aussi a intégré la bipartition communale, sait qu'il s'agit de la fête d'en face et qu'il est inconvenant que nous nous y attardions.

Un lieu sans douceur donc. Seules la messe du dimanche des Rameaux — et pourtant croix et statues ce jour-là sont voilées d'étoffes violettes, mais l'église est un jardin plein de l'odeur amère des bouquets de buis — et celle de Pâques, où j'ai le droit d'arborer une robe neuve, m'ont laissé un souvenir joyeux. La peur, en revanche, est partout présente. Non que le père Dagorn brandisse jamais les tridents, les lances, les flammes et les tortures de l'Enfer. Mais le catéchisme de Léon et de Tréguier martèle que « hors de l'Église, point de salut », et s'enquiert même auprès de nous avec sollicitude : que signifient ces mots ? Il fournit bien sûr immédiatement la réponse adéquate : « qu'il est absolument impossible d'être sauvé, si par sa faute, on n'appartient pas à la véritable Église du Christ ». Ces mots ont pour moi une signification très précise : père et mère sont donc promis à l'Enfer, et me revient alors en mémoire le geste de mon père mourant pour repousser le crucifix brandi par sa mère. Je scrute le petit livre blanc à l'article du jugement sans y trouver d'apaisement. Car il nous enseigne qu'il y a deux jugements, un « particulier » et un « général ». Que mon père soit en Enfer, au terme de ce que le catéchisme nomme le jugement particulier, ne fait pas de doute. Mais peut-il en être tiré le jour où s'annoncera, la fin du monde venue, le jugement général ? J'aimerais pouvoir le penser, mais il semble bien que non, car nous devons répéter aussi que « l'Enfer est un lieu dont on ne sort jamais ». De là, une perplexité infinie.

Ce n'est pas aux souffrances de mes parents damnés que je songe, tant l'Enfer demeure un lieu abstrait. Mais à la certitude navrante qu'au Paradis je ne les reverrai pas. Je me hasarde, un jour de hardiesse, à interroger le recteur : comment fait-on pour être heureux au ciel quand ses parents brûlent en Enfer ? Débonnaire, mais peu concerné, il me répond qu'au Paradis je n'y penserai pas. Je me demande aujourd'hui pourquoi il n'avait pas trouvé à me dire que nous ne savons pas ce qui se passe entre Dieu et sa créature, qu'une vie égarée peut se retourner in extremis, et que mes propres prières pouvaient changer cette désolante situation, d'autant que le catéchisme nous apprenait aussi que « Dieu exauce toujours les prières quand elles sont bien faites ». Je sens alors confusément l'inadéquation de la réponse, je garde pour moi ce bref dialogue, n'en parle ni à ma mère ni à ma grand-mère mais n'oublie pas l'ébranlement de la peur.

Elle ne me quittera plus dans ma fréquentation de l'église. Pendant la retraite de communion — elle a lieu dans un château où on nous prépare à ce qu'on nous annonce comme « le plus beau jour de notre vie », où nous devons tutoyer les anges, promesse d'extase passablement imprudente —, l'abbé nous demande d'écrire sur une feuille blanche les trois sacrifices que nous avons été invitées à faire pour nous rendre dignes du grand jour. Immense est mon embarras, pour moi le sacrifice est l'équivalent de la mort sur la croix, comme l'enseigne la leçon du livre sur le sacrifice, qui parle de l'immolation de la victime et du sang de Jésus-Christ. Je ne sais pas « quoi mettre », comme on dit à l'école, je me renseigne donc auprès des copines pour apprendre qu'elles ont écrit avoir cédé à leur petit frère le chocolat du goûter et s'être privées de dessert. Je ne me résigne pas à écrire de telles choses, je rends ma feuille vierge, je vis la dernière journée dans l'angoisse d'être refusée à la table de communion. Elle vient s'ajouter à la peur panique de rompre par inadvertance le jeûne matinal en chipant une fraise dans le saladier du dessert ; pis, de laisser tomber l'hostie ou de la mordre avec les dents, catastrophes dont on nous a longuement entretenues, avec leurs conséquences funestes pour ceux qui auraient commis ce sacrilège, fût-il involontaire.

Rien de tel bien sûr n'a lieu, je reviens sans encombre de la table de communion, mais la messe m'a réservé une autre surprise : voir monter en chaire notre aumônier de communion et l'entendre s'adresser aux parents avec une voix que brise l'émotion pour confier qu'il a été « ébloui » par la qualité de nos sacrifices. C'est bien la seule chose à laquelle je ne peux croire et qui me donne aussitôt à penser qu'un menteur est en chaire. De quelque côté que je me tourne dans cette décevante église, rien ne vient me rassurer ni combler mes attentes.

Très étrangement, c'est de l'école laïque que m'est venu le soupçon que l'église pouvait être tout autre chose. À dire le vrai, au cours d'une expérience elle-même tout à fait étrangère au droit coutumier de l'école publique. Au cours élémentaire deuxième année, la maîtresse est longuement absente, remplacée par une toute jeune institutrice, Mlle Guyomard, dont l'entrain et la vivacité transforment l'école, déjà source de plaisir quotidien, en un lieu d'exaltation. Elle organise la seule visite patrimoniale de ma scolarité, à Kermaria an Isquit, exquise chapelle à trois kilomètres de notre bourg. Je mesure mieux aujourd'hui quel esprit d'ouverture et quelle audace il

lui avait fallu pour ignorer superbement la règle non
écrite qui exigeait la stricte séparation des deux
espaces de la commune, et emmener, un beau matin,
sa petite troupe laïque vers une chapelle. C'était un
de ces jours de février qui forment une vignette à la
description par Chateaubriand du printemps breton :
reflet rouge des bourgeons à l'extrémité des branches,
et pâquerettes partout. Et comme une promenade hors
les murs de l'école était un événement sans précédent,
un intense sentiment de bonheur avait baigné l'escapade. La jeune fille avait, je m'en souviens toujours,
insisté sur le privilège que nous avions de posséder,
sur notre territoire communal, une si intéressante
chapelle et fait passer dans les rangs, avec le respect
du patrimoine, quelque chose comme un patriotisme
de clocher.

Ce qui rendait Kermaria remarquable, c'était, une
fois franchi le porche sud où les apôtres montent la
garde — et, chose surprenante, la maîtresse nous les
nomme l'un après l'autre, nous fait remarquer les clefs
de saint Pierre, la croix de saint André, le bâton de
pèlerin de saint Jacques le Majeur —, la découverte,
aux murs de la chapelle, d'une spectaculaire danse
macabre : une cinquantaine de figures peintes se tiennent par la main, les squelettes alternent avec les
vivants, sans force pour résister à la gigue où ils sont
entraînés ; aucun ne peut s'y soustraire, ni l'évêque, ni
le laboureur, ni le ménestrel, ni le connétable. De
connétable, je n'en connais qu'un, celui que la maison
exècre, le traître Du Guesclin, et je ne suis pas fâchée
de le voir malmené par un squelette. En outre, il y a
encore, parmi les peintures de la chapelle, celle dont
la maîtresse nous dit qu'il s'agit des « trois morts
et des trois vifs ». On peut y voir à nouveau trois

cadavres qui épouvantent trois jeunes seigneurs, au point que l'un d'eux tombe de son cheval.

Ces images, si bien accordées à la pédagogie de la peur que pratiquait l'église, auraient dû me terroriser, et je me demande aujourd'hui comment il se fait que j'ai conservé de cette visite un souvenir si apaisant. La demoiselle s'était probablement arrangée pour apprivoiser la peur, dériver notre attention vers le caractère profondément égalitaire de cette bande dessinée qui mettait au même niveau tous les acteurs, du plus puissant au plus misérable, et il y avait là quelque chose qui était en consonance avec les croyances de l'école, et aussi pour moi de la maison, où on révérait la violence égalitaire des « Bonnets rouges ». Mais je crois surtout que c'est l'espace de la chapelle campagnarde, enveloppant et amical, qui communiquait le sentiment de protection, tandis que son clair-obscur suggérait le mystère, si définitivement absent dans la nudité agressive de l'église paroissiale. Ici, la prière cessait d'être tout bonnement ce qu'il fallait savoir et prenait un sens. Ici, quelque chose faisait signe vers l'au-delà. Ici, dans le silence et le demi-jour, on pouvait capter le chuchotement des « *Anaon* », que ma grand-mère n'avait cessé d'entendre.

Dans ces années enfantines à Plouha, ma mère et moi avions fait une fois le voyage de Tréguier — événement assez rare pour qu'il me soit resté très présent —, pour trois visites qui paraissaient s'imposer. L'une au cloître où Renan avait souhaité être enterré, jouxtant la belle cathédrale : mes parents s'y étaient mariés, « au grand autel », disait avec gloriole ma grand-mère paternelle, qui avait intrigué auprès de ses relations dévotes pour obtenir cette faveur, tout à fait exorbitante pour des instituteurs publics, non pratiquants de surcroît. La deuxième visite était pour l'atelier d'art celtique où Joseph Savina travaillait à un art breton nouveau, en mariant les palmettes et les feuilles de fougère du répertoire ornemental celtique aux formes modernes ; là vivait encore le souvenir de mon père, qui avait soutenu les débuts de l'artiste. La troisième enfin était, place du Martray, pour la statue de Renan, édifiée en 1902 en manière de provocation anti-cléricale à la place même où on faisait les reposoirs. Depuis lors Renan, son chapeau breton posé sur le banc, somnole lourdement face à la cathédrale, sous la protection d'une Athéna casquée, avec son rameau d'olivier.

Trois pèlerinages, donc, qui résumaient assez bien les trois lots de croyances avec lesquelles il me fallait vivre : la foi chrétienne de nos ancêtres, la foi bretonne de la maison, la foi de l'école dans la raison républicaine. À elles trois, ces croyances composaient ce que j'appellerais volontiers ma tradition. « Une voix presque mienne », c'est le beau titre qu'avait trouvé naguère Paul Thorez pour définir l'héritage familial. Je le reprendrais volontiers à mon compte : la tradition en effet est une voix qui nous a été transmise par autrui, où notre volonté personnelle n'a pas eu de part, que nous avons trouvée comme un déjà-là nécessaire, mais qui a germé en nous à notre insu au point d'être devenue nôtre. « Presque » nôtre pourtant, cette voix ; seulement presque, ce qui laisse un peu d'espace à notre réflexion personnelle, un peu de jeu à notre liberté. Il dépend de nous, jusqu'à un certain point, de lui accorder ou de lui refuser notre écoute et notre assentiment.

Il s'agissait de croyances désaccordées ; et, pour

moi, d'une existence à codes multiples, dont résultait un persistant inconfort. Les enfants mis en situation d'excentricité voudraient se rendre invisibles et se fondre dans la bienheureuse conformité ; être comme tout le monde est leur plus vif désir. C'était en tout cas le mien, pour mettre fin aux bizarreries de l'existence. À l'école, il fallait célébrer des gloires que la maison méprisait, réciter des textes sur lesquels s'exerçait l'ironie muette, mais perceptible, de ma mère ; il fallait voir flotter au fronton, les jours de 14-Juillet, le bleu, le blanc, le rouge du drapeau qui annonçait si joyeusement les vacances, mais cacher le nôtre, le noir et blanc, qu'on ne tirait jamais des profondeurs du coffre. À l'église, il fallait prier pour un ciel qui resterait vide des êtres que j'aimais. À la maison, et cela ajoutait une complication supplémentaire, il ne s'agissait pas d'aimer étourdiment tout ce qui se proclamait breton : les bretonneries exhibées aux murs et les niaiseries bretonnes chantées au dessert n'avaient pas droit à notre indulgence. Où donc était le beau, le bien, le vrai ? Dans ces années enfantines, le dernier mot revenait presque toujours à la maison. Mais ce n'était pas sans malaise.

J'ai écrit jadis que chacun de ces lots de croyances était une île dont nul courrier ne partait pour l'île voisine, et c'est ainsi que je le vivais. Mais en y réfléchissant, je dois apporter quelques correctifs à cette affirmation trop péremptoire. De l'église, en effet, rien ne pouvait mener vers l'école ou vers la maison. Vers l'école, en raison de l'indifférence qu'elle montrait à l'idéologie du mérite, si centrale dans la classe, et de la méfiance avec laquelle elle accueillait les enfants venus de « l'autre côté ». Et pas davantage vers la maison, en dépit de circonstances apparemment plus favorables : car si le père Dagorn se montre aussi sourcilleux que les instituteurs publics dans le bannissement du breton, on sait chez moi que l'église honore dans ses fêtes la fleur de bruyère et fait processionner les coiffes au son de la bombarde. Mais il ne faut pas trop faire fond sur ce cousinage. La Bretagne de la maison n'est pas celle qui chante des cantiques. La langue pour laquelle elle combat n'est pas le rempart contre l'impiété auquel se cramponnent les prêtres. Surtout, l'église semble consentir sans scandale à l'inégalité des êtres, que rend manifeste la ségrégation du Ciel et de l'Enfer, avec ses conséquences si effrayantes pour la maison qu'on ne pouvait y songer que le cœur lourd. Oui, l'église était bien une île.

Entre l'école et la maison, en revanche, les relations étaient plus compliquées. Certes l'école, au nom de l'universel, ignorait, et en un sens humiliait la particularité. Et la maison, au nom des richesses du particulier, contestait l'universel de l'école qu'elle soupçonnait d'être menteur : l'école ne professait-elle pas en réalité sans le dire une particularité aussi, la française, qu'elle enveloppait, ou dissimulait, dans le manteau de l'universel ? D'autre part, s'il arrivait à l'école et à la maison d'user des mêmes mots, c'était en leur donnant des significations bien différentes. La liberté de l'école était sans équivoque possible la liberté des individus, obtenue par l'abstraction des différences ; celle de la maison était la liberté d'un groupe humain particulier, la liberté des Bretons, à nulle autre pareille, une liberté collective proche du privilège. Et quant à l'égalité, que l'une et l'autre semblaient célébrer d'une même voix, celle de l'école était celle de la ressemblance, qu'elle nous invitait continûment à développer, en mettant de côté tout ce qui pouvait nous particulariser ; celle de la maison était celle du droit égal des hommes à exprimer leurs différences, et même à les accentuer dans leurs aspérités provocantes : aussi accueillait-on ici une foule de minorités culturelles, pour peu qu'elles fussent méprisées ou combattues. L'égalité, ici, en cela bien différente de celle de l'école, était l'abolition des injustices faites aux différences. Et pourtant, la maison et l'école avaient beau s'ignorer, toutes deux vivaient dans la religion du mérite et croyaient à la possible correction des inégalités : ni là ni ici, on n'aurait accepté de les naturaliser.

Et pourtant. En l'écrivant je m'aperçois qu'un « et pourtant », à la manière d'un remords tardif, achève aussi les chapitres précédents. La Bretagne vivait à la maison en la personne de ma grand-mère, *et pourtant* c'était elle qui m'entretenait de la France. La France enseignée à l'école était celle que la maison désignait comme notre ennemie héréditaire, obstinément unificatrice et centralisatrice, *et pourtant* elle était aussi le pays qui avait fait, en séquences pédagogiquement ordonnées, une marche vers la justice et la démocratie, en quoi elle était une patrie rationnelle plus qu'une patrie empirique, et à celle-ci, la maison pouvait souscrire sans trahir sa foi bretonne. La Bretagne de la maison se vouait à la collecte des mythes en passe de mourir, les cloches de la ville d'Is tintaient toujours à nos oreilles, *et pourtant* elle était aussi une volonté et un avenir : la maison travaillait à l'avènement d'une Bretagne régénérée, d'une langue régénérée, à une manière conquérante et neuve d'être breton. Si bien qu'entre la maison et l'école peut-être y avait-il, en définitive, moins de distance qu'on n'avait cru ? Après tout, nous avions pu lire dans *Kornog*, sous la plume de Roparz Hémon, que la littérature nouvelle ne se souciait guère de « faire breton », qu'elle répugnait à toute « entreprise de terroir », et s'efforçait de chercher l'universel. Si celui-ci peut être atteint à travers la particularité bretonne comme à travers la particularité française, n'est-ce pas tout le paysage qui bascule ?

Reste qu'au terme de ces années enfantines à Plouha, il y avait bien trois mondes séparés. Fallait-il vivre inégaux et dissemblables, comme l'église le donnait à penser ? Ou bien égaux et semblables, égaux parce que semblables, comme l'enseignait l'école ? Ou encore égaux et dissemblables, égaux pour faire valoir nos dissemblances, comme le professait la maison ? Un écheveau de perplexités que je ne suis toujours pas sûre de débrouiller aujourd'hui.

## L'éloignement

Ces incertitudes devaient s'estomper au cours des années suivantes, en même temps que s'éloignait le patrimoine breton. Insensiblement — mon père l'avait anticipé —, le jardin de l'appartenance bretonne, faute d'être entretenu, retournait à la friche, et l'idéologie de l'école républicaine, semblables et égaux, marquait année après année des points sur celle de la maison. À cela, bien des raisons : l'abandon du village, l'arrivée en ville, la découverte du collège, la guerre, enfin Paris et l'engagement communiste, si peu qu'il ait duré.

La ville n'est qu'une petite ville bretonne, Saint-Brieuc. Ma mère y demande un poste pour mon entrée en sixième, en octobre 1941. Elle veut m'épargner l'internat, souhaite aussi me garder près d'elle, rompt pour cela le peu de liens qu'elle avait réussi à nouer à Plouha, et qui avaient insensiblement rendu la vie plus douce. Et comme c'est la guerre, s'éloigner des solidarités villageoises veut dire le froid — je vois encore, sur le papier blanc des copies, les mains gourdes, enflées et craquelées, qu'on soignait tant bien que mal avec des décoctions de racines de guimauve, je sens la laine crue des gilets faits maison qui grattaient tels des cilices; la faim, du moins les menus spartiates, les sempiternels ragoûts de pommes de terre que confectionnait ma grand-mère; surtout la solitude, encore aggravée par l'arrachement à notre bourg rural.

Dans ma mémoire, Saint-Brieuc a toujours la couleur sombre de la guerre. Les deux dernières années de l'école primaire à Plouha avaient pourtant été elles aussi des années de guerre; mais, pour moi du moins, préservées de l'angoisse. De la guerre la maison parlait peu : seule ma grand-mère écoutait la radio, et pour des émissions de variétés. La première année m'a laissé surtout les souvenirs d'un glorieux printemps, les lilas et les roses du poème d'Aragon; de l'arrivée à l'école des petites réfugiées du Nord et des jeux de billes inédits qu'elles introduisent dans la cour; du relâchement des contraintes scolaires — avec le beau temps et les hannetons revenus, on peut croire aux vacances plus tôt qu'à l'ordinaire; d'une visite à la couturière qui, la bouche pleine d'épingles, dit que nous avons tous été trop heureux — la mélancolie de la maison ne me porte guère à le comprendre —, que nous le payons à présent, mais que sainte Odile sauvera la France, elle en est convaincue, sans compter qu'elle met une confiance toute particulière dans le général Weygand. Je vois ma mère hocher la tête poliment, je vois bien qu'elle ne croit pas un mot du discours, mais elle se tait. Tout pour moi reste opaque. Je me souviens du jour de juin où les Allemands entrent à Plouha : nul besoin ce jour-là, comme le 3 septembre de l'année précédente, de me faire rentrer à la maison; comme d'habitude, je tourne à bicyclette dans la cour de l'école, c'est un jour comme les autres. Seule certitude : nous n'irons pas en vacances cet été. Finie, la liberté sauvage de Kerfichen.

L'année suivante, dans Plouha occupé, la guerre est toujours lointaine. Les Allemands pourtant ont investi l'école, installé une cantine, réquisitionné notre cave pour y entreposer leurs provisions. Là s'illustre le talent pragmatique de ma grand-mère. Je ne sais comment, ni dans quelle langue, elle avait persuadé Auguste, le cuisinier allemand, de lui concéder un peu de saindoux pour ses tournées de frites. C'était un géant sentimental, cet Auguste. Parfois je le trouvais assis à la table de la cuisine pendant que ma grand-mère s'activait au fourneau ; il sortait son portefeuille, étalait sur la toile cirée les photographies de sa femme et de ses garçons ; il les commentait en allemand, versait une larme ; ma grand-mère regardait les images, les commentait en breton, avec dans l'œil l'éclair de malicieux mépris qu'elle réservait à la faiblesse des hommes ; elle n'en offrait pas moins à Auguste le réconfort universel en Bretagne, une tasse du café qui ne quittait pas le coin de la cuisinière. Cette scène débonnaire est pour moi l'emblème de la vie à Plouha dans ces premiers temps de la guerre.

La seule note angoissée de ces deux années est l'évocation de mon oncle. Il avait été fait prisonnier dans le Pas-de-Calais en juin 40, transféré dans une ferme en Allemagne, et devait être libéré un an plus tard. « Quand Hervé reviendra », disait ma grand-mère les bons jours, et, les mauvais : « Si Hervé revient. » Cette évocation m'impressionnait beaucoup, et ma mère m'avait surprise boitillant le long du terrain de jeux, les chevilles entravées par ma corde à sauter. Elle s'était enquise de cette extravagance, j'avais prestement dénoué la corde. Je n'avais pas dit que je tentais de comprendre la réalité de l'état captif : à cette époque, pour moi, tout prisonnier devait vivre pieds et poings liés.

C'étaient des moments fugitifs. La douceur villageoise permettait encore d'ignorer ce que la guerre change à la vie quotidienne. Pour se procurer le lait, le beurre, les œufs, il suffisait de traverser la route, juste en face de l'école, de s'engager dans le petit chemin de terre entre les boutons-d'or et les carottes sauvages, pour gagner la ferme où ces trésors se dispensaient toujours, soustraits je ne sais comment aux réquisitions allemandes : c'était une des rares sorties hors les murs, une promenade rituelle d'où on revenait un bouquet au poing.

Tout cela change quand nous arrivons à Saint-Brieuc. La ville de ces années est morne, froide, hostile. Sous le ciel de cet hiver 41 — je le vois toujours bas et plombé —, éclatent des couleurs agressives, insolites : le vilain jaune des panneaux indicateurs avec leurs lettres noires, le noir, le blanc, le rouge des guérites, le noir des grandes croix gammées qui flottent sur le lycée Anatole-Le Braz et sur l'hôtel de France transformé en Kommandantur. Les bruits aussi heurtent les oreilles, sirènes des alertes, bourdonnement des avions anglais et parfois coups de feu dans les rues — attentats terroristes, chuchote-t-on. Rien de comparable pourtant à Brest et Lorient rasés, à Saint-Malo incendié. Les bombes, ici, sont rares et ne touchent que le lointain quartier de la gare.

C'est donc moins la guerre qui entretient chez moi l'inquiétude que la dispersion de la petite cellule familiale. À Plouha, on pouvait se blottir dans un monde rassurant et clos. Ici, le centre chaleureux de l'existence a disparu. Les écoles occupées, plus de logement de fonction. Ma mère trouve à nous loger loin du centre, sur « le plateau », zone indécise entre ville et campagne ; les rues ont beau porter le nom des écrivains du Grand Siècle, ce sont encore des chemins, qui relient un semis de maisons neuves coupé de jardins et de champs. Chaque jour, ma mère part travailler à bicyclette ; ma grand-mère disparaît de sa cuisine pour d'interminables queues. À moi aussi, il me faut marcher longtemps pour suivre les cours du collège Ernest-Renan ; ses bâtiments flambant neufs ont tout de suite été réquisitionnés, et les classes s'éparpillent à travers toute la ville, parfois dans des maisons bourgeoises, parfois dans des baraquements de fortune, comme cet « abri Saint-Michel » qui accueille les petites classes. Au fond d'une grande cour, accotées à un gymnase toujours fermé, ce sont quatre pièces exiguës, froides et peu balayées, assombries encore par les deux rangées de tilleuls qui leur font une lumière de cave. Pour utiliser au mieux ces locaux improbables, les cours se donnent tantôt le matin, tantôt l'après-midi : il faut soit partir, soit rentrer dans le demi-jour.

Dans ce monde nouveau, notre isolement s'est aggravé. Ici, il n'y a plus sous les fenêtres le flux et le reflux quotidien des marmots, la vie que met dans la cour le va-et-vient des mères d'élèves et des femmes de service. Encore moins d'amis. Ceux de mon père se sont évaporés ; tantôt, tel Creston, le peintre des *Seiz Breur*, dans des activités de résistance ; tantôt dans la collaboration, cédant à la griserie de pouvoir faire des émissions en breton à Radio-Rennes, piège tendu par les Allemands. Chez l'un d'eux — j'apprendrai plus tard avec stupéfaction qu'il avait été un militant de gauche, aidant Louis Guilloux à accueillir les réfugiés espagnols —, une immense carte d'Europe est aux murs, où on pique triomphalement les drapeaux de l'avance allemande en Russie. Au cours d'une de nos rares visites, j'entends dire que dans les semaines, les jours qui suivent, quelque chose de grand va se produire pour la Bretagne. Quoi, au juste ? J'imagine aujourd'hui qu'il s'agissait plus ou moins d'un statut d'autonomie pour la Bretagne, une chimère assurément. Mais ma mère, toujours convaincue des ravages que produit l'engagement politique dans les existences, ne disait rien. Je n'avais personne pour déchiffrer ce qui se jouait alors.

Et pas davantage lors d'une scène restée gravée dans ma mémoire. Octobre 1942, j'entre en cinquième. Je rentre déjeuner à la maison, et il y a là, chose insolite, un ami de mon père, venu rendre visite à la veuve et à l'orpheline. Je viens de voir, dans la cour du collège, piquée sur la veste d'une « grande », « ma » première étoile jaune. Je ne sais pas ce que c'est, je pense n'avoir jamais entendu à la maison le mot juif. Je sais seulement qu'*Ar Falz* compare le malheur des juifs à celui des Bretons : deux races « flagellées par les iniquités », dit le bulletin de mon père. L'étoile est donc loin d'être pour moi un signe d'infamie, mais j'y perçois vaguement une marque de séparation, et je dis mon trouble : est-elle obligée de la porter ? En effet, me dit-on, mais alors pourquoi ? Elle est juive, explique cet ami, qui me regarde alors, et questionne : « Toi, tu ne serais pas fière de porter l'hermine ? » L'hermine, c'est notre symbole, rappel des armoiries ducales, qui parsème de mouchetures noires notre drapeau aux bandes noires et blanches, enfoui dans la malle au grenier sous les châles de mariage. Je n'ai pas d'hésitation à répondre oui, et avec élan. « Tu

vois, c'est pareil », conclut l'ami. J'ai tout à fait oublié
si cet échange avait été suivi de l'affreuse justification
que j'ai retrouvée bien après, la nécessité de savoir qui
on rencontre et à qui on a affaire. Mais le tour de
passe-passe par lequel cet homme transformait l'étoile
jaune en affirmation heureuse de l'identité, je l'avais
obscurément perçu. Sans tout à fait reconnaître l'imposture, j'avais senti qu'on cherchait à me manipuler.

Ce sentiment de malaise devait accompagner
comme une basse continue les années de guerre. Au
collège, alors exclusivement féminin, nulle discussion
politique. Pas d'affrontement entre les gamines que
nous étions. La division politique et morale de la
France pendant l'occupation allemande était cependant présente, et chacune reconnaissait à peu près sa
famille. Il y avait une Madeleine aux yeux bridés,
aînée d'une famille nombreuse, qui avait eu le privilège de se rendre à Vichy, de recevoir un baiser du
Maréchal et s'en montrait fiérote, comme de chanter
« Maréchal, nous voilà ». Il y avait une Lucette timide
qui avait obtenu la meilleure note en composition
française — nous étions invitées à dire à quel objet
familier de nos maisons nous étions le plus atta-
chées —, pour avoir choisi le drapeau tricolore. Le
professeur l'avait convoquée en aparté pour la féliciter
et aussi, nous avait-elle confié, lui conseiller la pru-
dence. Moi, dans le silence de la maison, j'aurais été
bien en peine de dire de quel « bord » nous étions,
même si je sentais que nos fidélités bretonnes nous
rendaient vaguement suspectes. La maison pourtant
n'était nullement pétainiste, bien au contraire : celui
qui avait été le persécuteur de mon père, le directeur
de l'École normale d'instituteurs, avait organisé en
1940, au Splendid, le grand cinéma où j'avais vu mon

premier film, *Blanche-Neige*, une conférence de Hermann Rauschning, le fameux auteur de *Hitler m'a dit*. Ma mère parlait de ce vieil adversaire de la culture bretonne, devenu fervent pétainiste, avec un parfait mépris, qui rejaillissait sur le Maréchal.

À l'automne 1943 — je suis en quatrième — éclate, tout près de moi, le drame des lycéens arrêtés en plein cours pour avoir abattu, en gare de Plérin, un soldat allemand. L'un d'eux est un voisin du « plateau », un fils d'instituteurs que ma mère connaît bien, un « grand » que je croise souvent, dans notre route vers la ville. Les trois garçons sont fusillés en février, et je vois ma mère bouleversée. Mais elle commente la tragédie sous le signe, non de la politique, mais de l'universelle déréliction des existences humaines. Et ce que j'entends raconter autour de moi ne m'éclaire pas davantage : comment et pourquoi ce garçon avait-il un revolver ? Un revolver dont on dit qu'on l'a retrouvé sans peine, jeté étourdiment dans le puits des parents. Et pourquoi en avoir fait usage contre cet Allemand solitaire, pas plus heureux sans doute d'être en France que l'Auguste pleureur qui ravitaillait ma grand-mère en saindoux ?

Le silence de la maison ne m'aide pas à comprendre. Quelques mois plus tard, quand déferle sur la petite ville libérée l'enthousiasme collectif, toute notre rue se couvre de drapeaux tricolores. Mais rien à nos fenêtres, et je me sens malheureuse. J'ai l'obscure conscience de la tristesse de notre maison veuve de drapeaux, peut-être aussi de ce qu'elle évoquera dans l'esprit des voisins. J'entreprends donc d'en fabriquer deux en papier, que j'attache à des baguettes et suspends à la croisée. Tant que je les peignais, ils faisaient assez bonne figure. Mais vus du dehors, mesquins et raides quand les autres ondulent au vent, puis vite délavés par l'averse bretonne, ils ne me paraissent pas tout à fait à l'unisson de la jubilation collective, et la maison ne l'est pas en effet. Ma mère, je crois, était soulagée, mais un mur de verre semblait toujours la séparer de la vie publique, elle n'avait pas l'air concernée. Elle n'avait pas commenté mon entreprise de décoration, m'avait simplement laissé faire. Étais-je devenue, contre toute attente, une petite patriote française, comme les petites Alsaciennes des « livres roses » de l'enfance maternelle ? Ou bien était-ce seulement le violent désir d'être comme les autres, contracté dès les premières années à Plouha ? Les années de guerre, en tout cas, avaient encore aggravé chez moi le sentiment détestable que la maison faisait, peu ou prou, sécession.

En revanche, comme naguère l'école communale, le collège Ernest-Renan, tout dispersé qu'il était dans des bâtiments de hasard, était un lieu profondément rassurant. Qu'il ne soit pas « ouvert », comme on dit maintenant, sur la vie, était, en ces temps disgraciés, une bénédiction. Les professeurs ne m'ont collectivement laissé que de bons souvenirs et je ne crois pas que l'attendrissement me les fasse aujourd'hui peindre en rose. Il y avait certes, sur le nombre, quelques silhouettes extravagantes, comme une demoiselle définitivement sourde qui nous enseignait la physique : nous chantions en toute impunité pendant son cours une rengaine à la mode où nous suppliions « Marguerite » — c'était son prénom — de nous « donner son cœur » ; émoustillées et mauvaises, nous racontions que son neveu chéri s'était enfui avec une écuyère du cirque Pinder. Mais les « Marguerite » étaient rares. Pour l'essentiel, les dames et les demoiselles qui nous faisaient cours, dans ces tristes classes où rougeoyait sans efficacité un méchant poêle, avaient un enthousiasme communicatif.

En classe d'histoire, une personne énergique et chaleureuse mime avec talent les orateurs révolutionnaires, et je la dessine, sur les « cartes de promo » qui étaient en vogue, coiffée d'un bonnet phrygien, avec une bulle où elle profère le triple appel de Danton à l'audace. Autant que j'aie pu en juger alors, elle n'était nullement dantoniste, et son cœur penchait visiblement pour Robespierre. Grâce à elle, en tout cas, notre classe n'ignore rien de la controverse entre Aulard et Mathiez, tient la corruption de Danton pour avérée, sait tout des preuves que Mathiez a fournies. En composition d'histoire, il nous faut dire si la Constitution de 1791 a, ou non, été fidèle aux grands principes de 1789. Infidèle, telle avait été ma ferme réponse, toute vibrante d'indignation pour les entorses à l'égalité que notre professeur avait pointées d'un doigt sévère. L'exclusion des femmes du suffrage n'était pas un thème d'époque, et je ne crois pas qu'elle nous en ait entretenues. Mais j'avais sans hésiter fait mien le scandale d'un mode de scrutin qui eût, nous disait-elle, exclu de l'élection Jean-Jacques lui-même.

L'enthousiasme n'était pas moindre dans les classes de français de ce modeste collège. Les textes qu'on nous donnait à lire nous faisaient le fabuleux cadeau d'émotions et d'expériences hors de notre portée ; grâce à eux, nous savions ce qu'étaient la passion, la jalousie, la ruse, la cruauté, la séparation ; nous pouvions vivre à l'avance ce qui « n'était pas de notre âge », et sans nous faire mal. L'une de nous, en seconde, avait été traduite en conseil de discipline pour avoir fait passer la lettre d'une interne à un garçon du lycée Anatole Le Braz. Une telle audace était très loin de moi, mais solidaire, je l'étais d'emblée. Comment ne pas l'être quand nous venions d'expliquer, dans *L'École des femmes*, la scène charmante où Agnès confie son billet doux à la cruche qu'elle jette par la fenêtre ? Si on nous avait dit que ces textes classiques étaient démodés, et d'une utilité nulle pour notre vie, nous ne l'aurions pas cru.

Les professeurs nous traitaient en adultes. En troisième, en seconde, elles ne renonçaient pas, pour expliquer Racine, à entrer dans les débats de la grâce efficace. Elles nous expliquaient pourquoi La Fontaine avait pu passer pour un empoisonneur de la jeunesse. Elles nous apprenaient à porter sur les textes un regard affranchi des commentaires du manuel. Je me souviens de mon étonnement le jour où l'une d'elles nous dit que le « happy end » de Tartuffe, avec son salut servile au « prince ennemi de la fraude », est bien trop poli pour être honnête, et qu'on pourrait sans dommage arrêter là sa lecture ; et encore, que le personnage le plus intéressant des *Femmes savantes* pourrait bien n'être pas l'Henriette à laquelle allait spontanément notre sympathie, mais Armande, que nous tenions pour une pimbêche. Bref, elles nous donnaient le goût de vagabonder dans les œuvres, de les juger, d'en prendre et d'en laisser. Et cette liberté s'éprouvait encore dans la « composition de récitation » : à la liste canonique, nous avions le droit d'adjoindre des poèmes de notre choix, un vrai bonheur : à chaque trimestre, je m'efforçais de le faire durer en élisant un très long poème ; le « Bateau ivre », récité in extenso, fit une fois cet office.

Il me faut m'attarder à mon professeur de troisième, Renée Guilloux, la femme de Louis. Elle avait été,

toute jeune, le professeur de ma mère à l'École normale d'institutrices, et c'est grâce à elle que Dickens
et Tchekhov figurent dans la bibliothèque de la
maison. Elle mène au sein du collège, à sa manière
nonchalante, un combat pour que notre classe, qui
rêve de théâtre, joue *Les Femmes savantes* au lieu
d'une niaiserie — un certain *Mariage de Papillon*,
dans mon souvenir — que veut imposer et qu'impose
finalement, à notre amère déception, une demoiselle
bigote qui nous juge trop jeunes pour Molière. La
manière emportante qu'a Mme Guilloux d'expliquer
*Iphigénie* nous fait presque comprendre qu'on puisse
sacrifier une fille pour du vent.

Elle avait gardé un bon souvenir de son ancienne
élève, se prend d'affection pour moi, et j'ai bientôt le
privilège de franchir la porte de celui que je sais être
un « grand écrivain ». Les livres de Guilloux sont
dans la bibliothèque, élus, j'imagine, sur la foi d'un
double sésame : l'identité bretonne et la couleur politique. La gauche du mouvement breton les proposait
volontiers en exemple aux écrivains de langue bretonne et nous savions à quel point Guilloux déplorait
lui-même que les hasards de la vie l'aient fait naître
du mauvais côté du pays, celui où on ne parlait pas la
langue humiliée, la langue prolétaire. Nous étions
aussi forcément sensibles à une œuvre qui portait sur
les êtres un regard scrupuleusement démocratique : le
professeur de rhétorique et le mutin de la mer Noire,
le plâtrier et le réfugié espagnol, les cœurs purs et les
canailles paraissaient à Guilloux également dignes
d'écoute. Il aimait les gens de peu, les héros ordi-
naires, dépourvus de mystère et d'autant plus mystérieux ; il les peignait comme dans une lumière du
Nord, neutre et égalitaire. Quand j'entre rue Lavoi-

sier, j'ai déjà lu ses livres, me suis il est vrai enlisée dans *Le Sang noir*, mais j'ai aimé *La Maison du Peuple*, et *Compagnons*, mon préféré d'alors, et encore d'aujourd'hui. L'année où Renée Guilloux est mon professeur, je lis aussi le roman de Margaret Kennedy, *La Nymphe au cœur fidèle*, qu'elle avait traduit avec Louis, un des plus délicieux romans qu'on puisse lire à treize ans.

La maison de la rue Lavoisier, devenue depuis un musée, je la fréquente avec le sentiment de l'étrangeté. Des livres partout, mais il y en a assez chez moi pour n'en pas être étonnée ; ici cependant, aucune pièce ne semble affectée à un usage particulier, on s'y déplace au gré des désirs et des occupations. Autour de la maison, un jardin ensauvagé. Le voisin, un instituteur en retraite, qui le contemplait par-dessus sa haie, en avait le cœur crevé. Il décida donc, un beau matin, de « faire » gracieusement le jardin de Guilloux. Mais l'écrivain oublia de récolter à temps les haricots verts, la laitue monta en graine, l'instituteur perdit courage, les roses revinrent à l'églantine et le jardin à son charme ébouriffé. Aux yeux des habitants de Saint-Brieuc, déjà conscients d'avoir été quelque peu malmenés par *Le Sang noir*, cette négligence était une des extravagances de Guilloux. Une autre consistait à « se promener sans aller nulle part ». Guilloux se décrivait lui-même comme un « buveur de rues », jamais las de monter et de descendre les rampes de cette ville pentue, perchée sur son plateau entre les failles de ses deux rivières. On le rencontrait souvent dans son tour de ville quotidien, mince silhouette perdue dans un manteau couleur de crachin.

De lui, qui se montrait à mon endroit à la fois sarcastique et tendre, j'ai reçu des leçons évasives, lâchées entre un rire, deux bouffées de pipe, de longs silences, près des feux de bois qu'il confectionnait en artiste. Il épinglait à mon intention le conformisme littéraire de la petite ville, dont l'éloge suprême à propos d'un livre était : « Ça se laisse lire. » Ç'était aussi le mien, je le découvrais avec confusion, tant l'aisance et la rapidité de la lecture me paraissaient alors une condition du bien écrire. Il m'interrogeait sur mes lectures, je lui confiais ingénument mes admirations locales, Charles Le Goffic, Anatole Le Braz ; il s'amusait, plissant son œil de malice, à les torpiller, en moquant leur platitude, et j'étais troublée.

Tout, rue Lavoisier, m'invitait à réviser mes jugements. La petite Florence Malraux, rencontrée un des jeudis où je venais jouer avec Yvonne Guilloux, y avait contribué pour sa part en affirmant, avec l'assurance d'une qui sait, que Gauguin n'était pas vraiment un grand peintre. J'avais dû dire qu'il était mon peintre préféré, sans être jamais entrée dans un musée ni avoir vu un tableau de lui, mais sur la foi d'un album de la bibliothèque qui montrait son Christ jaune, ses Bretonnes en coiffe et ses maisons du Pouldu, bref qui attestait son inspiration bretonne. Florence à douze ans était sûre que Gauguin était très inférieur à un certain Van Gogh, un peintre dont je n'avais jamais entendu parler et que j'aurais été bien en peine d'orthographier. J'allais ainsi de découverte en découverte dans cette maison où le sentiment s'imposait peu à peu à moi qu'il me faudrait un jour m'aventurer hors de la Bretagne.

Il ne s'agissait pas seulement d'un enseignement négatif : Guilloux était un indicateur de lectures. Je lui avais énuméré les titres que j'aurais aimé lire, et je revois encore son geste impérieux pour balayer toutes ces niaiseries. La première chose à lire aujourd'hui, avait-il dit, c'est *L'Étranger*, d'un auteur pour lequel il semblait avoir une vive affection, et je m'étais précipitée chez le libraire pour me procurer ce Camus. Je relisais aussi ses livres à lui, dans l'espoir de comprendre ce que voulait dire son réquisitoire contre le style « coulant » cher aux Briochins. J'avais vaguement retenu qu'un romancier doit montrer, non commenter. Et il est vrai que dans *Compagnons*, quand les ouvriers se demandent comment leur copain Jean, qui agonise sur le bord du chemin, va faire pour rentrer chez lui, ce Jean Kernével, à demi mort pourtant, murmure : « faudra ben », et c'est tout ce qu'il faut à Guilloux pour faire voir ce qu'est le courage. Sept petits mots lui suffisent à écrire une des plus belles phrases d'amour de la littérature : quand le soldat revient de guerre, gueule cassée, trou en guise de nez, sa femme blêmit, puis lui prend le bras et dit : « Mon ptit Louis, c'est toi quand même. »

De lui, j'avais reçu un surprenant avertissement. Renée Guilloux avait demandé à sa classe de troisième, en guise de composition française, de s'essayer à un pastiche de Chateaubriand. C'était pour moi un pays de connaissance, j'avais lu les promenades nocturnes dans la campagne romaine entre pins et tombeaux, et choisi de composer, en une vingtaine de lignes, non sans surveiller d'un œil anxieux ma voisine de table qui « en mettait long », comme on disait alors, un tableautin de la vallée du Gouédic sous la lune. Ici, pas de monts Sabins, ni de chevrier solitaire, mais brouillards mélancoliques et, sur le modèle des invocations à Cynthie, adresse à la lune. Guilloux avait le jeudi suivant commenté ma copie : « Tu vois, si on n'est pas capable d'écrire un roman — prémonitoire, cet avis —, on peut devenir celui qui sait le plus de choses sur Chateaubriand, et ce n'est pas rien. » Pour moi, toute ligne imprimée avait valeur d'oracle, je n'aurais jamais imaginé pouvoir écrire, fût-ce quelques lignes dans *Le Petit Bleu des Côtes-du-Nord*; je n'en avais pas moins retenu que même dénué de talent romanesque on pouvait écrire. Et je me souviens aussi du léger vertige qu'avait fait naître une de ses questions, un après-midi où j'étais montée dans le bureau où il travaillait entre ville et mer : « Le jeu de patience, que penses-tu de ce titre? » Je crois bien être restée coite, mais être consultée par un grand écrivain m'avait paru grisant.

Au milieu de toutes ces découvertes, la matière de Bretagne s'était progressivement éloignée. Je continuais cependant à lui faire allégeance. Je recyclais dans mes rédactions mes lectures irlandaises et galloises. L'Irlande, en particulier, offrait un inépuisable trésor de réponses aux questions sur le pays où nous aimerions vivre, le conte que nous aimerions écouter, les fées auxquelles adresser nos requêtes. C'est encore en pensant aux grandes figures de la légende et du théâtre celtiques que, le jour du concours général de français, je répondrai un non catégorique à la question posée ; il s'agissait de dire, à l'invitation de Pascal, si « les meilleurs livres sont ceux que ceux qui les lisent croient qu'ils auraient pu faire ». Avec en tête Taliésin, la quête du Graal et Deirdre des douleurs, je suis sûre que les meilleurs livres sont ceux qui communiquent au lecteur le sentiment d'une étrangeté invincible. Ces grands exemples me donnent l'impertinence et la force de discuter pied à pied avec Pascal.

Cette fidélité celtique nous vaut à ma mère et à moi, à l'automne 1944 — j'ai treize ans —, une convocation insolite chez la directrice du collège ; elle nous apprend qu'une enquête est ouverte à mon sujet : on m'accuse d'avoir, les deux années précédentes, cherché à constituer « un réseau Sinn Féin » au collège. Je nie, bien sûr, et il est vite clair que la directrice, qui s'est renseignée auprès des professeurs, juge l'imputation extravagante. Mais ma mère, indignée — cet épisode burlesque lui fait revivre les perquisitions de la police autour des « activités » paternelles —, trouve bon, pour me blanchir tout à fait, d'ajouter que le Sinn Féin, je ne sais même pas ce que le mot veut dire. Ce qui est manifestement faux, ses partisans sont de longue date mes héros, mais je n'ose pas protester. Je sors de l'entretien innocentée ; mais vexée, troublée, atteinte une fois encore dans la passion dominante de mon enfance, celle d'être comme tout le monde.

Ce sentiment de séparation était pourtant en passe de s'atténuer, et je ne crois pas me tromper en fixant la date où il se dissipe aux années qui suivent la Libération. De celle-ci je me souviens comme d'une levée d'écrou. Dès l'été 1944, à partir du moment où Saint-Brieuc capte, de plus en plus sonore au fil des jours, la canonnade normande, où tous nos voisins creusent des abris au fond de leurs jardins, entre les verges d'or et les rhubarbes, la maison s'ouvre aux commentaires sur la guerre. Vient le départ des Allemands par la rue de Gouédic, puis, par la même rue mais en sens inverse, l'arrivée des Américains, les poches pleines de menues merveilles, chewing-gum et sachets de Nescafé. Tout se met à bouger autour de nous, les rues revivent, les langues se délient, ma mère retrouve son logement de fonction, en ville cette fois, une bénédiction ; moi, le vrai collège Ernest-Renan, perché au-dessus de la vallée, et le grand homme en personne, statufié comme à Tréguier sous la protection d'une Pallas Athéné la main levée ; il nous accueille au parloir, et confie au mur où il s'accote qu'il est né chez les Cimmériens vertueux, c'est-à-dire chez nous. Mais pour moi le changement décisif est ailleurs : les journaux renaissent, il y a des titres à foison et j'obtiens enfin cet abonnement qui, depuis *La Semaine de Suzette*, me faisait si fort envie. Cette fois, ce seront *Les Lettres françaises*.

Pourquoi avoir choisi ce titre, et non *Les Nouvelles littéraires*, je ne saurais le dire aujourd'hui. Peut-être avais-je senti confusément que l'identité de gauche de l'hebdomadaire me permettait, à moi qui commençais à dériver loin de l'héritage breton, de retrouver une manière de fidélité à mon père. Cette « bonne presse », si patriote et si française, où Aragon, nouveau Bonaparte, bataillait pour qu'on restituât au Louvre les tableaux prisonniers en Germanie, aurait dû me faire broncher. Néanmoins, les *Lettres* deviennent ma boussole. C'est par elles que je découvre tout ce qui s'est passé dans les années sourdes et muettes de la guerre : le mont Valérien, Oradour-sur-Glane, les camps — relatés par Pierre Emmanuel —, le Vercors (je revois le bandeau en lettres théâtrales : « Nous ouvrons le dossier du Vercors » , coiffant l'article qui accusait Londres et le général de Gaulle d'avoir volontairement saboté l'armement des FTP). Elles encore qui, sur ce que je vois autour de moi, m'apportent un incessant commentaire. Le spectacle si gênant, si bouleversant, des femmes tondues, auquel j'assiste un après-midi place du Théâtre, je ne saurais comment l'interpréter si je n'avais trouvé dans les *Lettres* le beau poème d'Eluard : « Comprenne qui pourra / Moi, mon remords ce fut / La malheureuse qui resta / Sur le pavé / La victime raisonnable / à la robe déchirée. »

De cette fiévreuse lecture hebdomadaire, je ne saute rien, ni la chronique théâtrale, si frustrante pourtant, pour moi qui n'ai aucune chance de voir Gérard Philipe dans *Caligula*, ni le feuilleton — tantôt c'est Elsa Triolet, tantôt le Steinbeck des *Raisins de la colère*. Ce sont désormais les *Lettres* qui dictent mes lectures et me font connaître des noms que je n'entends ni au collège ni à la maison : Valery Larbaud, Nazim Hikmet, Jean Prévost, Faulkner. Il y a des noms de peintres aussi, et je ferais désormais meilleure figure auprès de Florence Malraux si je venais à la rencontrer à nouveau. Et des films : ma grand-mère elle-même, débordée par l'atmosphère, desserre un peu la contrainte qu'elle fait peser sur nos modestes escapades, et je nous revois, ma mère et moi, sortant un peu tard des *Portes de la nuit*, courant dans la rue Saint-Guillaume pour regagner la maison à l'heure, comme deux couventines en rupture de cloître.

Dans la prose justicière des *Lettres*, qui, semaine après semaine, font le compte des victimes et des bourreaux et ouvrent de retentissants procès, je fais un apprentissage chaotique, et que rien d'autre ne vient contester ni équilibrer. Je me persuade qu'en effet de Gaulle a voulu l'écrasement du Vercors. Je vis dans l'appréhension d'un plébiscite gaullien. Convaincue par cette lecture de l'horreur du pouvoir personnel, je m'emploie à persuader ma mère, qui vote pour la première fois de sa vie, et que j'accompagne dans l'isoloir, de refuser au général de Gaulle le double oui qu'il réclame[1]. Une fois encore, ce sont les écrits, et eux seuls, qui se chargent de mon éducation politique.

Ainsi se préparait l'appareillage loin des particularités bretonnes et le ralliement à l'universel. Il devait se confirmer dans le Rennes de l'hypokhâgne, puis, toutes amarres cette fois rompues avec la Bretagne, dans le Paris de la khâgne, de la Sorbonne, de l'École normale supérieure, du Parti communiste enfin. La maison aussi s'était exilée, car mère et grand-mère s'étaient crues tenues, pour donner le maximum de chances à l'étudiante, de se déporter en banlieue parisienne. Dans le nouveau groupe scolaire, si impersonnel, ma grand-mère vit comme elle a toujours vécu, entre l'épicerie du bout de la rue et l'église, sans la moindre curiosité pour Versailles à deux pas, pour Paris si proche. Elle n'use plus beaucoup du breton dans la vie quotidienne, mais vit avec la mémoire des siens à Lannilis, et pour l'été où elle retrouvera son « chez elle ». J'aimais moi aussi ces retrouvailles de vacances et la petite maison de la dune, retapée après les déprédations allemandes, mais je n'avais pas de nostalgie.

C'est qu'il y avait tant à voir dans ce monde tout neuf ! Lectures inédites, rencontres, engagements, spectacles, amis : ceux-ci, je ne sais pas encore qu'ils le seront pour la vie. Là se prolongeaient et prospé-

---

1. Le référendum comportait deux questions : la première sur le rôle de la future Assemblée, chargée d'établir une Constitution ; la seconde sur ses pouvoirs : devaient-ils, ou non, être limités par la loi ? Socialistes et gaullistes appelaient à voter oui/oui. Les communistes à voter oui/non, c'est-à dire pour une Assemblée omnipotente.

raient les croyances inculquées par l'école. Celle de mon enfance enseignait qu'une heureuse histoire avait mené les Français à la réalisation progressive de la raison et de la justice C'est aussi ce que professait le Parti communiste en étendant la leçon à l'humanité tout entière : il nous assurait que si les hommes mettent assez d'application à découvrir les règles de l'éducation civique, morale et intellectuelle et assez d'énergie à les mettre en œuvre, ils peuvent espérer refondre le contrat social et faire surgir une humanité nouvelle promise au bonheur : la liberté et l'égalité pour tous, l'émancipation du genre humain, une universelle société des hommes.

Le Parti communiste, comme beaucoup dans ma génération, j'y adhère après la manifestation du 23 mai 1952 contre le général Ridgway, l'ancien commandant en chef de Corée[1]. Je n'ai pas eu à courir dans les rues devant les CRS. Le Parti, bon père de famille, l'œil sur la réussite de ses enfants, en dispensait ceux, militants ou sympathisants, qui passaient des concours ; bon calcul, car la mauvaise conscience de n'avoir pris aucun risque quand tant d'autres se faisaient tabasser a précipité nombre d'entre nous dans l'adhésion : dont moi, non sans un léger tremblement.

Sur les raisons pour lesquelles notre génération a rejoint étourdiment cette troupe disciplinée, il y a une littérature torrentielle. Mes raisons diffèrent peu de celles qu'elle a répertoriées. Nous étions nés trop tôt, trop vite débranchés par la guerre de l'insouciance

---

1. Le général Matthew Ridgway, commandant en chef des forces des Nations unies pendant la guerre de Corée, était accusé d'avoir utilisé des armes bactériologiques contre les Nord-Coréens.

enfantine. Et cependant trop tard, car nous gardions, par rapport à nos aînés de quelques années, le sentiment d'être passés à côté d'une époque héroïque ; le soupçon, aussi, que peut-être nous n'en aurions pas été dignes. La question qui nous obsédait tous alors était de savoir si nous aurions, ou non, parlé sous la torture. À l'effarouchée que j'étais il aurait suffi, j'en étais sûre, qu'on montrât, comme au Galilée de Brecht, les instruments. Mais, quoi qu'il en soit, de notre abstention involontaire pendant les années noires nous restait une conscience malheureuse que nous tâchions de conjurer, ou d'expier, dans l'engagement militant. Par ailleurs, le Parti socialiste de l'époque, vers lequel beaucoup d'entre nous se seraient spontanément tournés, était discrédité par le mollettisme. Enfin, le Parti communiste nous faisait cadeau d'une explication à tout faire, propre à calmer l'anxiété : aucun événement désormais ne nous prendrait plus sans vert.

À tout cela j'ajouterai deux raisons personnelles. D'abord, une manière de manifester la fidélité à mon père : la patrie soviétique, qui brillait si follement à l'horizon de nos attentes, il l'avait admirée pour ce qu'il croyait être une généreuse politique des minorités, et je savais qu'*Ar Falz* enviait les Ouzbeks d'avoir eu la chance dont les Bretons avaient été privés. Ensuite, et surtout, ma vieille rêverie de sécurité ; intellectuelle, puisque le Parti nous donnait l'assurance de pouvoir marier nos efforts individuels au sens majestueux de l'histoire ; affective plus encore car il était enivrant d'appartenir, enfin, à un groupe chaleureux, où fleurissait la solidarité des insurgés et des assiégés, ou de ceux qui, avec quelque complaisance, se rêvaient tels ; à partir de l'entrée dans le

groupe, le monde se divisait entre les « copains »
— dans notre langue de bois, le mot désignait ceux
qui avaient adhéré au Parti communiste ou en caressaient l'idée —, et tous les autres. Cette solidarité,
quels qu'aient été par la suite les reniements, brouilles,
inimitiés, ruptures, a laissé à ceux qui l'ont vécue un
code, des mots de passe, des souvenirs, tantôt coupables, tantôt comiques ; mais aussi des liens humains
assez solides pour résister au temps ; malgré la débâcle
de nos rêves, je leur rends aujourd'hui encore justice.

Cette rassurante chaleur, on la ressentait à peine
franchies les portes du boulevard Jourdan où la cellule, avertie d'une nouvelle recrue par le téléphone
communiste, accueillait celle-ci avec entrain, en lui
donnant les clés de la vie politique à l'École normale
supérieure des jeunes filles. Cette aménité n'allait pas
sans une idée très contraignante du devoir. Sur le
seuil, une légende exigeante attendait la néophyte :
celle d'une militante exemplaire, Annie Besse, plus
tard Annie Kriegel, qui avait alors quitté l'école, mais
dont le souvenir vivace traçait désormais le chemin
pour chacune. À la jeune arrivée, on recommandait
de méditer l'emploi du temps que l'aînée avait imposé,
et, semble-t-il, pratiqué. Dans le décor agreste de ce
béguinage, où narcisses et jonquilles perçaient les
pelouses chaque printemps, « Annie » se pliait à un
trois-huit d'usine, qui se déclinait ainsi : huit heures
pour le Parti, huit heures pour l'agrégation, huit
heures pour, en vrac, les besoins du corps, du cœur,
de l'âme. L'énergie d'Annie devait donner à cette règle
austère l'éclat qui lui manquait dans le discours de
bienvenue que m'adressait la secrétaire de cellule,
mais j'en percevais à plein les contraintes.

La réalité devait être pire. 1952 n'était pas, pour

adhérer au Parti communiste, une date très confortable. Les démentis avaient commencé de pleuvoir sur nous comme grêle au printemps. L'année 1952 s'achevait sur la condamnation à mort, à Prague, de Slánský et de Clementis. L'année 1953 commençait à Moscou par la découverte du « complot des médecins terroristes », se poursuivait en mars par la mort de Staline, en avril par la réhabilitation des « blouses blanches », en juin à Berlin par l'émeute ouvrière et outre-Atlantique par l'exécution des Rosenberg. C'était tous les jours bourrasque ; chacun de ces coups de tabac requérait une campagne d'« explications » — un des mots les plus usités de notre langue de bois —, par affiches (ma contribution favorite à l'action militante), porte à porte (je détestais l'exercice), tracts, rédaction du journal de cellule, prises de parole, et parfois même réunions plénières où toute l'école était conviée. Devant les non-convaincues il nous fallait sans relâche justifier ce dont nous avions bien du mal à nous convaincre nous-mêmes. Nos condisciples — c'est aujourd'hui encore une surprise pour moi — se montraient extraordinairement bienveillantes, supportaient patiemment notre arrogance, montraient souvent une révérence intimidée devant notre activisme, souhaitaient participer à nos rituels en assistant à la « reprise des cartes » et le généreux « groupe tala » n'était jamais sollicité en vain.

De cette agitation épuisante me restent deux souvenirs également consternants. Il m'était échu de rédiger le journal de cellule dans les jours qui suivirent la mort de Staline. Je m'en acquittai dans le plus pur style dévot, en soutenant que partout où des communistes seraient assemblés, Joseph Vissarionovitch se survivrait à lui-même et en célébrant une communion laïque où désormais je ne vois plus rien de laïque. Trois mois plus tard, devant l'école assemblée, je dus encore « expliquer » le massacre des ouvriers à Berlin. Je m'en tirai tant bien que mal en cueillant dans la seule *Humanité* — la lecture du *Monde* nous étant interdite car trop bourgeoise — une gerbe d'arguments ; complot impérialiste, intoxication américaine, encerclement capitaliste, pièges partout tendus à la patrie du socialisme : autant de calembredaines éreintées.

Rien dans ce laborieux discours, croyais-je, qui pût offenser l'orthodoxie de la cellule. Mais j'avais cru bon de le clore sur cette remarque désenchantée : force est bien de constater qu'il s'agit d'un échec pour la classe ouvrière. C'était trop pour la secrétaire de cellule. Bien sûr, me concéda-t-elle, c'était vrai. Mais toute vérité est-elle bonne à dire ? Ne savais-je pas qu'il ne faut jamais baisser la garde devant l'ennemi ? J'aurais dû me tenir davantage à l'écoute des « masses », ce penseur collectif infaillible et constamment invoqué.

La secrétaire de cellule n'avait pas tort. Une telle remarque laissait un peu trop d'espace au doute, qu'il fallait à tout prix tenir éloigné. Mon voyage à Bucarest pour le Congrès mondial de la jeunesse, dans l'été 1953, devait pourtant contribuer à le rendre proche. Cet interminable voyage, coupé d'arrêts aux frontières pour de mystérieuses négociations, me laisse le souvenir de petites gares hongroises poussiéreuses, avec arcs de triomphe de fortune, banderoles défraîchies, fanfares exténuées, et discours où nous écoutions atterrées un apparatchik local souhaiter, dans un français appliqué, la bienvenue « à la belle jeunesse de Maurice Thorez » : nous nous étions donné tant de mal pour constituer à l'École une délégation « large », affranchie des appartenances partisanes et seulement éprise de progrès !

Au cours de ce décevant voyage, j'avais vu un « prolétaire » me demander, la main sur le cœur, le foulard que nous arborions tous, où la colombe de Picasso prenait son envol sur fond de couleurs primaires. Je le lui avais volontiers offert ; pour retrouver l'homme, trois wagons plus loin et mon foulard escamoté, en train d'en négocier un nouveau avec une autre ingénue. À Bucarest même, où la délégation française séjourna longtemps en raison de la grève qui paralysait la France, nous attendaient d'autres surprises : un couple raffiné, parlant un merveilleux français, nous avait accueillis un camarade et moi au terme d'un défilé où la chaleur nous avait mis au bord du malaise, autour d'un verre d'eau fraîche et d'une cuillerée de confitures. Ils s'étaient gentiment enquis des repas qui nous étaient servis. Excellents, avions-nous dit, peut-être un peu gras ? Ah, nous autres, soupira la femme, quand nous trouvons une goutte de graisse dans la nourriture, nous sifflons d'admiration, c'est si rare. Étions-nous tombés chez des ennemis de la Révolution ? Nous peinions à le croire, tant ils étaient sympathiques. Un peu plus tard, un copain roumain chevelu et volubile, surpris de cette grève interminable qui nous bloquait à Bucarest, nous avait gravement demandé s'il y avait vraiment tant de contre-révolutionnaires en France. Il parlait des grévistes, ce qui nous avait donné à penser.

Déjà — un an après l'adhésion —, aux prises avec la difficulté de croire ce que nous croyions, quelques-unes d'entre nous mettaient en œuvre de menues parades. L'une était de contrevenir aux ukases du Parti, en achetant *Le Monde* en douce, en jetant un œil parfois goguenard sur *L'Humanité*. Simone Téry, qui écrivait chaque jour à *L'Huma* un billet où l'indignation était maintenue à température constante, avait annoncé sa visite à l'École en vue d'un reportage et nous étions terrifiées de voir apparaître dans le journal des considérations sur notre triste condition de sévriennes. La pauvre Simone Téry a dû ce jour-là nous prendre pour des demeurées. Les repas ? Merveilleux. Le logement ? « Vois toi-même, camarade » (nous avions choisi pour l'entretien la plus pimpante des chambres). Les conditions de travail ? Privilégiées. L'image du Parti à l'École ? Excellente, on nous fait confiance. Donc, quelles revendications ? Aucune. Elle partit découragée et trouva bon d'oublier son papier.

Certains de ces accrocs à l'orthodoxie étaient, au sein même de la cellule, réservés à quelques initiées. Ma meilleure amie d'alors, qui avait le goût de la facétie, avait imaginé un petit dictionnaire des idées reçues du Parti, façon Flaubert. Nous l'enrichissions de définitions saugrenues, où la « peur des masses », épouvantail de notre catéchisme, servait à caractériser à la fois l'« opportuniste » et le « sectaire », monstres jumeaux entre lesquels il nous fallait trouver « la ligne juste », ce casse-tête. Je regrette, maintenant qu'il est trop tard, de ne lui avoir pas réclamé ce petit cahier rose — et non rouge —, dont surnage seulement dans ma mémoire la définition de « Bébé : pensionnaire d'une crèche ». Nous nous gardions de faire circuler ce chef-d'œuvre entre les membres de la cellule, où se dessinaient déjà, avant la première diaspora, celle de 1956, les éléments « solides » — ils se recrutaient surtout chez les scientifiques — et les maillons faibles.

Maillons faibles, elle et moi l'étions. Disciplinées pourtant, soutenues par le sentiment puissant que mieux valait errer avec les nôtres que faire le bonheur de nos ennemis en laissant apercevoir notre désenchantement. Et pour moi, ce qui me retenait au Parti, en dépit des déconvenues, des casernes, des camps et des gibets qui venaient peupler nos paradis, c'était le sentiment d'être enfin à l'abri des tourments de la séparation. Le Parti était le lieu où il était devenu possible de dire : nous. Ici, comme jadis dans ma petite école de Plouha, les appartenances particulières semblaient n'avoir plus cours.

Nous étions, quand j'y repense, incroyablement indifférentes à nos itinéraires personnels. Certes, nous savions que dans l'esprit de chacune vivaient les habitudes et les souvenirs d'une famille singulière, les images d'un « pays » particulier, tantôt un verger du Val de Loire, tantôt une pierraille des Causses ; tantôt, pour moi, un aber embrumé. Mais nous étions si exclusivement tournées vers l'avenir que nos curiosités étaient tout de suite éteintes. Celle qui aimait rire venait de Sousse, elle était juive. Jamais elle n'a évoqué avec moi ces attaches, et je crois n'y avoir jamais accordé une pensée. Les différences de caractères et de tempéraments n'étaient elles-mêmes évoquées qu'avec condescendance. Nous les englobions sous le nom méprisé de « psychologie », une discipline sans rigueur scientifique : nous avions appris chez Marx que la vérité des hommes n'est ni dans ce qu'ils disent ni dans ce qu'ils sentent, mais dans ce qu'ils font. Nous pensions du reste que ces disparates devaient céder à une pédagogie bien conduite, où entrait la discipline des passions. Le Parti, comme jadis l'école, nous voulait filles de nos seules œuvres

et de nos seuls mérites. En nous donnant collectivement le nom neutre de « camarades », il gommait
entre nous les différences.

La différence sexuelle aussi bien. En cela, il était
un milieu formidablement égalitaire. Une femme ne
s'y sentait jamais tenue en infériorité, exclue des projets intellectuels et des tâches nobles, et il m'arrive de
penser à cette époque de ma vie comme à une préhis-
toire du féminisme. Quand, des années plus tard, j'ai
entendu les militantes de mai 1968 déplorer qu'on les
ait affectées surtout à la confection du café, je n'en ai
pas cru mes oreilles ; dans ce Parti des années cinquante, les filles rédigeaient les tracts et faisaient des
interventions à l'égal des garçons. Mieux, nos « diri-
geants étudiants » — nous n'aurions pas eu l'idée de
féminiser l'appellation, tant l'égalité sexuelle allait de
soi — se prénommaient Annie et Suzanne.

À cet amour de la généralité qui comportait ses
avantages, comme ce bienheureux oubli de l'identité
sexuelle, il y avait une exception. Elle portait le beau
nom de littérature. Celui-ci pourtant était bien malmené au Parti : ce que nous appelions, dans les meetings, la « table de littérature » n'offrait à la convoitise
que des œuvres grisâtres. Dès mon arrivée à l'école,
j'avais demandé la responsabilité de la « bibliothèque
progressiste », façon d'avoir d'emblée, sur les murs de
ma chambre, un rassurant manteau de livres. À côté
des ouvrages « théoriques », *Matérialisme et empirio-
criticisme*, ou les *Principes du léninisme*, la bibliothèque proposait aussi d'édifiants romans, Alexis
Tolstoï, Fadéiev, André Stil[1]. L'idée était que chaque

---

1. Vladimir Illitch Lénine, *Matérialisme et empiriocri-
ticisme*, *Œuvres complètes*, t. XIII, Paris, Éditions sociales,

élève pût venir bénéficier de cette manne et en tirer d'utiles leçons. Je ne crois pas, en trois ans, avoir vu plus de trois emprunteuses. Moi-même, je n'ouvrais guère ces récits de tracteurs, de moissonneuses-batteuses, de normes remplies et dépassées, d'amours sublimées dans le dévouement aux grandes causes ou sacrifiées pour la plus grande gloire du Parti.

En revanche, en dépit de toutes les recommandations, nous persévérions à lire des romans « bourgeois », quand bien même ils s'attachaient à la description de classes oisives ou condamnées. Parfois Aragon, dans un sursaut de bon sens, renonçait à égaler André Stil à Stendhal, pour nous enjoindre de revenir aux grands classiques, Hugo, et Stendhal lui-même. Du coup, nous pouvions lire *Lamiel* avec la bonne conscience que nous procurait la bénédiction du Parti. Mais le plus souvent, nous nous passions de ce *nihil obstat*. Nous lisions Proust et Flaubert sans les faire servir à la dénonciation du snobisme mondain ou de la stupidité bourgeoise. À la morne littérature officielle, les grands romans venaient opposer leur dédain des idées générales, la merveilleuse richesse de leurs détails, la variation infinie de leurs intrigues. Ils nous rendaient l'imprévu des destinées, le caprice des péripéties et la dense réalité des êtres. Ceux-ci, pourvus d'aïeux encombrants, tributaires d'une généalogie et d'une histoire difficiles à oublier, en proie à des passions et à des émotions impossibles à gouverner, avaient des trajectoires si imprévisibles que nous ne pouvions prétendre les déduire des modes de production. Impossible ici de soutenir que tout,

---

1928 ; Joseph Staline, *Des principes du léninisme,* Paris, Éditions sociales, 1947.

sexe, souffrance, caducité, mort, est historique et social. Les combinaisons innombrables qu'offrait la littérature résistaient à notre fureur d'« explications ».

Était-ce là l'antidote à la chimère du bonheur collectif et au rêve de l'indistinction heureuse ? Je n'avais alors pas conscience que cette littérature suspecte maintenait vivante la particularité que tout, dans mon parcours, avait contribué à éloigner de moi. Dans la riche trame des romans je retrouvais le dissemblable de mon enfance. Peut-être, après tout, n'était-il pas facile d'éliminer de sa vie les attachements particuliers ? Peut-être même n'était-ce pas souhaitable ?

Ce n'était guère encore qu'un soupçon. Car au sortir de cet apprentissage, l'injonction de la maison — égaux et dissemblables — semblait s'être évaporée. C'est celle de la similitude universelle des êtres humains qui brillait à l'horizon, avec l'espérance de voir s'effacer les inégalités libéralement semées entre les hommes par la nature et l'histoire. La foi de l'école semblait l'avoir emporté décisivement sur celle de la maison, l'idéologie française sur les attaches bretonnes.

*Une composition française*

De la victoire que je viens de raconter, où l'universalité française paraît triompher de la particularité
bretonne, il ne m'est pas difficile de retrouver la trace
dans les choix que j'ai faits quand j'ai commencé de
comprendre qu'on pouvait, comme Louis Guilloux
me l'avait suggéré, et même peu doué pour la fiction,
écrire. C'est par l'école républicaine que j'ai entamé
mes recherches. Choisir ce sujet était pour une part la
dette du bon élève. Pour une autre, le salut à une
entreprise d'égalité : quand on lit, comme j'avais été
amenée à le faire, les textes que la mauvaise grâce
réactionnaire oppose aux lois de Jules Ferry sur la
gratuité et l'obligation scolaires, on est nécessairement conduit à l'hommage. Et je découvrais aussi
l'école comme le cœur de l'entreprise républicaine, le
temple neuf d'une humanité affranchie de Dieu, le
lieu où on professe la perfectibilité indéfinie et la
prise de l'homme sur son destin. Certes, ma petite
école de Plouha n'usait pas de termes aussi vastes ;
elle n'en délivrait pas moins la même promesse.

Le projet d'écrire sur la Révolution française a pro-
cédé d'une même admiration : ils me paraissaient fas-
cinants, ces hommes qui se mettent en marche avec

des ambitions immenses, et se lancent, au mépris de la pratique séculaire, dans des entreprises inouïes. Ils redécoupent l'espace, redessinent des villes, réaménagent le temps à partir d'un an I de la liberté, le scandent par des fêtes inédites, imaginent une pédagogie pour les adultes comme pour les enfants, rédigent des codes qui se veulent éternels et universels. Par ailleurs, dans leur manière de définir la République comme « la confédération sainte d'hommes qui se reconnaissent semblables et frères », je reconnaissais une fois encore le credo de mon école primaire, la foi, immédiatement professée, dans l'universalité des hommes.

Il y a quelque chose de mystérieux dans cette immédiateté. Comment expliquer que le triomphe du semblable ait été aussi vite consommé ? Il n'y faut que l'espace d'un été. Dès le 17 juin 1789, les États généraux, dont le but était de tendre au roi le miroir où contempler la bigarrure d'une société d'ordres, se donnent à eux-mêmes le nom d'Assemblée nationale et déclarent la représentation « une et indivisible ». L'idée surgit de rien : elle n'est pas dans les cahiers de doléances, tout bourdonnants au contraire de revendications locales ; elle n'est pas davantage dans les statuts des députés, qui ont été élus par corps et représentation des métiers, au terme d'un règlement électoral qui multipliait les dérogations au nom des privilèges acquis : ces hommes si divers arrivaient porteurs des vœux de leurs bailliages, sans autre autorité que de leur être fidèles ; ils n'avaient jamais connu d'assemblée ni pratiqué la délibération. Par quelle étrange conversion se mettent-ils, oubliant leurs mandats et leurs circonscriptions électorales, à parler et à délibérer au nom de la nation tout entière ? Certes, l'occasion — la mauvaise grâce que montrent le clergé et la noblesse à se réunir au Tiers — y a joué sa partie : en blessant l'aspiration de l'époque à l'unité, les ordres privilégiés ont contribué à sa mystique. Reste pourtant l'énigme d'une représentation qui déclare être seule à interpréter la volonté générale de la nation et s'affranchit d'un coup de la représentativité au nom de la passion pour l'universel.

Cette énigme, Tocqueville a cru pouvoir la dissiper : si la défaite des particularités et des traditions locales a été si vite consommée, c'est que l'Ancien Régime déjà avait entrepris de saper l'archaïsme provincial et de lui apporter des correctifs. La royauté, appuyée sur les intendants, « les hommes du roi », avait pénétré jusqu'aux plus lointaines provinces, mis en œuvre un puissant mouvement de centralisation et de nivellement : l'absolutisme modernisateur avait paradoxalement préparé l'émancipation. L'idéologie des Lumières avait de son côté opposé à l'empirisme historique le projet d'un système politique issu, non de l'histoire, mais des spéculations de la raison, seule capable de fournir à tous des principes clairs et incontestables. De l'école physiocratique en particulier, Tocqueville écrit non sans raison que « la diversité lui était odieuse ». Faut-il conclure avec lui qu'à la veille de la Révolution « la France n'avait pour ainsi dire qu'une seule âme » et que « les mêmes idées avaient cours d'un bout du royaume à l'autre[1] » ? C'est trop vite confondre le mouvement avec les résultats. Je suis tentée de préférer à la vision de Tocqueville celle que de bons esprits lui ont si souvent opposée : à leurs

1. Alexis de Tocqueville, *L'Ancien Régime et la Révolution*, Paris, Gallimard, 1952, t. I, p. 59.

yeux, la France d'Ancien Régime, juxtaposition de libertés inégales fondées sur des contrats, empilement de singularités juridiques, linguistiques, culturelles, univers social fait d'une pyramide de corps, où les individus n'avaient d'existence qu'à travers leurs appartenances, était à la veille de la Révolution, en dépit des efforts simplificateurs de la monarchie, restée toute diversité[1]. L'absolutisme et l'émiettement faisaient fort bon ménage.

Au coup de force qui transforme en Assemblée de la nation des députés qui arrivent à Versailles encore tout imprégnés de l'air de leurs « pays » respectifs, il faut rendre son caractère disruptif. Et prendre acte du discrédit jeté sur toute appartenance particulière, dès cet été 1789 où tout brûle, les cœurs, les châteaux, les moissons. Dans la célèbre nuit du 4-Août, les députés doivent littéralement faire la part de l'incendie, en sacrifiant à la préservation des propriétés les droits féodaux ; ceux-ci pourtant ne font pas seuls les frais de l'opération ; avec eux, tous les privilèges qui fragmentaient le monde social en petites communautés, provinces, pays, cantons, villes et communautés d'habitants, disparaissent au cours d'une nuit folle où les députés se succèdent à la tribune pour abjurer dans l'exaltation leur appartenance provinciale.

J'aurais dû, me semble-t-il aujourd'hui, nourrir quelque nostalgie pour les libertés bretonnes — elles avaient naguère fait pencher mon cœur pour La Chalotais —, juger sans tendresse ces renoncements qui lésaient singulièrement les pays d'États, broncher à la

1. Ainsi, Michel Antoine, « La monarchie absolue », dans *The Political Culture of the Old Regime*, éd. Keith Michael Baker, Oxford, Pergamon Press, 1987.

lecture de textes qui évoquaient « la ci-devant Bretagne ». Mais j'étais sensible à l'enthousiasme de cette scène nocturne, au projet grandiose d'une reformulation du social selon des bases rationnelles. Après tout les Bretons eux-mêmes avaient semblé consentir joyeusement à l'autodafé de leurs libertés particulières. Le « club breton » s'était même fait remarquer pour sa radicalité. Le député de la sénéchaussée de Lesneven, Le Guen de Kérangal — celui même que Michelet, toujours condescendant pour les localités, nomme « un obscur député breton » —, clame lui aussi être prêt à faire « un bûcher expiatoire des infâmes parchemins et à porter le flambeau pour en faire le sacrifice sur l'autel de la patrie ». Ces parchemins méprisés consacraient cependant les droits de la province, dont les cahiers de doléances demandaient explicitement le maintien.

La couleur, la mémoire et l'esprit des lieux, nul ne songeait plus à les invoquer. Encore un mois, et la division départementale devait leur porter un coup fatal. Le nom même adopté pour la nouvelle circonscription administrative dit assez que chacune d'elles, dépourvue d'une identité particulière, était pensée comme une simple fraction de l'espace national. Le but du découpage avait été très clairement formulé : il s'agissait de « fondre l'esprit local et particulier en un esprit national et public ». Ceux, dit un témoin perspicace, qui n'avaient été jusque-là « que des Provençaux, des Normands, des Parisiens, des Lorrains » — individus inférieurs par conséquent —, allaient désormais devenir français[1]. Et Burke, tout révulsé

1. Duquesnoy, 4 novembre 1789, Archives parlementaires, t. IX, p. 671.

qu'il était à ce qui lui paraissait un dépeçage barbare, a bien aperçu la finalité de la réforme : « Le peuple ne serait plus connu sous le nom de Gascons, de Picards, de Bretons, de Normands ; il n'y aurait qu'une seule dénomination, qu'un seul cœur, qu'une seule patrie et qu'une seule assemblée[1]. » Dans le débat qui s'engage alors sur les prérogatives des villes, leurs défenseurs comprennent très vite qu'ils doivent pour se faire entendre renoncer à trop invoquer le passé immémorial, les traditions et les coutumes : toute argumentation tirée de l'histoire est en passe de devenir obsolète.

C'est une conversion inouïe : ces députés si novices, si attachés aussi à leurs bailliages, ont cru pouvoir, dès les débats d'août sur la déclaration des droits, légiférer, bien au-delà de l'espace hexagonal, au nom de l'humanité tout entière, et exposer les droits naturels, inaliénables et sacrés de l'homme. Une ambition superbe, sans frontières, porteuse d'immenses promesses, mais qui les condamne dès l'origine à ignorer les appartenances particulières. De là à traiter celles-ci comme plaintes réactionnaires, voire comme entreprises contre-révolutionnaires, il n'y a qu'un pas.

Il a été vite franchi, tant les événements haletants des temps révolutionnaires ont contribué à rendre plus obsédante la préoccupation de l'unité : tour à tour, la mort du roi, la guerre, étrangère et civile, l'épisode fédéraliste, enfin, consomment la défaite annoncée de la diversité. Le roi d'Ancien Régime en effet était une puissante figure charnelle de l'unité nationale, à

1. Edmund Burke, *Réflexions sur la Révolution de France*, 2ᵉ éd., Paris, 1791, p. 424.

laquelle l'hérédité conférait une manière d'indivisibilité dans le temps. L'unité du souverain permettait à la diversité du pays de se manifester sans paraître ruineuse. À elle seule, la personne royale, clef de voûte du système, semblait autoriser et compenser l'émiettement des statuts particuliers et la bigarrure des pratiques.

En 1789, en revanche, le pouvoir a changé de mains. Certes le roi est toujours là, pourvu d'un titre qui implique théoriquement un partage de souveraineté, mais ce n'est plus qu'un trompe-l'œil. Lorsque la fuite à Varennes dissipe tout à fait l'illusion, quand les Français se sentent, comme l'écrit Condorcet, « délivrés du reste de chaîne que par générosité ils avaient consenti à porter », et davantage encore après la destitution du roi, il faut aux hommes de la Révolution, habités par la peur de l'anarchie, inventer une puissance équivalente de continuité et de légitimité. Peut-être aussi se sentaient-ils obscurément orphelins de la figure qui, des siècles durant, avait été pour eux un recours d'espérance. D'où l'insistance mise à donner à la souveraineté de la nation un pouvoir sans bornes, imprescriptible, indivisible, irréductible à ses différentes composantes, nécessaire à faire oublier celui par qui tout était un. Si ce pouvoir, dira le redoutable abbé Sieyès, a été si colossal, c'est que « l'esprit des Français, encore plein de superstitions royales, s'est fait un devoir de le doter de tout l'héritage de pompeux attributs et de pouvoirs obscurs qui ont fait briller des souverainetés usurpées[1] ».

---

1. Sieyès, dans son discours du 2 thermidor an III, décrit la manière dont les révolutionnaires se sont laissé fasciner par l'éclat du pouvoir illimité, absolu et arbitraire.

Une et indivisible : cette formule magique, qui n'a cessé depuis de retentir dans notre histoire, doit sa force persuasive au fait que la division, dans le tempo syncopé de la Révolution, n'a rien d'imaginaire. Comme toutes les guerres, celle qui est entreprise contre le roi de Bohême et de Hongrie simplifie brutalement l'existence des hommes. Le danger de la patrie contient une formidable charge émotive, entraîne la coïncidence de l'État et de la Nation, et porte à l'incandescence la passion de l'unanimité. Comment ne pas voir dans toute revendication particulière un crime ? Une propension qu'aggrave, au printemps suivant, l'entrée des campagnes de l'Ouest dans l'insurrection. Au moment où le territoire national est menacé, où la Vendée ouvre un second front intérieur, dégarni par le départ des volontaires, tout échec des troupes républicaines est interprété comme une pièce d'un vaste complot orchestré par l'ennemi. La Révolution devient, comme l'épingle sarcastiquement Quinet, un « grand Tout », qui exige tous les sacrifices et penche inévitablement du côté de la tyrannie.

Ce qui frappe alors en effet dans le discours révolutionnaire, c'est la réduction vigoureuse du multiple à l'un : toutes les revendications particulières semblent bourgeonner sur le même tronc de traîtrise à la patrie, toutes doivent s'évanouir devant l'impérieuse nécessité de l'unité. Là prend sa source la fascination de l'historiographie française pour la politique fusionnelle du Comité de salut public : elle admire le Comité d'avoir su mettre toute son énergie à faire taire les voix discordantes, au nom d'une identité supérieure, abstraite et éternelle, et à se donner les moyens de la victoire : « En temps de guerre, écrit Péguy, il n'y a plus qu'une politique, et c'est celle de la Convention nationale, il n'y a qu'un régime, et c'est le régime jacobin[1]. »

Mais plus encore que la guerre, c'est, dans le printemps et l'été de 1793, la répression de l'insurrection fédéraliste qui vient sceller le sort des particularités régionales. Elle aussi qui met en évidence la part d'imaginaire qui habite la hantise française de la division. Dès l'automne de 1792, après l'ébranlement horrifié qu'avaient produit les massacres de Septembre, les députés girondins se mettent à réclamer la constitution d'une force publique départementale capable de protéger l'Assemblée contre les turbulences et les excès de Paris. Dans cette demande, pas l'ombre d'une tentation séparatiste, et même pas d'affirmation de la singularité régionale. En revanche, on peut y voir grandir la méfiance envers la capitale, une Rome de la fin de la République, livrée aux exigences de la plèbe et à la surenchère égalitaire. Quand je relis aujourd'hui les textes qu'a inspirés cette agitation, je cherche les signes de l'orgueil de clocher : ils y sont bien, mais, chose étrange, tous tiennent au passé immédiat et à la Révolution elle-même ; ils glorifient la vocation républicaine des Marseillais ou la bravoure des Bretons, comme si désormais toute la fierté locale devait se réduire au concours apporté à l'élan national. Les administrateurs du Finistère se donnent ainsi la satisfaction d'opposer à des Parisiens oublieux de leur qualité de Français, la conscience de ceux qui « furent » (et non pas qui sont) bretons.

1. Charles Péguy, *L'Argent (suite)*, *Œuvres complètes*, t. XIII-XIV, Genève, Slatkine reprints, p. 123.

C'est donc l'adversaire montagnard qui interprète les revendications des administrations modérées comme une volonté criminelle de sécession. C'est lui qui transforme le conflit entre la province et Paris en une lutte de la particularité contre l'unité. Aux Girondins qui accusent Paris, Robespierre rétorque en janvier 1793 : « Ce n'est point une cité de six cent mille citoyens que vous accusez, c'est le peuple français, c'est l'espèce humaine, c'est l'opinion publique et l'ascendant invincible de la raison universelle. » La province, en conséquence, est vouée à incarner le particulier. Paris échappe à cette caractérisation péjorative, puisque par une vertigineuse cascade d'équivalences la capitale révolutionnaire s'identifie à la raison universelle.

Mais si, à l'origine de la crise fédérative, il n'y avait aucune intention de transformer la France en provinces confédérées, tout change après le coup de force de la rue parisienne contre la représentation nationale le 31 mai 1793. À partir de cette date, la plus ruineuse dans le cours de la Révolution, il y a en effet des régions françaises insurgées : elles ouvrent en plein péril de la patrie un second front, parfois ne dédaignent pas le secours étranger, administrent la preuve des dangers qui pèsent sur l'unité nationale, prêtent à l'accusation de fédéralisme une apparente consistance. C'est leur souvenir qui a été depuis lors le chiffon rouge constamment agité en France devant les aspirations régionales les plus modestes. Et fédéralisme est devenu un mot à tout faire. Il a pu expédier des hommes à l'échafaud, mais aussi désigner la plus innocente dissidence. De même que l'esprit jacobin, ou l'activisme jacobin, est toujours réputé avoir sauvé la patrie, de même la revendication régionaliste a dans notre histoire toujours été frappée de suspicion. On croit y apercevoir une contestation sournoise de l'unité et de l'indivisibilité de la patrie : un fédéralisme déguisé.

Au fil de ces conflits se défait le régime de semi-tolérance que la Constituante avait d'abord accordé aux langues régionales. La langue locale, aux premiers jours de la Révolution, paraissait seulement une gêne, simple obstacle à la diffusion rapide des idées révolutionnaires ; on traduisait en basque ou en breton les lois et décrets ; le traducteur se permettait parfois des ajouts flatteurs pour l'orgueil régional et qu'on aurait cherché en vain dans le texte français : on voit le traducteur breton de la déclaration de la noblesse aux États généraux évoquer « les lois sacrées portées au temps de notre mémorable duchesse Anne ». Mais la politique relativement libérale de ces premiers temps s'infléchit avec l'envoi de représentants en mission confrontés sur le terrain avec des hommes qu'ils ne comprennent pas plus que ceux-ci ne les comprennent, et qui leur paraissent hostiles, au mieux indifférents. L'usage de la langue locale devient le signe, soit de l'inertie des superstitions, soit de la main des prêtres, soit de la mauvaise grâce opposée aux exigences de la défense nationale, soit même de l'intelligence avec l'ennemi. Bientôt on y verra une entreprise délibérée d'hostilité à la Révolution, tant il paraît évident, à Barère par exemple, que « le fédéralisme et la superstition parlent bas-breton ». Cette sentence péremptoire, qu'on dénonçait à la maison, le campe depuis lors en ennemi emblématique de la langue locale. Donnée brute pour la Constituante, celle-ci est devenue idéologie pour la Convention.

Ainsi se consomme en quelques années la défaite

des particularités. Elles ont contre elles, pour commencer, d'être diverses, foisonnantes, irrégulières, variables. La Révolution n'a cessé de manifester sa répugnance à concevoir qu'il puisse y avoir des mondes différents, et différemment régis. Elle fustige continûment le multiple : l'« hydre », » le « polype », le « ramas » sont des injures jacobines, symboles d'une prolifération inquiétante, malsaine et incontrôlable. Pour les hommes de la Révolution, la malédiction du multiple commence, comme le montre le débat de l'été 1789 sur les deux chambres, au chiffre deux. C'est cette allergie à la dualité qui sert à Robespierre, le 18 juin 1793, à justifier l'expulsion des Girondins : « Un peuple qui a deux espèces de représentants cesse d'être un peuple unique. » L'épouvantail de la division a été brandi tout au long de la Révolution contre les entreprises apparemment les plus banales : le projet d'organiser des banquets sectionnaires, où force était bien de répartir les participants en tablées distinctes, allume la fureur indignée de Barère : « Nous divisons le peuple en tables, ce ne sont que des coteries, des mélanges de patriotes et d'aristocrates. »

Les particularités, par ailleurs, sont toujours référées à la concurrence des prétentions, à la myopie du regard et à l'étroitesse de la pensée. Les invoquer, c'est s'isoler, se ligoter, se plier à ce que Michelet nommera « les fatalités locales ». Alors que pour celui-ci l'histoire est liberté, la géographie est destin, plus ou moins contraignant au gré des terroirs. Car s'il y a des pays ouverts, où le regard circule librement, spontanément révolutionnaires, dirait-on, il y a en revanche comme un fédéralisme de la nature : les pays couverts de bois et coupés de haies, où les chemins creux sont à eux seuls comme « une aristocratie », favorisent la séparation des hommes. Qui les habite se condamne à la solitude, à la routine, à la balourdise. C'est ainsi que Michelet verra le paysan vendéen, englué dans son sol boueux, claquemuré dans son enclos, incapable de se hausser par-dessus sa haie. Le péché vendéen est l'insociabilité.

Toute appartenance, par conséquent, est une prison. Ce thème, si présent dans le discours révolutionnaire, et qui voyage bien au-delà du discours strictement jacobin, a son corollaire : l'émancipation ne peut alors être pensée que comme un arrachement. On pourra bien, comme le recommande le mot célèbre de Clermont-Tonnerre, tout accorder aux juifs comme individus, mais on ne pourra rien leur accorder comme nation, ce qui implique pour eux le renoncement à leurs liens ancestraux. De la même manière, l'Assemblée ne consentira à entendre la déclaration des soixante-dix-neuf villes bretonnes et angevines qu'à la condition expresse qu'elles montent en épingle leur renonciation formelle au titre de Bretons et d'Angevins. Pour se faire écouter, le discours particulier doit abjurer sa particularité.

Les particularités, enfin, appartiennent au passé, à la longue sédimentation des habitudes, à un temps immémorial, à tout ce qu'on peut ranger dans l'ordre obscur et confus de la coutume, dont doit triompher le génie clair et simple des principes. Aux yeux des révolutionnaires, en effet, on ne peut légitimer aucune décision en invoquant l'histoire : le passé ne peut en rien éclairer l'avenir. Si on tient absolument à remonter le cours du temps, alors il faut balayer tout l'espace temporel et revenir à l'origine, aux « archives de la raison », les seules à n'être pas de poussiéreux grimoires. On peut, et même on doit, sauter les stades intermédiaires, et voilà qui rend vaine toute évocation des contrats anciens : celui que la duchesse Anne avait passé avec le roi de France, et que le par-lement de Bretagne tente encore timidement, dans l'hiver de 1789-1790, d'opposer à l'Assemblée, paraît totalement obsolète ; toute allusion au passé régional est néces-sairement assimilée à la résistance au progrès, à la haine de la modernité. Là se noue le lien, ensuite si complaisamment souligné, entre le régionalisme et le conservatisme.

Avec pareille vision des particularités, entraves au patriotisme, obstacles à la constitution d'un homme universel, ferments criminels de discorde à l'intérieur d'une communauté harmonieuse, le seul impératif que comprenne la pensée révolutionnaire est de les repousser à l'extérieur de l'espace national : l'Être Un fabrique de la scission, la passion d'unir ne se comprend pas sans son versant d'exclusion. C'est le syndrome Sieyès : on commence par expédier les aristocrates en Franconie, puis on se débarrasse des Monarchiens, des Feuillants, des Girondins, tous assi-milés les uns après les autres aux ennemis de la nation. À ce prix, on peut se retrouver enfin unis, égaux, et pareils. Tel est le legs que nous a fait la Révolution française : la passion de l'uniformité, dont Benjamin Constant se demande comment il se fait qu'elle a pu rencontrer tant de faveur dans une Révo-lution faite au nom des droits de l'homme.

Décider d'étudier cette Révolution, qui célèbre continûment la résorption de la diversité dans l'unité, et pour laquelle tout pluralisme est soit un archaïsme esthétique, soit une subversion politique, c'était donc bien, en un sens, tourner le dos à l'héritage de l'enfance. J'avais grandi dans le respect de la spécificité bretonne et je choisissais de me pencher avec prédilection sur des textes où elle était explicitement bafouée. « Les magistrats, dit Barère le 14 janvier 1790, nous parlent de nation bretonne, comme s'il y avait deux nations en France, comme si, dans la féodalité même, le duché de Bretagne n'était qu'un arrière-fief de la couronne de France, comme si les États de Bretagne avaient jamais méconnu les États généraux qu'ils ont invoqués tant de fois. » La nation bretonne, religion de mon enfance, on pouvait donc la tenir pour une chimère, une fable poétique, destinée à être remisée une fois venu l'âge de raison. Elle était même tout à fait répudiée par ces êtres émancipés des liens territoriaux, religieux ou tout simplement humains, ces « enfants sans mère », pour paraphraser Montesquieu, auxquels s'adressait le discours révolutionnaire. Pour peu que l'on fût sensible, et je l'étais, à la beauté de ces êtres neufs, pourvus de la capacité d'inventer les principes de leur existence, convaincus avec Mirabeau qu'il leur était permis de recommencer l'histoire des hommes, on était tout prêt à abjurer la foi enfantine de la dissemblance.

*

Est-ce ainsi que les hommes vivent ? J'avais beau admirer ces jours éternellement jeunes des révolutions où, comme l'écrit Pasternak à Rilke, « les Desmoulins bondissent sur les tables et embrassent les passants en portant des toasts à l'air qui passe[1] », où

1. Rilke, Pasternak, Tsvetaïeva, *Correspondance à trois*, Paris, Gallimard, 1983, p. 290.

les rêves paraissent miraculeusement réalisables, cette question continuait pourtant à me préoccuper. Elle m'inspirait de la perplexité, tant j'étais obscurément convaincue que nul ne peut vivre selon des normes abstraites. Le sentiment, si vif dans la culture de la maison, d'appartenir à une humanité particulière, était pour beaucoup dans ce recul : j'étais prête à faire mienne l'interrogation anxieuse que j'avais trouvée dans le cahier de doléances de Morléas en Béarn : « Jusqu'à quel point nous convient-il de cesser d'être béarnais pour devenir français ? » De son côté, l'amour de la littérature avait travaillé à entretenir ce doute : pendant les raides années militantes, les romans que je lisais n'avaient cessé d'opposer victorieusement à la généralité que nous vénérions leur lot de destinées irrégulières et d'exceptions à la règle. Mais précisément : en analysant l'utopie révolutionnaire et en cédant parfois à sa fascination, je découvrais qu'elle avait engendré, à côté de fières déclarations normatives, un océan de textes où observer les mille et une parades inventées par les hommes pour tourner la passion rationalisatrice des législateurs.

Celle-ci avait dû elle-même composer avec l'évidence de la coutume et la résistance opiniâtre des administrés. Les artisans révolutionnaires de la division départementale, remisant le compas et la règle qu'ils avaient d'abord souhaité utiliser, ont été contraints d'œuvrer à l'intérieur des vieilles limites provinciales ; ils ne pouvaient ignorer les rapports depuis si longtemps noués entre les sols, les productions, les mœurs et les usages. Jalouses de leurs prérogatives traditionnelles, les villes avaient âprement réclamé pour leur compte personnel qui un tribunal, qui l'attribution d'un chef-lieu, qui même la création d'un département : Saint-Malo, qui cherchait à échapper au déshonneur de se retrouver simple district du département de Rennes, revendiquait un sixième département breton. Au fil de ces combats acharnés on avait donc vu réapparaître ce qui avait été apparemment exclu de la discussion : le passé glorieux des régions, le rappel des préséances acquises, parfois même le charme des paysages et l'esprit des lieux. Bref, la désinvolture du projet initial une fois abandonnée ou corrigée, la division départementale ne devait pas être tout à fait ce que Burke avait cru y voir : l'activité barbare d'hommes occupés à mettre en pièces leur propre patrie.

Et puis le département inventé par la Constituante était-il vraiment un espace abstrait impropre à la vie locale ? En réalité, on peine à l'envisager comme une simple aire d'exécution du pouvoir central, car aucune structure intermédiaire entre le pouvoir exécutif suprême et les administrations locales n'avait été prévue. La méfiance à l'égard du pouvoir royal et la haine des intendants étrangers à la vie locale — une tempête d'applaudissements avait salué leur disparition en décembre 1789 — avaient inspiré la décision de soumettre à l'élection toutes les instances départementales, assemblées diverses et conseil. Le représentant du roi lui-même, le procureur général syndic, était un élu des assemblées du second degré ; c'est la seule circonstance de notre histoire où l'instance locale décide du représentant du pouvoir central. Voilà qui corrige quelque peu la vision du département comme le coup de gomme arbitraire et volontaire passé sur la bigarrure des terroirs. Voilà qui éclaire le propos apparemment si paradoxal de

Proudhon, qui voit dans 1789 l'illustration même de l'esprit fédératif, le vrai moment centrifuge de notre histoire nationale. Voilà qui permet de comprendre comment une riche vie locale a pu irriguer et animer ce simple cadre administratif, au point de donner naissance à un patriotisme départemental, comme si un fantasque esprit des lieux était parvenu à se frayer un chemin en dépit du programme d'uniformité affiché par l'entreprise.

L'hypothèse avait tout pour me plaire. J'avais entrepris de répertorier tous les récits de voyage de l'époque révolutionnaire, et constaté que les voyageurs pliaient désormais leurs récits à la contrainte du cadre administratif imposé par la Constituante, mais sans renoncer à l'observation des différences semées sur le sol national. Bien au contraire, le département était devenu le lieu même de leur collecte. Parallèlement, j'avais beaucoup fréquenté les rapports mensuels que François de Neufchateau, pendant le Directoire, réclame aux commissaires nommés près des administrations départementales. Entre mille renseignements sur l'état des récoltes, des routes, des cultes, des prisons, ils devaient apprécier l'« esprit public » de leur département, et l'esprit public, dans la tête du ministre et de ses collaborateurs, nécessairement uniforme et rationnel, caractérise une communauté éclairée. Il s'agissait ainsi d'une incitation à repérer les écarts entre cet esprit tel qu'il devrait être, et tel qu'il se montre aux commissaires au hasard des lieux visités dans leurs tournées.

Dans ces rapports si convenus il y avait quelque chose de fascinant. J'étais cependant bien loin de leur prêter la transparente véracité que beaucoup d'historiens leur ont accordée. Je n'ignorais pas que ces jugeurs du département, étrangers pour la plupart à la région, étaient à leur tour jugés à Paris : un tableau couleur de rose du territoire qu'ils devaient explorer pouvait sans doute leur valoir là-haut une note flatteuse ; mais dresser d'emblée un sombre constat pouvait aussi les mettre à l'abri des démentis de la réalité, sans compter qu'on pourrait alors porter à leur crédit le plus modeste progrès enregistré. Bref, cette photographie de la France révolutionnée demandait à être interprétée avec circonspection. Mais elle n'en mettait pas moins en évidence le kaléidoscope des différences régionales.

Non seulement la Révolution ne les avait nullement fait disparaître, mais elles semblaient être plus foisonnantes encore. Plus complexes aussi : aux anciens partages de l'espace national, entre Nord et Midi, plaine et montagne, bocage et champagne, vient cette fois s'ajouter la manière, plus ou moins enthousiaste, plus ou moins civique, dont chacun des pays a traversé et vécu les événements révolutionnaires, et cet examen comporte bien des surprises. D'un pays sauvage, dépourvu de routes et impropre à la communication, on pouvait attendre qu'il se montrât rétif à l'élan révolutionnaire ; qu'en revanche la chaleur du climat favorisât celui-ci. Or c'est parfois tout l'inverse. Qui aurait cru que les Poitevins, au milieu de leurs molles collines, au bord de leurs rivières lentes et sous un ciel qui semble disposer à la léthargie, embrasseraient avec ferveur la Révolution ? Qui pouvait imaginer la flambée de haine contre-révolutionnaire dans ce Midi où tout, beauté des femmes, charme des paysages, douceur du climat, semblait promettre l'aménité des relations humaines ? La rencontre entre l'histoire de la Révolution et la géographie de l'Ancien Régime se révèle imprévisible. Vacille alors la confiance si longtemps accordée à la théorie hippocratique qui liait les usages et les mœurs aux caractéristiques du sol et du climat.

Or, ce que cette quête met en évidence, c'est, distribuée sans cohérence apparente sur le territoire, l'infinie variété des cas de rébellion à l'organisation de la vie révolutionnée. Et, d'abord, l'opiniâtre résistance au calendrier républicain. Les villageois dont les commissaires doivent décrire la vie quotidienne s'obstinent à célébrer le « ci-devant dimanche » (à défaut de messe, par le repos, la réjouissance, le choix de hardes un peu moins sommaires). Ils snobent le décadi en vaquant à leurs travaux comme à l'ordinaire, désertent les champs aux grandes fêtes liturgiques, s'entêtent à ne pas fixer les foires aux jours décrétés par l'administration républicaine, louent leurs maisons, font les fermages et changent de domestiques à la Saint-Michel, allument pour la Saint-Jean des feux sur les collines, saluent par des coups de fusil le commencement de l'année chrétienne, et il leur arrive même, un comble, de tirer les rois. Les hommes de la Révolution, qui avaient fait le pari insensé de réinventer le temps, doivent admettre que celui-ci n'est pas une forme vide, reconnaître la force énigmatique qui noue tel usage à tel jour particulier. Toute l'énergie qu'ils déploient n'est pas parvenue, note ironiquement Benjamin Constant, à déplacer le plus obscur des saints de village.

Comme au tableau de l'insubordination ordinaire ces observateurs doivent ajouter les conscrits qui se cachent dans l'épais des bois pour ne pas se rendre aux frontières, les prêtres qui s'enfoncent dans les caves pour dire leurs messes clandestines, c'est, sous la France unifiée et éclairée dont ils annoncent l'imminence radieuse, une France sauvage et rétive, fourmillant de particularismes, qu'il leur faut découvrir : la vieille France des révoltes fiscales et des résistances à la conscription, allergique au centralisme politique et militaire de l'État royal, revit en pleine révolution. Les rapports des commissaires s'emplissent de verbalisations inlassables et désenchantées contre cette poudre qui parle, ces cloches qui sonnent à la volée, ces conscrits introuvables, ces prêtres souterrains, ces calendriers clandestins qui partout s'impriment avec l'ancienne ère et le nom des saints. Ils avaient cru pouvoir compter sur un peuple neuf, unanime et raisonnable, et ils se trouvent face à un très vieux peuple, irrationnel et divisé, qui leur oppose continûment son entêtement ou ses ruses.

Est-ce si surprenant ? Qui nourrit l'immense ambition de régénérer les hommes, de forger une conscience civique, patriotique et morale inédite et de faire advenir le bonheur commun s'expose à recevoir en plein visage les dénégations de l'Histoire. La Révolution convoque les Français sur une scène grandiose pour interpréter un livret inconnu et supposé entraînant, mais ceux-ci lui substituent un tout autre texte : c'est moins encore celui d'une rébellion ouverte que de l'inertie, de la mauvaise grâce mise à appareiller vers le monde nouveau, de l'attachement obstiné à leurs entours. Ils paraissent n'être jamais las d'inventer les moyens de résister à la refonte autoritaire de leur vie et de contester le volontarisme révolutionnaire.

J'admirais ce volontarisme, et pourtant la collecte des contre-exemples ne me causait aucune peine. Je voyais ces observateurs déconcertés, incapables de référer les différences régionales à la simple géographie, chercher fébrilement des explications à une diversité qui à elle seule semblait être un démenti à la fiction du territoire lisse d'une France unie. Et parmi les régions coriaces, irréductibles, incontrôlables, je retrouvais sans surprise et sans déplaisir ma Bretagne originelle.

Car, en s'interrogeant sur les raisons de cette diversité rebelle, les voyageurs et les administrateurs devaient bien recourir à ce que la Révolution, dans sa griserie de la table rase, avait cru pouvoir ignorer, le passé historique et culturel de chaque région. Dans le comportement des habitants de Montauban et des Cévennes, ils pouvaient retrouver la trace de la révocation de l'Édit de Nantes et des persécutions qui l'avaient suivie. Dans les émeutes de la Grande Peur en Périgord et en Quercy, ils reconnaissaient la révolte séculaire d'une paysannerie en butte à une noblesse agrippée à ses prérogatives. Non sans un certain vertige. Si, pour comprendre le degré de civisme, ou la chaleur patriotique d'une région, il faut interroger sa longue mémoire culturelle, c'est dire qu'il faut rompre avec l'illusion de la table rase et la griserie de l'installation dans un présent absolu. Joseph Lavallée, qui entreprend de 1792 à 1803 un *Voyage dans les départements de la France*, et tout acquis qu'il était à l'idéologie de l'homme nouveau, convient que pour comprendre les cantons traversés on ne peut ignorer les passions anciennes, et qu'on doit voyager « avec les tombeaux » autant qu'avec les vivants. Une remarque qui réduit certes l'autonomie dont ceux-ci se targuent ; elle ouvre en revanche un champ immense à la description de la diversité.

Ces hommes en mission dans les provinces faisaient une autre découverte encore, elle aussi riche de conséquences et perdue dans la nuit de ce passé régional impossible à éliminer : l'influence de la langue sur le comportement des hommes. Ils devaient constater qu'il y a des langues âpres et laconiques, comme le breton, qui développent chez leurs locuteurs des passions abruptes et encouragent l'esprit de sécession. Il y a des langues rapides et passionnées, comme l'occitan parlé en Bigorre, qui fait les tempéraments irréfléchis et les passions vives. Et tout cela souligne un paradoxe : en combattant ce que l'abbé Grégoire appelle « le fédéralisme des idiomes », ils font prendre conscience aux Occitans et aux Bretons de la spécificité de ce qu'ils appellent des patois. Alors même qu'ils ont entrepris de les faire disparaître, ils aperçoivent la connexité de la langue avec le « génie » d'un peuple.

Enfin, de tous les facteurs destinés à rendre compte de l'énigmatique esprit des lieux, la religion est le plus décisif. Les observateurs découvrent que ce qu'ils appellent l'esprit public, et qui se confond en réalité avec l'esprit civique, est dans l'étroite dépendance du facteur religieux. Là où les églises sont pleines, où chaque carrefour s'orne d'une croix, où les femmes s'attroupent devant les porches pour réclamer l'éclat des ciboires sur leurs autels et la voix rassurante de leurs cloches, là où les prêtres pullulent, les commissaires sont sûrs de trouver les contributions impayées et de chercher en vain les conscrits en cavale. C'est là aussi qu'ils mesurent l'ampleur de la tâche pédagogique à accomplir, auprès des femmes en particulier : sur elles, la tradition n'a pas, loin s'en faut, desserré son étau, et les prêtres les tiennent par l'ombre mystérieuse du confessionnal, thème républicain promis à un long avenir.

La mémoire, la langue, la religion : ces voyageurs et ces administrateurs pensaient pouvoir inaugurer une histoire neuve et voilà qu'ils étaient renvoyés malgré eux aux fondements archaïques des sociétés humaines. Leur enquête, qui suggérait l'enracinement irréductible des hommes dans la culture d'un terroir, frappait d'irréalité leur rêverie artificialiste et leur politique de la volonté ; elle apportait un démenti quotidien au projet révolutionnaire d'arracher les hommes à leurs attaches séculaires. Elle redonnait aux régions françaises leur personnalité secrète, indocile au façonnement.

Cette collecte réservait quelque chose de plus fascinant encore : entre la prise de conscience des écarts culturels et l'entreprise qui visait à les réduire, il y avait un lien paradoxal. C'est l'ambition de transparence qui multiplie les zones d'ombre, c'est la pureté révolutionnaire qui fait les impurs. Les observateurs qui écrivent ces textes sont des partisans déterminés de l'unité nationale et s'en veulent les fabricants ; tous sont convaincus que la réduction de l'altérité est le sens même de l'histoire humaine et que, comme l'avait écrit Dulaure, l'inventeur de l'enquête ethnographique en France, « l'homme se dépouille de son caractère local à mesure qu'il devient instruit et raisonnable ». Mais là tient l'ambiguïté de l'œuvre révolutionnaire : en pourchassant les particularismes, elle les révèle ; en simplifiant brutalement l'espace français, elle le complique à l'infini ; en combattant la différence régionale au nom de la raison, elle invente le régionalisme du sentiment. Ce sont Grégoire et Barère, désormais épinglés comme les assassins de la diversité, qui donnent au Midi son identité linguistique, à la Bretagne sa personnalité spécifique. À partir de la Révolution, si tournée pourtant vers l'avenir, commence une immense entreprise de classement, de présentation et de connaissance du passé de la France. Témoin, en l'an XIII, la fondation de cette Académie celtique que j'avais, cédant à la séduction de l'épithète, décidé d'étudier. Les écrits qu'elle a produits, au rebours de la pente de l'époque, loin de rapporter seulement les usages à un passé révolu, en passe d'être effacé par le progrès des Lumières, en décrivent, au présent de l'indicatif, l'exubérante vitalité et l'inestimable richesse. Et ils célèbrent la singularité de la Bretagne, miraculeux conservatoire des origines celtes de la nation, et symbole de la résistance des hommes à la rêverie de l'homogène.

Dans la fréquentation de ces textes il y avait autre chose que cette abstraction et cette exaltation de la volonté auxquelles on identifiait la politique républicaine. Ils s'inscrivaient à l'avance en faux contre la formule de Benda, en illustrant la revanche du concret sur l'abstrait. Ils montraient que les singularités régionales, si vigoureusement mises à la porte au nom de l'unité sublime de la patrie, rentraient obstinément par la fenêtre. Ils annonçaient qu'il faudrait bien composer avec elles. Ils faisaient comprendre pourquoi la Révolution tolérait si mal la mauvaise grâce montrée par les terroirs à son entreprise d'homogénéité. Nul ne l'a mieux dit que Benjamin Constant : « Les intérêts et les souvenirs qui naissent des habitudes locales contiennent un germe de résistance que l'autorité ne souffre qu'à regret, et qu'elle s'empresse de déraciner. Elle a meilleur marché des individus, elle roule sur eux sans effort son poids énorme sur le sable[1]. »

Rencontrer la vie tenace de ces « habitudes locales » dans les textes normatifs de la Révolution était donc une découverte. Ils réservaient une découverte plus surprenante encore, une République différente de celle dont je savais de science native qu'elle humiliait les particularités.

*

Pour les manuels en usage dans mon école primaire — comme pour ceux dont j'ai par la suite étudié le contenu —, la République et la France étaient indiscernables : « République et France, disaient-ils, en s'adressant à nous, les enfants, tels sont les deux noms qui doivent rester gravés au profond de nos cœurs. » La forme républicaine avait beau ne surgir que tard dans notre histoire, elle paraissait d'emblée être consubstantielle à la France. L'idéologie de la maison, en revanche, les distinguait : républicains, nous l'étions, l'identité de gauche de la maison ne nous laissait pas d'autre choix, et d'autant moins que nous vivions dans ce qu'on appelait une « commune à concurrence ». Si l'église, à Plouha, n'affichait pas d'hostilité déclarée au régime républicain, nous savions à la maison qu'il était arrivé aux curés, non loin de nous, dans leurs prêches en breton, de tonner en chaire contre « *Marianna fri louz* », littéralement « Marianne au nez sale, Marianne la morveuse », et nous goûtions peu ces sarcasmes.

1. Benjamin Constant, *De l'esprit de conquête et d'usurpation*, Paris, 1814, p. 48.

En revanche, j'avais appris très tôt que la République *française* ne nous avait pas été douce; et c'est donc à la France jacobine, non à la République, que nous devions adresser nos plaintes et nos revendications. Or le voyage à travers les écrits révolutionnaires, qui m'avait révélé la persistante vitalité des coutumes régionales, me réservait une autre surprise : découvrir que l'idée républicaine ne s'était pas toujours présentée avec les traits marmoréens qu'on lui prêtait — on les lui prête encore aujourd'hui, de manière souvent emphatique — pour combattre ou ridiculiser les plus modestes des aspirations particulières. J'apprenais que cette république avait eu une naissance confuse, des partisans divisés, des destins incertains.

Une naissance qui devait tout aux circonstances. La monarchie avait si complètement occupé l'espace public que chacun tenait la République pour une chimère. Pas ou peu de républicains déclarés jusqu'à la fuite du roi à Varennes. Les Français prennent brusquement conscience qu'un roi absent pendant quelques jours et un trône vide ne font pas s'écrouler la nation. Surgissent alors des questions réputées hier encore incongrues, voire grotesques : est-il si difficile à un peuple, après tout, de vivre sans roi? Et l'occasion miraculeuse due à la fuite d'un roi ne devrait-elle pas être saisie au vol par les patriotes? En se retirant du territoire français, le roi a rendu visibles des républicains. Mais aussi des républiques. Car dans les journées étranges qui suivent Varennes, on découvre qu'il y a plusieurs manières de définir la république.

Fort peu nombreux encore, ces républicains surgis de l'événement étaient unis par de vieilles luttes communes : contre le veto, le marc d'argent, la loi martiale. Par le rejet de tout ce qui fonde l'autorité royale : l'hérédité, une loterie ; l'inviolabilité, un scandale. Par la répugnance pour les dissensions et les factions qui avaient si longtemps discrédité l'idée républicaine. Ils étaient tous aussi devant la difficulté de tenir, dans un grand pays, le peuple assemblé comme dans les républiques antiques, confrontés au problème crucial des nouvelles institutions représentatives : comment assurer les droits des représentés face à des représentants qu'ils devraient théoriquement dominer ? Cette représentation multiple, comment l'accorder avec une souveraineté qu'on a voulue unique ? Comment l'empêcher de donner naissance à une nouvelle aristocratie ? C'est dans la réponse apportée à ces questions épineuses que se défait l'unanimité de ces primitifs du républicanisme.

Les dilemmes de la représentation ouvrent en effet une fracture entre deux groupes de républicains bien distincts ; le premier, une minuscule secte républicaine, s'est formé dans le district des Cordeliers autour de la remuante section du Théâtre-Français ; ici règne la méfiance, héritée de Rousseau, pour une représentation toujours menacée d'être confisquée par les représentants ; ici, on berce le rêve, ou l'illusion, d'une participation active et constante des citoyens au pouvoir ; ici, vit encore la nostalgie de la République des Anciens : son évocation était presque un automatisme chez des hommes qui caressaient le rêve d'une communauté soudée par la vertu et qui opposaient aux vieux gouvernements d'Europe la nécessité « d'avoir des mœurs ». Ils comptaient donc sur le retour à ces mandats impératifs qui avaient été si vite, et si légèrement, rejetés par l'Assemblée. Ils souhaitaient aussi faire ratifier les décisions des élus au cours d'assemblées festives, lieu émotionnel où on sacrifierait aux rituels de l'unité, où les votes se feraient par acclamations, et où l'on pourrait révoquer les mandataires infidèles. Ce qui sous-tend le rêve de cette démocratie immédiate, permanente et fusionnelle, c'est moins encore le sentiment de l'égalité des êtres que celui de leur similitude : des êtres semblables ne peuvent que concourir identiquement au bien collectif. Aucune place ici pour la reconnaissance du particulier : on postule, d'emblée, la volonté unitaire du peuple. L'unité cordelière, supposée conjurer la déliaison des individus, est autoritaire et étatiste, imposée d'en haut et identique pour tous.

L'autre groupe de républicains — il s'agit toujours d'une poignée d'hommes — s'est formé autour de Brissot et des députés qui fréquentent la société de Mme Roland. Les solutions qu'ils imaginaient au problème de la représentation étaient tout autres. Ici, pas de mandats impératifs, mais un vigoureux éloge de la démocratie représentative. Pas de fétichisme de l'unanimité : on se satisfait de voir la pluralité — qui est la figure même du multiple — se prononcer dans un sens ou dans l'autre ; on se méfie des rituels qui fabriquent une fausse unité émotionnelle. Mais on ne se satisfait pas pour autant de la prétention de la représentation à figurer le tout de la nation ; on cherche à limiter sa puissance, à corriger les possibles abus des représentants en donnant aux représentés la possibilité de s'exprimer dans des conventions périodiques. D'où l'intérêt que Brissot accorde à toutes les médiations destinées à enrichir la délibération entre les citoyens, au premier plan desquelles une presse libre, capable de mettre en forme la volonté générale. C'est aussi chez lui que germe l'idée de placer au-dessus de ceux qui font les lois un pouvoir capable de résister aux usurpations des législateurs ; car il n'y a d'intangibles que les lois naturelles, qu'aucune assemblée n'a le pouvoir d'établir : l'invariable déclaration des droits doit alors venir surplomber des lois infiniment variables.

Le groupe brissotin, auquel on peut adjoindre Condorcet, n'en était pas moins attaché à la formation d'une opinion publique cohérente. Mais à leurs yeux on ne pouvait l'atteindre qu'en développant jusqu'à leurs conséquences ultimes les principes individualistes et égalitaires de la société moderne. L'opinion publique ne peut donc s'imposer d'en haut. Elle est une résultante, qui se fabrique de bas en haut, à partir du fourmillement des atomes que sont les opinions individuelles. Dans cette perspective, l'opinion publique, qui monte du social, n'est pas dans les mains de l'autorité politique. La logique d'une croyance à la prééminence du social sur le politique, à l'enracinement de l'opinion publique dans la liberté des sujets, c'est la renonciation au volontarisme politique. Force est bien de dégager l'intérêt commun à partir de l'irréductible diversité des intérêts individuels.

Là tient la véritable différence entre les deux républiques nées de la circonstance de Varennes et les deux espèces de républicains. Les « brissotins » ne postulent pas l'identité d'intérêts entre la nation et la représentation, pas plus qu'entre la loi et les droits. Ils n'imaginent pas qu'on puisse imposer l'unité du centre à la périphérie. Ils souhaitent la construire patiemment, au moyen de procédures rationnellement discutées. Ils tiennent l'unanimité pour un leurre. L'originalité de ce républicanisme, déjà perceptible au moment où le roi s'enfuit, deviendra tout à fait visible quand il s'agira de le juger. Ces républicains du deuxième type viendront en toute cohérence défendre l'idée qu'un acte d'une telle charge symbolique ne peut être ôté à la nation, et n'hésiteront pas à en appeler aux avis possiblement divergents des assemblées primaires.

Je découvrais donc que les résistances à une république jacobine étaient apparues à l'intérieur même du projet républicain. Il y avait eu en France, dès l'origine, des hommes attachés à une république autre, plus accueillante aux dissidences et aux particularités[1]. Tout autre, en effet, au point qu'elle figure dans nos mémoires, au mépris de toute chronologie, comme une république seconde, suivant l'autre alors qu'elle la précède. Mais il est vrai qu'elle subit tout de suite une défaite : cette république complexe, procédurale et rationnelle, n'avait pas en révolution l'ombre d'une chance. Des temps aussi troublés appelaient la rapidité de la décision et la volonté héroïque des hommes, non les méandres de la délibération et les calculs de la raison. Le temps nécessaire à l'élaboration d'une opinion éclairée, personne ne l'avait. Dans les débats du procès du roi, sans surprise, la majorité de l'Assemblée croira ne pouvoir fonder la République qu'en refusant l'appel au peuple et en s'en remettant au verdict d'une représentation absolutisée, toute-puissante et indivisible.

C'est cette République « absolue » qui l'a emporté dans les esprits. Son impérieuse image a scellé pour longtemps le destin des particularités. Elle sert tou-

---

1. Laurence Cornu, *Une autre République : 1791, l'occasion et le destin d'une initiative républicaine*, Paris, L'Harmattan, 2004.

jours aujourd'hui à repousser les revendications des minorités. L'« une et indivisible » a repoussé dans l'ombre la république des Girondins pour laquelle l'historiographie révolutionnaire n'a pas été tendre. Elle a fait oublier des voix originales, comme celle de Sieyès, qui caressait l'idée d'une juridiction spéciale chargée de contrôler la constitutionnalité des lois. Elle a victorieusement résisté au temps si on songe qu'il a fallu près de deux siècles aux Français pour se réconcilier avec l'idée d'une loi fondamentale surplombant la représentation et d'un pouvoir constituant distinct du pouvoir législatif.

On pourrait soutenir que c'est chose faite aujourd'hui. Notre contrôle de constitutionnalité, qui consacre la subordination du Parlement à l'ordre constitutionnel, peut bien être présenté comme une rupture avec l'esprit républicain, il n'a fait que retrouver les principes oubliés d'une tradition authentiquement républicaine. Mais, et voici le paradoxe, ce triomphe tardif n'a pas fait revivre la tradition dont il est issu. Les Français peinent toujours à reconnaître la tension entre l'universel et le particulier, présente pourtant dès l'origine au cœur du républicanisme.

*

Quand s'installe la République troisième du nom, celle qui, contrairement à ses deux aînées, trouve enfin le secret de la durée, l'obsession de l'unité nationale est loin d'avoir disparu. On pourrait même soutenir qu'elle s'est exacerbée. La France vient de connaître l'humiliation de la défaite et l'amputation de son territoire ; elle sort des secousses d'une révolution sociale, et on peut douter que soit éteinte la veine du jacobinisme émeutier. La République, d'autre part, continue d'être contestée, tantôt par des adversaires déclarés qui œuvrent ardemment pour la restauration monarchique, tantôt par des analystes sceptiques comme Renan, qui, dans la meilleure tradition du XVIIIᵉ siècle, tiennent pour chimérique une république de trente millions d'âmes. La répugnance pour les divisions est toujours aussi forte, aussi impérieuse la quête d'unité. L'objectif des fondateurs, du reste, est sans équivoque. Gambetta n'a cessé d'en appeler à une France unanime et triomphante, « replacée, sous l'égide de la République, à la tête du monde » ; quant à Jules Ferry, enfant de la frontière, douloureusement atteint par la perte de l'Alsace-Lorraine, son ambition est de « refaire à la France une âme nationale ».

Toutefois, ce n'est pas d'un horizon jacobin que viennent les pères de la République, et c'est particulièrement vrai de Ferry. Pendant les années de méditation que lui avait imposées l'Empire, il s'était longuement interrogé sur la singularité française, et l'irrépressible tendance du pays à la centralisation, héritée du long passé monarchique, à laquelle la Révolution, puis l'Empire donnent un nouveau tour d'écrou. Il avait nourri sa réflexion d'immenses lectures, dont celle de Tocqueville. La haine de l'État napoléonien, l'admiration des libertés locales anglo-saxonnes avaient fait du jeune homme un décentralisateur décidé, signataire du programme de Nancy, partisan d'un « gouvernement faible »[1]. Quand il arrive enfin au pouvoir, avec en tête l'image obsédante de deux

1. Ce programme, imprimé à Nancy en 1865 sous le titre *Un projet de décentralisation*, sur l'initiative d'une vingtaine de notables, avait obtenu le soutien de Ferry.

France hostiles l'une à l'autre, la volonté de les réconcilier et le rêve d'une République définitive, il n'a pas, comme on le dit trop souvent, troqué la pensée de la décentralisation contre la révérence pour un État fort — métamorphose classique opérée par l'exercice du pouvoir. En revanche, il a mieux formulé son idéal, aussi éloigné des lamentations vulgaires contre la centralisation que des ferveurs jacobines : cet idéal est qu'il puisse enfin exister en France, face à l'État, le contrepoids d'une société autonome, riche, comme en Angleterre, d'une presse libre pour enseigner aux individus leurs droits, d'associations pour les défendre, de meetings pour les proclamer; bref, d'un système de discussion et de réunion libres absent du paysage français et qu'il faut tenter de faire vivre.

Dès la fondation de la République, née d'un compromis entre conservateurs et républicains modérés, cette inflexion nouvelle du républicanisme est perceptible. La hantise de Ferry est de rompre avec la malédiction qui veut que les Français, capables de proclamer des républiques, soient incapables de les faire durer et d'empêcher qu'elles tournent, dans un premier temps, à la surenchère révolutionnaire, et, dans un second, à la servitude politique : les deux premières du nom ont toutes deux connu l'émeute, avant d'en appeler toutes deux à un nouveau César. Il se persuade que pour pérenniser en France une république, il faut la découpler des souvenirs de la Révolution, du moins dans sa phase terroriste, car il a emprunté à Quinet l'idée que la date maudite de la Révolution n'est pas le 9 thermidor, mais le 31 mai 1793, quand la Convention a cédé au coup de force antiparlementaire de la rue et exclu les députés girondins. Une date qui contient à la fois Robespierre et

Bonaparte, les deux héros négatifs de l'histoire de France pour Ferry, et qui a éteint aussi la possibilité de cette république « autre », moins hostile à la pluralité, qu'avaient esquissée les penseurs girondins.

Là se situe la réussite de Ferry. Il cherche à persuader les Français que République n'est pas synonyme de Terreur. Il veut faire comprendre qu'on peut être républicain sans ramener l'entraînement révolutionnaire dans la politique française ; sans partager les illusions de l'homme nouveau et de la table rase ; sans nourrir l'hostilité à la tradition ; sans exalter la rupture avec le passé. De celui-ci, il faut reconnaître les vertus et le poids. C'est pourquoi, devenu ministre de l'Instruction publique, Ferry veille à ce que l'instituteur, tout fils de 89 qu'il doive se reconnaître, fasse comprendre à ses élèves que la France vient de plus loin que la Révolution, et tienne compte de la puissance de vie du passé. À une République qui s'était inscrite contre l'idée de tradition, Ferry oppose une République capable de revendiquer ses liens de famille avec l'ancienne France, d'honorer ses grands ministres et ses vieux rois amasseurs de terres, niveleurs et modernisateurs, de célébrer le travail des siècles. Il reprend l'idée, chère à Littré, qu'à la différence de la République américaine, qui est « nue », la République française est riche d'un précieux héritage. Elle devrait donc, en bonne logique, être plus accueillante aux traditions particulières.

Si Ferry leur reste à ce point aveugle, c'est en vertu du singulier diagnostic qu'il porte sur les antagonismes qui menacent en France la cohésion nationale. Il sait bien que la France est un pays inflammable, en proie à de menaçantes divisions — il les évoque toujours avec une nuance d'angoisse —, mais il en rend responsable l'événement immense qui l'a fendue en deux. La Révolution française a fait naître deux nations ennemies, telles que chacune d'elles ne peut aimer l'autre. Il s'agit par conséquent d'une fracture purement politique, qu'il faut s'employer à réparer, et c'est pourquoi le remède est dans l'école obligatoire, dispensatrice d'un enseignement historique et civique chargé de recoudre à la France d'Ancien Régime la France moderne. Puisque tout en France dépend du politique, inutile en effet de chercher le remède dans l'égalisation des conditions — Ferry ne juge pas la division des classes ruineuse pour l'unité française, une bizarrerie pour un homme qui a vécu la Commune. Le talisman de l'unité, il faut le demander à l'égalisation de l'instruction, qui assurera à long terme la conquête des esprits par la République

Cette indifférence aux différences sociales, qu'on retrouvait dans les manuels iréniques de mon école primaire, peut être étendue aux autres particularités du territoire français. Ferry semble ne pas les apercevoir, aveugle même à la fracture canonique du Nord et du Midi, malgré la guerre qui a fait porter ses charrois et ses drames sur la seule France du Nord. Dans ses parcours provinciaux, seule la frange d'outre-Garonne a paru à ce commis voyageur de l'article 7 constituer un territoire exubérant et exotique, presque une terre étrangère[1]. Pour le reste, de Bordeaux à Épinal, la France à ses yeux est faite d'une seule et

1. L'article 7, partie d'un projet de loi déposé par Ferry le 15 mars 1879, stipulait que nul n'est admis à diriger un établissement d'enseignement s'il appartient à une congrégation non autorisée. Dans la bataille acharnée qui s'ensuit, Ferry parcourt la France pour s'en faire l'avocat.

même étoffe, tant « la grande unification française » a déjà fait son œuvre.

L'imperméabilité de Ferry à la différence ethnographique et culturelle est donc totale. Dans le flot des interventions qu'il consacre à l'organisation de l'école républicaine, il est significatif qu'on ne trouve aucune allusion à ces parlers régionaux dont l'enseignement laïque et obligatoire devait triompher, et avait même, disait-on tristement chez moi, triomphé. Est-ce, comme on le dit parfois, parce que Ferry pense toujours à ces langues menaçantes qu'il n'en parle jamais ? La lecture des véhéments débats qui entourent l'école ne m'en convainc guère. Car le parti catholique, si avide d'user contre les partisans de l'école publique de tous les arguments disponibles, n'évoquait jamais non plus l'attentat contre les langues régionales que les républicains s'apprêtaient à commettre. Personne, dans les années 1880, si on excepte quelques personnalités isolées comme Michel Bréal, dont je connaissais le nom pour l'avoir entendu prononcer chez moi avec révérence, ne semble apercevoir ce terrain de contestation. La francisation, réputée bénéfique, est alors un credo commun.

Cette cécité suffit-elle à rapatrier Jules Ferry dans le camp jacobin et à faire de cette République nouvelle un décalque des deux autres ? Les choses sont moins simples. Il y a chez ces fondateurs, Gambetta comme Ferry, un sentiment aigu de la France profonde. L'un et l'autre sont persuadés que vivent chez les paysans français deux passions également indéracinables : la haine de la monarchie, nourrie par le souvenir des droits seigneuriaux ; la haine de l'émeute, alimentée par la méfiance pour l'arrogante et turbulente capitale. L'un et l'autre en tirent la conviction que la commune rurale est l'échelon même où prendre le pouls du pays, où pénétrer dans l'intimité de sa vie. C'est la vive perception des drames qui se jouent dans la plus chétive des communes rurales qui inspire à Ferry ses accents les plus tendres : « Qui lit dans les faiblesses de son âme, dans les rêves de son budget ? Qui sait où les chemins vicinaux la gênent, où les communaux la tourmentent[1] ? » On dira qu'il n'y a dans cette sensibilité au local aucune conscience de la personnalité provinciale, ou régionale. Bien au contraire, le localisme contredit le régionalisme. Plus on multiplie sur le territoire français les différences menues, et moins on peut craindre de les voir s'agréger en groupes menaçants, animés d'une volonté de séparation. L'unité française ne risque pas de s'y dissoudre, mais elle y multiplie et y affermit ses ancrages. Que le particularisme local soit si spontanément universalisant est aux yeux de Ferry une heureuse disposition de la sensibilité nationale.

Quelque chose pourtant a bougé dans ce nouveau républicanisme, baptisé opportuniste avec dérision, mais qui rompt opportunément, en effet, avec la chimère révolutionnaire. Car la commune rurale est devenue le lieu des correctifs que les pères fondateurs souhaitent apporter à la centralisation, celui où peut s'enraciner une participation collective à la vie publique. La démocratie au village, comme l'avait plaidé Tocqueville, est un apprentissage de la vie politique nationale. C'est tout le sens que prend cette loi municipale de 1882 qui permet à chaque commune d'élire son maire. Les maires jadis étaient dans la

1. Jules Ferry, *La Lutte électorale en 1863*, Paris, E. Dentu, 1863.

main des préfets, dans l'étroite dépendance de l'administration centrale. Les voici élus par leurs administrés, et l'huile sainte de l'élection leur donne la
possibilité d'exister face au préfet, de lui résister, de
négocier avec lui. Quand il parle de cette inversion
du dispositif administratif de l'Empire, Ferry a des
accents d'enthousiasme : l'élection des maires rend à
l'échelon local sa dignité ; mieux, elle lui insuffle la
vie. Ferry sait qu'en France, une fois éteinte l'agitation électorale, la vie locale a tendance à s'endormir,
tant lui manquent ces aiguillons de la sociabilité que
sont, en Angleterre, le club, le journal, l'association.
Désormais le pouvoir, à l'échelle des petites communautés, aura un visage humain. Chaque citoyen pourra
briguer ces magistratures modestes, mais « honorées
et importantes ». Honorées, à l'évidence, puisque, aux
grandes occasions, on conviera les maires à banqueter
à Paris pour rendre manifeste l'union de Paris et de la
province, dans un remake débonnaire et prosaïque de
la grande Fédération. Et importantes, car elles plaident pour l'existence de ce qu'une revue républicaine
comme *La Critique philosophique* nommait « une vie
publique pour ainsi dire graduée, mise à la portée de
tous ». Les institutions locales sont ainsi le meilleur
contrepoids à l'autoritarisme de l'État et à la dépendance sociale.

Ce n'est donc plus tout à fait la république des Jacobins qu'on retrouve dans celle des opportunistes, et ce
qui l'établit plus encore, c'est leur plaidoyer inlassable
pour les libertés, et la cascade des lois libérales, celle
de la presse, la plus libérale du siècle, celle de réunion, suspendue désormais à une simple déclaration
préalable. Ce combat pour l'élargissement des libertés
corrige fortement, sinon dément, l'allégeance au posi-

227

tivisme dans laquelle on a si longtemps enfermé Ferry. Certes, il a souvent revendiqué l'héritage comtiste. Mais cette philosophie de la nécessité lui a surtout servi, comme à tant d'hommes de sa génération, pour cultiver l'idée qu'en dépit de la déroute de 1848 la raison historique n'en était pas moins en marche vers l'âge positif : le comtisme prodiguait à ces vaincus les consolations de la longue durée. Mais Ferry, en qui tant de morts parlaient à la fois, comme l'a si justement dit Alphonse Dupront, prêtait aussi l'oreille à d'autres voix, celles de la philosophie des Lumières, et elles lui parlaient de liberté.

La liberté, que Comte estimait dissolvante et subversive, tout juste bonne dans les époques « critiques » à ébranler les régimes vermoulus, mais néfaste dans les époques « positives » de réorganisation sociale, Ferry sait qu'elle est un principe de scission. Mais il n'est jamais prêt à la sacrifier à l'unité des esprits. Il essaie, acrobatiquement sans doute, de construire l'ordre durable d'une République unifiée sur une liberté qu'il tient pour principielle : les hommes, selon lui, doivent être laissés libres d'errer, car la liberté, fût-elle payée par l'erreur, est plus désirable que le bien. La difficulté de l'entreprise saute aux yeux, et on peut même soupçonner son inconséquence philosophique. Mais le but poursuivi, asseoir le consensus social sur la seule liberté, suffit à montrer le pas de côté fait par la République opportuniste par rapport au dogme jacobin.

Si on abandonne le terrain de la philosophie pour suivre la pratique de cette République que Gambetta nomme « transactionnelle », on voit se multiplier les occasions où celle-ci contredit les principes du pur républicanisme. L'une des plus éclatantes est le vote, en 1884, de la loi sur les syndicats. Le vrai cœur de la philosophie républicaine, héritière de l'aversion de Rousseau pour les sociétés partielles, était figuré par la loi Le Chapelier : celle-ci, votée en 1790, professait que rien ne devait s'interposer entre l'État et les individus, au motif qu'« il n'est permis à personne d'inspirer aux citoyens un intérêt intermédiaire, de les séparer de la chose publique par un esprit de corporation ». C'est avec cette loi phare de l'individualisme révolutionnaire, stigmatisée par Marx et par Jaurès comme une loi scélérate dirigée contre la classe ouvrière, que la République rompt en 1884 : elle autorise très libéralement la formation syndicale, soumise à la simple déposition à la mairie des statuts et des listes d'administrateurs. Consacrer le droit syndical n'est rien d'autre que  reconnaître l'existence, entre l'État et l'individu, d'intérêts collectifs qui surplombent les intérêts individuels. Ceux-ci, il est vrai, ne sont pas méconnus puisque liberté est laissée aux individus de se syndiquer ou non. La loi, en institutionnalisant l'intérêt du groupe, n'en figure pas moins une rupture décisive.

Celle-ci se consomme en 1901 par la loi sur les associations, que Ferry appelait de ses vœux comme l'exercice d'une liberté nécessaire, à condition toutefois qu'elle ne portât pas atteinte au droit de l'État, « la première, la plus haute, la plus nécessaire des associations ». Elle est plus timide que la loi syndicale, puisqu'elle ne reconnaît pas aux associations la capacité de recevoir des dons ; tardive aussi, puisqu'elle consacre plus qu'elle ne crée, tant ont fleuri depuis deux décennies les groupes de tous ordres, sportifs, caritatifs, littéraires, musicaux. L'essentiel n'est pas dans ces retards et ces réserves, mais dans la nouvelle correction apportée au monisme révolutionnaire. Dès 1895, un commentateur avisé de la vie politique française pouvait annoncer dans *La Revue politique et parlementaire* que « le temps n'est peut-être pas loin de nous où l'individualisme à outrance né de la Révolution ne sera plus qu'un souvenir ».

Et il est vrai qu'en dépit des lenteurs et des atermoiements cet individu républicain, désormais membre d'un syndicat, animateur d'une association, n'a plus rien à voir avec celui que célébrait la Révolution, solitaire dans son tête-à-tête avec l'État et glorieux de rompre toutes ses amarres. À l'abstraction que stigmatisait Joseph de Maistre, la République a su imaginer des correctifs. Elle a redonné à la société, divisée en groupes particuliers et traversée d'intérêts divergents, la capacité de s'exprimer. Elle a parfois su prêter attention aux voix les plus modérées, comme on voit en 1905 dans les débats qui entourent la loi de séparation de l'Église et de l'État. À la version autoritaire des radicaux qui réclamaient pour l'État la propriété ou la jouissance des biens des fabriques et des diocèses, la majorité de l'Assemblée préfère la solution conciliante de Briand et de Jaurès ; en confiant la dévolution de ces biens à des associations cultuelles, ceux-ci rendaient la loi « acceptable » à l'Église, et rompaient avec la politique de Combes, la plus « républicaine » au sens strict. Aux libres penseurs radicaux qui souhaitaient ignorer les communautés de fidèles, ces groupements intermédiaires, Briand rétorquait que face à leurs chimères existait un pays réel, pluriel, avec des paroisses, des curés, des évêques, toute une diversité vivante impossible à ignorer. Quand en 1919 la France retrouve l'Alsace et la Lorraine, la même modération suggère de ne pas imposer à des populations restées religieuses la séparation de l'Église et de l'État et d'autoriser un enseignement religieux dans l'École publique. Et la laïcité, si souvent évoquée aujourd'hui comme un intégrisme, ne s'est imposée qu'au prix de compromis, aumôniers au lycée, processions dans les rues, carrés religieux dans les cimetières, et calendrier scolaire aligné sur les fêtes carillonnées.

Ainsi s'est poursuivi l'assouplissement du modèle jacobin, et la République s'est enracinée en prenant appui sur les particularités locales. Ce qui résume le mieux cette patrimonialisation du local par la IIIᵉ République, c'est le *Tableau géographique de la France* de Vidal de La Blache, celui-là même qui avait simplifié son nom sur les cartes murales de mon école de Plouha et qui s'était montré généreux pour les Bretons, en leur accordant bien plus que leur entêtement légendaire : l'esprit d'entreprise, la vitalité familiale et la royauté de la femme. L'accent du *Tableau* est celui de la générosité et de la sérénité. La diversité française n'est jamais ici une menace, mais une chance. D'une part, il n'y a dans les régions françaises aucune tentation centrifuge ; d'autre part, si on dédaigne de suivre dans le détail les manifestations de la vie locale, on ne pénétrera jamais dans l'intimité des contrées. Quant à la centralisation, elle a eu beau jeter son filet sur toute la France, elle n'a pas éteint la vie variée des régions, et il ne faut pas en exagérer les effets : le travail d'unification ne se fait pas despotiquement de haut en bas, mais librement de bas en haut, de la partie au tout. Bref, le *genius loci* de la France est « ce je ne sais quoi qui flotte au-dessus des différences régionales ». Il les atténue sans les étouffer, il les compense et les combine en un tout, et cependant ces variétés existent, elles sont vivantes.

Cette articulation heureuse du local et du national sous le signe de l'harmonie, on la retrouve dans l'enseignement dispensé par l'école républicaine. Il faut ici corriger l'image du maître d'école colonisateur, dépêché dans les villages tel un commissaire politique, acharné à républicaniser et à franciser la troupe enfantine qui lui est confiée, à extirper d'elle les appartenances particulières. De beaux livres ont désormais fait justice de cette image convenue, et m'ont aidée à ne pas généraliser les souvenirs laissés par l'école de mon enfance, si indifférente à nos entours[1]. La législation scolaire n'avait pas installé des instituteurs bretons en Corse, ni des instituteurs corses chez nous. Les maîtres étaient recrutés dans le département, au plus près des populations ; dans leur majorité, ils faisaient connaître à leurs élèves le terroir proche, qu'ils exploraient en folkloristes, en ethnologues, en infatigables rédacteurs de monographies communales ; ils croyaient fermement qu'on progresse sans heurts ni déchirements de l'amour instinctif et charnel du « pays » à l'amour cérébral et réfléchi de la grande patrie. Les manuels qu'ils donnaient à lire célébraient la contribution originale de chaque canton à l'harmonie nationale, de sorte que le plus modeste des apports put être magnifié.

C'est bien ce que nous avaient appris nos vieux copains du fameux *Tour de la France*, les enfants de Phalsbourg. Quand le petit Julien, qui croit en bon élève à la vertu du mérite et du classement, songe à

---

1. J.-F. Chanet, *L'École républicaine et les petites patries*, *op. cit.* A.-M. Thiesse, *Ils apprenaient la France*, *op. cit.*

dresser une sorte de tableau d'honneur des provinces, il en est vite dissuadé. Chacune d'elles, lui fait-on sentir, verse au trésor de la gloire nationale ses grands hommes, ses vertus et ses précieuses productions. Chacune d'elles apporte sa couleur et sa grâce particulières au bouquet final.

On peut donc absoudre globalement les hussards noirs d'une entreprise concertée de déracinement. Ils savaient bien que l'enfant n'apprend qu'en se déprenant, mais n'avaient pas la folie de croire qu'il peut apprendre dans une indifférence superbe à ses attaches et ses intérêts propres. Ils tentaient de le faire aller sans secousses du proche au lointain, du vécu au pensé, de l'esprit de clocher à l'orgueil de la patrie. Ils reformulaient les rapports du national et du local. L'unité française restait le but ultime, mais une unité bien tempérée, puisqu'elle s'obtenait non par la disparition mais par la composition des diversités.

De cette « composition française », il n'y a pas de meilleur interprète qu'Albert Thibaudet. Ce fin connaisseur du « vieux pays différencié » s'enchantait de trouver sur la terrasse du Luxembourg, face au Sénat que Gambetta avait baptisé « le grand Conseil des communes de France », un morceau de province installé à Paris, butte témoin de l'esprit départemental en plein cœur du Quartier latin. Thibaudet était un grand admirateur de Montaigne, celui des écrivains français qui s'est le plus complaisamment dit, voulu ou senti d'un « pays », qui lisait en latin, écrivait en français, parlait gascon, et chérissait la diversité. Lui-même, enfant de la Saône-et-Loire, département idéal à ses yeux, avec son fleuve qui court vers l'Atlantique et sa rivière qui choisit la Méditerranée, aimait les profondeurs de la vie provinciale et goûtait l'harmonie qui naît des contrastes ; portraitiste attendri de ces élus qui apportent de leur Midi « le type du bon vivant avocassier et vigneron, Fallières, Loubet, Doumergue » ; toujours ravi de noter que pendant les années où Jaurès est l'éminence grise du ministère Combes, l'esprit de Toulouse a gouverné la France ; jamais angoissé par les différences, tant il était certain de vivre « sous une loi d'unité et dans un pays centralisé, charpenté, pourvu à l'infini de tenons, de mortaises, de chevilles et de vis ». Il célébrait Mistral, défendait, contre la raison pure et la France éternelle, ce que le Midi offre de « local et de partial, c'est-à-dire de vivant ». L'Alsace rendue à la France, il souhaitait qu'elle pût conserver sa physionomie singulière et que la République en respectât les traits et les intérêts particuliers, comme avait su faire autrefois la monarchie.

L'aménité de Thibaudet, toutefois, vient buter sur une exception, qui jette un doute sur sa description apaisée : la violence faite aux langues régionales. Plus on célébrait les différences semées par la nature dans les terroirs, et plus intolérable paraissait la diversité des idiomes, tant on faisait de la langue le plus puissant des facteurs d'identité. Les instructions officielles de la IIIe République sommaient les instituteurs de les pourchasser, quitte à recourir à la sanction contre l'innocent gamin qui, dans le feu du chat perché ou de la marelle, usait de la langue de sa mère, que l'école se refusait à nommer maternelle. D'où l'usage, dans les classes, du légendaire « symbole », sou, médaille ou sabot, que le maître donnait au premier enfant surpris à parler occitan ou breton, à charge pour celui-ci de le repasser à un autre fautif, de sorte que le dernier possesseur de l'objet infamant soit puni. Cette manière d'encourager la délation n'était certes pas universellement approuvée, ni appliquée, et quelques instituteurs, sans avoir forcément lu Michel Bréal, avaient saisi l'intérêt de s'appuyer sur la langue commune pour aller au français et contournaient les conseils des inspecteurs. Reste que c'est autour de la langue qu'on peut observer la volonté éradicatrice de l'enseignement républicain, et la crispation des maîtres qui le dispensaient.

À ce traitement particulier de la langue concouraient bien des raisons. D'abord, le sentiment d'une consubstantialité entre la langue et l'histoire nationale : Michelet n'avait-il pas entamé son *Tableau* par l'affirmation que « l'histoire de France commence avec la langue française » ? La certitude, aussi, que, sans elle, aucune communication rationnelle n'est possible : le célèbre inspecteur Carré, celui qu'on haïssait chez moi et qui avait fait de la Bretagne son terrain d'expérimentation, n'avait-il pas dit du petit écolier breton, à notre grand scandale, que « sa pensée reste vague et ne dépasse pas la rêverie » ? Puis le soupçon, hérité de la Révolution, que ces parlers locaux, poches d'archaïsme, sont une arme aux mains des prêtres, qui en usent dans une prédication sans tendresse pour la République. Enfin la certitude qu'ils s'appuyaient sur les humbles calculs des familles, sûres que le français était un passeport pour la ville, l'emploi, une vie moins dure. Dans l'enquête sur les instituteurs de la République, j'avais pu observer que c'était dans l'échantillon breton, c'est-à-dire dans une région où la langue, d'une radicale altérité, n'avait pas avec le français le moindre air de famille — ce qui n'empêchait pas qu'on la traitât de sabir —, que s'entendaient de la part des maîtres les accents les plus agressifs[1]. Félix Pécaut lui-même, d'esprit si libéral pourtant, plaignait les instituteurs du Pays basque, contraints de conquérir à l'instruction républicaine des intelligences basques « étrangères » au génie français.

Cette méfiance s'entend aussi dans une littérature moins directement polémique. Lire les récits des voyageurs en France au XIXᵉ siècle, Stendhal, Mérimée, Hugo, Taine, c'est entendre un long lamento sur l'uniforme platitude de la vie démocratique et l'effacement des particularités : tous pleurent les coutumes oubliées, les aspérités gommées, les beaux costumes paysans abandonnés pour une improbable imitation des modes de Paris. Mais toute cette nostalgie cède quand il s'agit des langues locales. Mérimée s'indigne d'être presque mort de faim en pays provençal, faute d'avoir pu se faire comprendre. L'éradication des différences, crime esthétique, passe, quand il s'agit de la langue, pour un exploit politique.

Et voilà pourquoi la politique républicaine de la langue ne peut être présentée de manière irénique. La tendresse de Maurice Agulhon pour le modèle républicain l'incline à penser que l'État, en imposant le français à l'école, avait voulu donner au peuple « la possibilité de jouer sur deux registres d'expression, dont bénéficiaient déjà les bourgeoisies provinciales[2] ». C'est faire honneur à l'État de beaucoup de bienveillance. Mais surtout c'est ne pas assez prendre en compte qu'entre les deux langues la concurrence

1. Jacques et Mona Ozouf, *La République des instituteurs*, Paris, Gallimard / Le Seuil, coll. « Hautes Études », 1992.
2. Maurice Agulhon, « Le centre et la périphérie », dans *Les Lieux de mémoire*, III, *Les France*, t. I, *Conflits et partages*, Paris, Gallimard, 1992.

est inégale. Il y a une langue écrite, enseignée, langue du journal, du suffrage universel, de l'école, de la caserne, du commerce, clé pour le monde moderne ; prestigieuse donc, une langue haute. Et une langue parlée, chuchotée plutôt, réservée au cercle proche et aux émotions partagées, incapable d'ouvrir les portes de l'emploi ; une langue basse, comme on dit une messe basse. La reléguer au cercle privé, c'est à terme la condamner à mort. Le temps y travaillera de manière plus efficace encore que la répression.

Que le traitement des langues régionales reste le point épineux de toute cette histoire est sensible aujourd'hui encore dans le tollé qui s'élève chaque fois qu'il est question de réserver aux langues un traitement libéral, et tous les saluts rhétoriques à la diversité n'y changent rien. Le feuilleton jamais clos de la ratification de la Charte européenne des langues régionales, signée en 1999 par le ministre des Affaires européennes, désavouée ensuite par le Conseil constitutionnel, au motif que les principes fondamentaux de la Constitution s'opposent à ce que « des droits collectifs soient reconnus à quelque groupe que ce soit », le montre assez. Comme la tempête de passions soulevée en juin 2008 par l'introduction dans l'article premier de la Constitution de la formule : « Les langues régionales appartiennent à son patrimoine. » Cette simple adjonction, purement déclarative et nullement prescriptive, a paru pourtant constituer une agression contre l'État-nation, une insupportable offense à un républicanisme qui ne conçoit de citoyens qu'arrachés à leurs appartenances.

Cette levée de boucliers exaltés donne à penser que si l'idée et la pratique républicaines ont connu au long de la IIIe République une longue acculturation libérale, elles n'ont pas rompu, tant s'en faut, toute amarre avec leur jacobinisme natif[1]. La République n'a jamais tout à fait intériorisé les lois libérales qu'elle a elle-même fait voter. Et les « républicains » continuent de méconnaître la profonde transformation du modèle légué par la Révolution française et d'associer le républicanisme à sa forme autoritaire. Malgré tout ce qu'elle a, en un siècle de compromis, accordé aux groupes particuliers, la République n'a pu se défaire de son surmoi jacobin.

*

Reste donc une énigme : le culte de l'Un, cœur même du jacobinisme, a survécu à l'aménagement empirique de la politique jacobine. Jean Prévost, si injustement oublié aujourd'hui — il était devenu, grâce aux *Lettres françaises*, un de mes auteurs favoris —, réfléchissant en 1933 à cette étrange survivance, adresse aux Français cet avertissement : « Vous croyez avoir mis les jacobins à leur place et ne les vénérer que comme les saints d'un autre âge ? Non, vous les entourez d'une admiration sans mesure[2]. »

Cette vitalité, on a pu la constater dès la Révolution elle-même. Thermidor pourtant avait porté un coup, non seulement au pouvoir des Jacobins, mais à leur idéologie, analysée avec une netteté sans appel, et condamnée dans son armature conceptuelle profonde.

1. Sur ce point, voir Pierre Rosanvallon, *Le modèle politique français. La société civile contre le jacobinisme de 1789 à nos jours*, Paris, Éd. du Seuil, 2004.
2. Jean Prévost, « L'idole jacobine », *Pamphlet*, n° 10, 7 avril 1933.

On avait vu un bon témoin de l'époque partir en guerre contre l'idée qu'une République une et indivisible est la condition sans laquelle il ne saurait y avoir jamais de liberté[1]. Axiome faux, disait-il, calqué sur celui de l'Église romaine; « c'est le système d'unité qui a lié la France à l'anarchie, à la terreur et au despotisme ». En comprenant que le jacobinisme est voué à ne se réaliser qu'au prix de la terreur, en découvrant le lien qui unit l'abstraction à l'inhumanité, le moment thermidorien est celui où vacille la mystique de l'unité. Mais ce constat de défaite cache une victoire dans l'ordre de la mémoire et des symboles, comme si perdurait l'imaginaire du jacobinisme.

Pendant près de deux siècles en effet, l'idée de parfaire ce que la chute de Robespierre avait laissé en pointillé allait occuper les rêves des hommes : la dictature montagnarde demeure le symbole de l'engagement civique maximal; les Français s'attachent obstinément à l'idée de bâtir une politique de la raison, convaincus que seule la mystique de l'unité nationale est susceptible de conjurer la tiédeur de citoyens devenus au fil du temps peu soucieux de se sacrifier pour la patrie. Ils sont toujours rétifs à concevoir qu'un ajustement des institutions aux circonstances et aux lieux soit préférable à une fondation à neuf du contrat social, imperméables à l'idée que l'enracinement dans la particularité puisse être un des chemins de la liberté. Ils inscrivent le foisonnement associatif dans le cadre contraignant de l'État. Tout s'est passé comme si, en dépit des démentis et des accommode-

1. La Révellière-Lépeaux, avocat à la veille de la Révolution, puis conventionnel régicide, proscrit après la chute des Girondins, revient siéger à la Convention après le 9 thermidor.

ments de l'expérience, l'unité restait pour les Français, héritiers de Condorcet plus que de Montesquieu, la valeur fondatrice. Et une unité qui est moins une composition des différences qu'une reddition au centre.

Pour comprendre cette séduction persistante du jacobinisme, il n'est pas inutile de revenir à Michelet. Le Michelet des morceaux choisis de mon école primaire était ce petit garçon affamé qui se soutient en cassant un bras, puis une jambe du bonhomme de pain d'épices qui lui tient lieu de déjeuner. L'enfant pauvre qui réussit à force d'abnégation et de sacrifices était la vignette préférée des manuels laïques ; elle me faisait battre le cœur et j'étais toute prête à admirer le petit Jules.

Le Michelet de la maison, qui figurait dans la bibliothèque pour son *Tableau de la France*, était un personnage plus ambigu. Certes, nous lui étions reconnaissants d'avoir entamé son tour de France par la Bretagne, et même par cette côte des naufrageurs et des épaves qui était le décor des vacances bénies à Kerfichen. Je n'étais pas insensible non plus à sa manière de reconnaître notre singularité : un pays tout étranger à la France, avait-il dit en abordant nos rivages, « une île continentale » et il avait trouvé de merveilleuses images pour dépeindre nos paysages, neige d'été du sarrasin dans les champs, vent d'ouest autour des tombes, pierres dressées sur la lande comme une noce pétrifiée.

Mais on ne pouvait le lire, d'autre part, sans remarquer que cette étrangeté, il se réjouissait de la voir « réduire », heureusement prise qu'elle était entre « les tenailles d'un génie rude et fort, Nantes, Saint-Malo, Brest et Rennes, quatre villes françaises ».

Tenailles françaises : ni le substantif ni l'épithète ne sonnaient très gracieusement à nos oreilles. Et notre méfiance s'accroissait encore de constater la joie de Michelet à voir se dissoudre l'âpre originalité qu'il nous avait concédée. Malgré les efforts que la Bretagne fait pour « prolonger sa nationalité », elle devra bientôt, annonce-t-il, se rendre à l'évidence : les Bretons qui se consacrent à « raviver par la science la nationalité de leur pays » n'ont été accueillis, note-t-il, satisfait, que par la risée, « défenseurs expirants d'une langue expirante », condamnés sans appel, comme le bonhomme Système de Renan, par l'histoire. C'étaient précisément les hommes et les œuvres qu'on vénérait chez moi.

Il y avait là quelque chose de difficile à comprendre : on sentait le Michelet poète séduit par la physionomie singulière de la Bretagne, qu'il déplorait par ailleurs. Pour peu qu'on lût le « tableau » jusqu'au bout, on voyait le même Michelet rebuté par l'ingratitude des pays du centre de la France, terroirs plats, fleuves lents, paysages monotones. On ne peut traverser ces provinces sans ennui, voire dégoût : dans ces cantons somnolents, nul espoir de trouver l'opiniâtreté bretonne ou la gaieté gasconne. Et pourtant Michelet humilie la Bretagne et la Gascogne devant ces terres sans relief, la poésie devant la prose des provinces ternes. Un seul mot suffit à faire éclater leur supériorité : celui de « centre », continûment sacralisé. Ces contrées léthargiques sont le centre, dont Michelet n'est jamais las de dénombrer les privilèges et les vertus.

Un privilège historique, pour commencer : c'est à partir du centre que la France s'est lentement constituée, à la manière rapace et sagace, qui parle au génie terrien de Michelet, dont un paysan, lopin après lopin, arrondit son bien. Un privilège intellectuel : « Le centre, formule inouïe, se sait lui-même et sait tout le reste. » Un privilège esthétique : le centre est transparent, assez limpide pour qu'en lui se reflètent et se reconnaissent toutes les périphéries. Un privilège moral enfin : le centre a la capacité réconciliatrice d'attirer à lui ce qui n'est pas au centre, si bien qu'il méridionalise le Nord et septentrionalise le Midi. Dans cette activité fusionnelle on perd sans doute le détail pittoresque, mais on y gagne l'unité. L'unité de Michelet, contrairement à celle de Brissot, ou à celle de Vidal de La Blache, n'est pas obtenue par une libre composition des différences, mais par la soumission à l'autorité du centre. Il y a là un premier paradoxe : voir Michelet mettre la flamboyance de son style au service d'un éloge de l'insignifiance ; il préfère il est vrai la nommer réceptivité universelle.

Que ce féroce critique du jacobinisme cède au culte de l'un est un second paradoxe, plus étrange encore. Nul mieux que Michelet n'a décrit la « machine » jacobine (mot qu'il invente et qui dit tout de l'abstraction cruelle du système jacobin), mélange d'arrogance, de servilité, de cynisme, de brutalité. Nul n'a été plus net dans le jugement final porté sur 1793, dans la préface au livre X de *L'Histoire de la Révolution* : « et voici mon verdict de juré : sous sa forme si trouble, ce temps fut une dictature ». Et cependant Michelet, comme les Jacobins, se montre fasciné par l'Un social : la fête de la Fédération, à laquelle il consacre des pages éblouies, est une grandiose mise en scène de l'unité française, la montée unanime vers Paris, « Jérusalem des cœurs », l'épisode anti-fédéraliste par excellence, puisque le destin des fédérations est de se nier elles-mêmes, de se perdre dans l'unité. Comme les Jacobins encore, Michelet déteste la diversité et, comme pour eux, celle-ci commence au chiffre deux : « Un peuple, une patrie, une France ! Ne devenons jamais deux nations, je vous prie[1]. » Convaincu que la liberté est une il a en horreur les épithètes qui l'accompagnent et la font tantôt religieuse et tantôt morale. N'est-ce pas suggérer qu'il pourrait y avoir deux formes de liberté ? Enfin, comme les Jacobins toujours, il est convaincu que c'est en supprimant en son sein ce qu'il appelle les France divergentes que « la France a donné sa haute et originale révélation ». Le culte de l'Un, chez lui comme chez eux, appelle le déni du local, toujours lié à la contrainte, à la servitude, à cette nécessité qu'il déteste et que partout il s'emploie à débusquer.

Lorsqu'il écrit *Le Peuple*, il a en ligne de mire les ennemis de la nation française. Mais tout autant que les ennemis déclarés, ceux des Français qui portent leurs regards au loin vers l'étranger, « qui vont chercher leur politique à Londres, leur philosophie à Berlin » ; et tout autant encore ceux qui se pelotonnent frileusement dans l'adoration de leurs petites patries, de leurs terroirs, de leurs fiefs, et tendent à l'isolement et à la barbarie.

Lui-même, et voici un troisième paradoxe, est le servant de deux religions, l'une et l'autre portées à l'incandescence, celle de la démocratie, celle de la nation. Celle de la démocratie, comme l'invention miraculeuse de la Révolution française, tout à la fois « avènement de la Loi », « résurrection du droit », « réaction

1. Jules Michelet, préface à *Le Peuple*, Paris, Librairie Marcel Didier, 1946, p. 29.

de la Justice ». Celle de la nation, dont il ne pressent nullement la disparition dans des unités plus vastes, puisqu'il célèbre ces beaux et grands systèmes que sont les nations, pourvus selon lui d'une personnalité croissante au fil de l'histoire. Mais peut-on servir à la fois ces deux cultes ? La religion nationale, qui fait élire une nation particulière sépare et cloisonne les hommes ; elle peut même prendre une coloration agressive (celle-ci, preuve de vitalité, ne chagrine nullement Michelet, du moins à l'époque où il écrit *Le Peuple*). La religion démocratique au contraire suppose la généralité et l'égale liberté des êtres humains ; s'il lui arrive de rêver de patrie, ce ne peut être que d'une patrie universelle : un oxymore, celle-ci.

La solution que Michelet a imaginée pour résoudre cette contradiction aide, dans son audace satisfaite, à comprendre comment un intégrisme républicain a pu, aujourd'hui encore, survivre aux multiples démentis que lui a opposés la pratique républicaine. Toute nation, selon lui, pour peu qu'elle ait réalisé en elle l'unité et produit une vie commune, est un effort vers l'universel. Chacune d'elles incarne une idée importante au genre humain. Mais cela est bien plus vrai de la France, individualité historique exemplaire, patrie-Messie. Face à elle, bienheureusement centralisée, pourvue d'une incomparable capitale, sacralisée comme berceau de la Révolution, que peuvent représenter l'Allemagne, monstrueusement diverse, ou l'Italie, qui a depuis si longtemps perdu son centre ?

Inutile de rétorquer à Michelet que la France pourrait bien elle aussi incarner un local très particulier, affublé des oripeaux de l'universel, qu'on pourrait être ligoté par la dépendance nationale aussi bien que par la dépendance locale et qu'en tout Jacobin sommeille un communautariste qui s'ignore. Pour lui, il n'est pas absurde de poser l'équivalence de la France et de l'univers. La nation française ne s'est-elle pas construite sur des idées universelles? Et celles-ci, exprimées par les mots fétiches de sa devise ternaire, Liberté, Égalité, Fraternité, n'ont-elles pas conquis le monde? Elle est le pays dont la première Constitution déclare solennellement renoncer à entreprendre aucune guerre en vue de faire des conquêtes, et affirme donc ne consentir qu'aux guerres justes, jamais aux guerres utiles; qui par sa Révolution a introduit un bouleversement radical dans les rapports des hommes et de la société et a inauguré une histoire inédite. Entre le peuple, entité humaine universelle, et la France, unité nationale particulière, nulle contradiction possible, si on consent à faire de la France l'institutrice des nations. La France est une nation-principe, une fraternité vivante, capable d'initier les autres nations à l'amour universel. Il faudrait même songer à tempérer sa générosité constitutive, car il arrive aux Français, trop vite emportés selon Michelet par l'amour des autres nations, de ne pas s'aimer assez eux-mêmes.

Nul ne reprendrait aujourd'hui ces couplets d'une innocence, ou d'une inconscience, exaltées. La vision d'une France éclairant les peuples n'est plus guère invoquée. En revanche, l'idée que la France a reçu en partage l'universel dans sa particularité n'a pas quitté l'horizon de ce que je suis tentée d'appeler le républicanisme chimérique. Les zélotes de Michelet ont même parfois oublié ce qui marque dans son œuvre le difficile accord de la totalité et de la liberté, de la fraternité et de l'individualisme grandissant : car Michelet mêle le rêve d'une communion totale à la douloureuse perception de son impossibilité. Notre républicanisme, lui, n'a pas un regard pour cette difficulté et pas davantage pour les multiples accommodements opérés par la pratique républicaine, les compromis dont son histoire est tissée. Il cherche à renouer avec un âge d'or, largement mythifié, de la politique républicaine et à recomposer son bloc de certitudes.

Quels sont les articles de cette foi renouvelée? Que l'espace public est peuplé d'individus rationnels, dégagés de tout lien antérieur. Que leurs particularités doivent être reléguées dans la sphère privée. Qu'il est non seulement possible, mais hautement souhaitable, de faire partager à tous les citoyens une même conception de la vie bonne, dans la définition de laquelle l'État joue un rôle prépondérant. Qu'il faut exalter toutes les manifestations fusionnelles, fêtes, discours, commémorations, pour peu qu'elles soient nationales, mais les refuser, ou les chicaner, aux groupes particuliers. Ce républicanisme mythique doit son regain de séduction et d'énergie à l'alternative qu'il semble offrir à la tiédeur des sociétés modernes, où les individus cherchent le bonheur dans leurs attaches et activités privées, et se détournent de la vie publique. Se dire républicain, aujourd'hui, c'est souvent affirmer qu'il y a une foi capable de remplacer celles qui se sont écroulées, au premier rang desquelles le marxisme. C'est avant tout, en oubliant tout ce que le républicanisme a emprunté à la tradition libérale, se proclamer antilibéral.

Jadis le républicanisme avait face à lui un adversaire imposant, l'Église, engagée, contre la forme républicaine, dans la restauration monarchique. Mais l'Église a renoncé pour l'essentiel à la lutte et accepté la République. Il a donc fallu aux républicains se forger un adversaire aussi formidable. C'est à quoi sert souvent l'épouvantail du « communautarisme », un mot capable de déchaîner les passions, et qui offre l'avantage d'être facile à stigmatiser. On brandit la menace communautariste chaque fois qu'un individu fait référence à son identité en réclamant pour elle une manière de visibilité ou de reconnaissance sociale. On suppose alors qu'il valorise sa culture particulière au détriment de son humanité commune, qu'il plaide pour sa tribu, et pour elle seule, qu'il annonce une France éclatée, infiniment divisible, déchirée entre intérêts affrontés, mémoires jalouses, inexpiables discordes.

Dans le véhément procès intenté au communautarisme, on n'entend pas beaucoup la voix de l'avocat de la défense. Il pourrait pourtant explorer les raisons qui poussent les hommes à rechercher la protection et l'abri du groupe : il peut s'agir de pauvreté, de solitude, d'indifférence, de désespérance. Se sentir, ou se savoir, condamné à vivre dans une zone disgraciée, loin de l'emploi, du logement, de l'éducation, engendre nécessairement le repli communautaire. Repli frileux, dit volontiers le procureur. En effet, les hommes cherchent à se tenir chaud quand ils ont froid. L'insertion communautaire est parfois tout ce qui reste d'humain dans les vies démunies. La défense pourrait ajouter que l'individu invité à s'affranchir triomphalement de ses appartenances y est souvent ramené sans douceur par le regard d'autrui, renvoyé à sa communauté, sa race ou sa couleur. Et faire observer que des intégrations réussies ont pu s'opérer avec le secours des groupes particuliers : les associations de Bretons, ou d'Auvergnats, de Paris ont contribué à faire transiter les nouveaux arrivés à Montparnasse ou à Austerlitz jusqu'à la citoyenneté française.

L'exagération dramatique est partout dans la présentation du communautarisme par ses adversaires républicains. Et d'abord dans sa définition même. Dans le miroir républicain, la communauté est une prison qui exerce un contrôle absolu et exclusif sur ses membres ; une entité close, compacte et cadenassée, telle qu'ils sont soustraits à toute autre influence extérieure, pris dans la fascination identitaire des origines, sans jamais pouvoir ni les contester ni les quitter. Les voilà réduits à se confondre avec la norme du groupe, condamnés à n'établir de rapport avec l'ensemble national qu'à travers l'autorité communautaire, voués à n'user jamais du « je », mais d'un « nous » péremptoire, impérieux, étouffant. Le pire est que ces possédés n'ont pas conscience de cette contrainte et se complaisent dans leurs chaînes. Les journaux sont pleins de ces stigmatisations hâtives, qui font du communautarisme une foi jalouse : « En discutant avec un communautariste breton, black ou gay, s'interroge-t-on, n'avez-vous pas le sentiment de discuter avec un croyant[1] ? » La conséquence de cette dévotion est la guerre de toutes les identités les unes contre les autres. Derrière cette présentation dramatique se cachent la peur de l'immigration maghrébine et la menace que l'Islam est censé faire peser sur l'identité française. C'est désormais sur le modèle de cette communauté de croyants qu'on pense toutes les autres communautés, si différentes soient-elles.

Ce qui aide à cet amalgame, c'est l'identique mépris montré aux particularités ; pour elles aucun vocable ne semble assez injurieux. Tantôt, on évoque la langue

---

1. Joseph Macé-Scaron, *La Tentation communautaire*, Paris, Plon, 2001.

comme « un jargon incrusté sur quelques dizaines d'hectares » : il est bien connu que les Bretons baragouinent. Tantôt on se félicite de voir l'école républicaine faire abandonner aux écoliers, sur le seuil, la « parlure familiale », et voilà pour les parlers régionaux, incapables de se hausser à la dignité d'une langue. Tantôt, on moque les danses, les costumes, les fêtes, les pardons, et la niaise complaisance montrée à leurs beautés prétendues, et voilà pour les cultures. On somme les minorités de produire leurs raisons d'exister, d'établir à quoi elles peuvent servir dans le monde actuel et ce qu'elles peuvent bien opposer à la modernité qui insensiblement les détruit.

À cette condescendance s'ajoute paradoxalement la peur. Qui les croirait aussi dangereuses, ces tribus folkloriques, archaïques, dépassées par l'histoire ? Qui la croirait aussi fragile, cette nation si constamment, si délibérément, une et indivisible ? C'est pourtant elle dont on annonce pour bientôt la balkanisation que lui promettent des communautés juxtaposées, concurrentielles, chacune s'avançant sous sa propre bannière. Bientôt, nous dit-on, il faudra à chaque citoyen présenter, non sa carte d'identité, mais sa carte identitaire (un gros mot, celui-ci). Bientôt encore les Français devront renier leur passé et leurs principes, car comme nous l'a appris un très brillant et très célèbre article, la démocratie, qui honore les communautés, est amnésique, quand la République, elle, est toute histoire[1]. La prophétie m'a toujours paru un peu étrange, car je garde en mémoire que c'est précisément sur un déni de l'histoire que s'est fondée en

---

1. Régis Debray, « Êtes-vous démocrate ou républicain », *Le Nouvel Observateur*, 30 novembre 1989.

France la République. Le credo des révolutionnaires est que l'histoire n'est pas leur « code », comme l'a proclamé Rabaut Saint-Étienne : les hommes peuvent s'en affranchir, ils ne sont pas condamnés à répéter ce qu'ils ont été. Mieux que personne, l'auteur de cet article sait que le rejet de la tradition a été le legs de la Révolution à la République, mais c'est pour lui manière de dire qu'à l'heure du libéralisme, les Français abandonneront leurs principes, leurs grands hommes et leurs nobles causes pour le règne des convoitises ignobles et des petits intérêts.

Ce qui permet de brosser un tableau aussi catastrophique, c'est l'équivalence supposée de tous les groupes susceptibles de revendiquer la reconnaissance de leurs droits particuliers. Les grands coupables, dans cette affaire, note un autre commentateur, ont été Mitterrand et Chirac — on n'aurait pas eu l'idée de leur prêter un tel pouvoir de persuasion —, qui ont usé sans précaution du terme de communauté : tous les intéressés se seraient alors engouffrés dans la brèche ainsi ouverte[1]. Et d'énumérer ces « intéressés » : juifs, musulmans, catholiques, protestants, corses, bretons, occitans, noirs, homosexuels, handicapés. Mais qui ne voit que l'hétérogénéité de la liste, qui rappelle le « *black, women, minorities* » américain, la prive de toute signification ? Se dire protestant, basque, homosexuel ne recouvre pas des affirmations de même nature, sans compter qu'on peut être tout cela à la fois. Par ailleurs, a-t-on jamais entendu les femmes parler d'elles-mêmes comme communauté ? Existe-t-il autrement que dans les

1. Alain-Gérard Slama, *La Régression démocratique*, Paris, Fayard, 1995.

outrances républicaines quelque chose comme une communauté occitane ? Et quel Catalan, quel Breton dirait que son appartenance établit une supériorité, ou même une étrangeté telle qu'elle lui interdit la communication avec les autres hommes ?

Toutes ces interrogations peuvent être ramenées à une question essentielle, celle même que j'avais trouvée entre école et maison : faut-il penser qu'entre l'obligation d'appartenir et la revendication d'indépendance nulle négociation ne peut s'ouvrir ? qu'entre les attaches et la liberté il y a une invincible incompatibilité ? L'interrogation est d'autant plus insistante qu'en réalité chacun de nous abrite en lui l'une et l'autre de ces exigences.

*

En chacun de nous, en effet, existe un être convaincu de la beauté et de la noblesse des valeurs universelles, séduit par l'intention d'égalité qui les anime et l'espérance d'un monde commun, mais aussi un être lié par son histoire, sa mémoire et sa tradition particulières. Il nous faut vivre, tant bien que mal, entre cette universalité idéale et ces particularités réelles.

Or, sous la plume véhémente des pourfendeurs du communautarisme, tous les vocables qui désignent celles-ci sont devenus suspects : identité, appartenances, racines et même cet enracinement où Simone Weil voyait le « besoin le plus important de l'âme humaine » évoquent pour eux la petitesse, l'étroitesse, l'enfermement, la servitude, voire la faute. À les en croire, le moi qui se laisse enfermer dans ses fidélités et sa mémoire singulières et fasciner par ses origines est non seulement un moi fermé à l'universel, mais qui doit renoncer aussi à l'authenticité, à la conquête de son « vrai » moi. Le corollaire de cette sentence est que la seule voie pour accéder à la liberté consiste à se dégager des appartenances. On ne peut devenir humain qu'en niant ce qui nous individualise et qu'au prix de l'arrachement à nos entours immédiats. C'est bien ce dont l'école française tâchait de persuader les petits Basques, Bretons ou Catalans : le renoncement à leur identité originelle, frappée d'une invincible infériorité, devait être le prix à payer pour leur émancipation.

Pareille conception, si on la pousse à son extrême logique, est vertigineuse, car elle tient que toutes les attaches sont des chaînes : la fidélité aux êtres qu'on aime, la pratique d'une langue, l'entretien d'une mémoire, le goût pour les couleurs d'un paysage familier ou la forme d'une ville, autant de servitudes. Dans ses versions les plus exaltées, elle voit dans toute détermination une limite et un manque. Mais que serait un individu sans déterminations ? Nous naissons au milieu d'elles, d'emblée héritiers d'une nation, d'une région, d'une famille, d'une race, d'une langue, d'une culture. Ce sont elles qui constituent et nourrissent notre individualité. Nul ne peut se former sans se référer à elles, et l'innovation elle-même comme la création doivent y trouver leur point d'appui. L'universalisme républicain exalte continûment l'individu désengagé, héroïquement libéré de tous ses liens. Encore faut-il les avoir noués pour pouvoir ensuite s'en défaire. Le discours intégriste des universalistes repose sur l'illusion d'une liberté sans attaches.

Ce qui nous oblige à nous défaire de cette illusion, c'est la pluralité de ces attaches. Je l'avais pour mon compte personnel trouvée dans le corbillon de mon enfance, mais chacun peut se prévaloir d'une expérience analogue. Les intégristes républicains d'aujourd'hui, en déclinant les appartenances multiples, territoriales, familiales, religieuses, professionnelles, sexuelles, qu'ils baptisent si libéralement « communautarismes », et fustigent comme tels, font eux-mêmes l'aveu de cette pluralité. De fait, dans une société de la division, de la contradiction, de la mobilité, aucune appartenance n'est exclusive, aucune n'est suffisante à assurer une identité, aucune ne saurait prétendre exprimer le moi intime de la personne, si bien qu'on peut se sentir à la fois français, breton, chercheur, fils, parent, membre d'un parti, d'une église, d'un syndicat ou d'un club. Chacun doit composer son identité en empruntant à des fidélités différentes.

Reconnaître la pluralité de ces identités, croisées, complexes, hétérogènes, variables, a plusieurs conséquences de grande importance. Pour commencer, la multiplicité s'inscrit en faux contre l'enfermement et la sécession identitaires. Dans un paysage aussi mouvant, l'identité ne peut plus être ce qu'on nous décrit comme une assignation à résidence dans une communauté culturelle immuable, une prison sans levée d'écrou. Rien ne serait plus néfaste, en effet, que devoir se considérer en toutes circonstances, et exclusivement, comme juif, breton, catholique, ou tout ce qu'on voudra, mais une telle contracture ne correspond en rien désormais à la réalité de nos vies.

La multiplicité, par ailleurs, nous interdit de considérer les identités comme passivement reçues. Certes, bien des groupes auxquels nous appartenons n'ont pas été volontairement élus par nous. Mais précisément :

leur foisonnement même nous invite à ne pas les essentialiser, nous entraîne à les comparer, ménage pour chacun de nous la possibilité de la déprise ; car cette part non choisie de l'existence, nous pouvons la cultiver, l'approfondir, la chérir ; mais nous pouvons aussi nous en déprendre, la refuser, l'oublier. Même le moi qui s'engage conserve l'image du moi dégagé qu'il a été, qu'il pourrait redevenir : la possibilité du divorce est après tout la condition nécessaire du mariage heureux. L'appartenance alors n'a plus tout uniment le visage de la contrainte, elle n'est plus la marque autoritaire du collectif sur l'individu. Elle peut même être la signature de l'individu sur sa vie.

Si tel est bien le cas, il n'est pas interdit d'espérer réconcilier les leçons disparates prodiguées par la vie : l'école de mon enfance ne demandait d'autre appartenance qu'à la patrie française, objet d'un choix et d'une volonté. La maison exigeait de cultiver l'appartenance bretonne, mais celle-ci, bien que reçue dès le berceau en partage, n'en était pas moins objet de choix et de volonté : une revendication assumée de nos droits culturels. Si bien qu'il n'était pas impossible de prêter l'oreille aux deux leçons à la fois, à la seule condition de rester libres de les entendre comme de les refuser.

Que dans toute cette affaire la liberté soit le point capital, c'est aussi ce que montre le langage dans lequel s'exprime la revendication pour les droits culturels. Elle émane, peut-on objecter, de groupes toujours antérieurs à l'individu, et c'est la voix du collectif qui s'exprime à travers la demande individuelle. Mais est-ce si sûr ? Le Basque ou le Breton qui réclame le droit de pratiquer sa langue, ou d'apprendre son histoire, exprime sa requête dans le langage individualiste des droits. Le « c'est mon choix » qui accompagne ordinairement sa revendication suggère qu'il s'agit d'une requête librement formulée par la personne, dont le droit individuel englobe, estime-t-elle, le droit à l'appartenance. C'est par elle, non par le groupe, que la demande subjective est formulée, et c'est à elle, non au groupe, que cette demande peut être accordée[1].

Si l'on admet l'origine individualiste de ces revendications, on peut admettre aussi que nous puissions nous reconnaître les uns les autres comme participant d'une humanité commune, non pas bien que, mais parce que, différents. Nous découvrons et respectons l'autre dans sa particularité sans que celle-ci remette en cause le partage d'un espace commun. Nous nous reconnaissons dans ce que nous ne sommes pas, et peut-être moins en faisant appel à la raison universaliste qu'à l'imagination. C'est elle, en tout cas, qui, dans ma petite commune bretonne et à travers des lectures bien peu conformes aux programmes scolaires, m'avait montré dans les Félibres, les Gallois, les Catalans, des êtres très proches, quoique très loin de nous.

Ces réflexions obligent à sortir de l'opposition binaire où tend si volontiers à nous enfermer le débat qui oppose universalistes et communautaristes. Entre les appartenances qui lient et la liberté qui délie il n'y a pas d'incompatibilité absolue. Toute émancipation suppose une appartenance. À la glorieuse liberté des

1. Voir Alain Renaut, *Libéralisme politique et pluralité culturelle*, Nantes, Pleins Feux, 1999, et Alain Renaut et Sylvie Mesure, *Alter ego. Les paradoxes de l'identité démocratique*, Paris, Aubier, 1999.

libéraux il faut rappeler sur quel fond d'appartenance elle doit à chaque instant être conquise. Mais réciproquement il faut rappeler aux communautaristes qu'il ne doit pas y avoir d'appartenance qui ne permette à chaque instant de s'en dégager; et qu'il faut toujours ménager la possibilité d'une déprise.

Ce sont des remarques rustiques. Mais elles ont l'avantage de lever bien des objections que libéraux et républicains opposent, non sans des raisons souvent fondées, aux revendications des groupes culturels. La mise en évidence du lien nécessaire entre liberté et appartenance change notre regard sur la revendication culturelle. Si l'on tient la liberté pour un principe non négociable, tous les groupes ne se valent pas, toutes les cultures n'ont pas la même dignité, tous les attachements n'ont pas le même poids, toutes les situations n'ont pas la même autorité. On peut alors refuser d'accorder la moindre complaisance aux pratiques antidémocratiques, au motif qu'elles seraient justifiées à l'intérieur d'une culture particulière : esclavage, excision, répudiation, châtiments corporels pour les déviants de toute nature n'ont pas à être tolérés davantage que le sacrifice humain. Il est également impossible d'admettre la tyrannie du groupe sur les individus qui le composent; nécessaire, en revanche, de les protéger contre le procès d'hérésie ou d'apostasie.

Peut-on, toutefois, en rester là ? Tout ce qui précède indique qu'il ne nous suffit pas de juxtaposer nos diverses appartenances et de les revendiquer librement comme nôtres pour être tirés d'embarras. Nos attaches sont si diverses, si complexes aussi, qu'il nous faut à chaque instant arbitrer entre elles. C'est ici que la pensée de Louis Dumont nous est d'un secours particulier. Les sociétés libérales, enseigne-t-il, toutes individualistes qu'elles sont, et hostiles à l'embrigadement des êtres dans un groupe, ont toujours dû accueillir en elles des correctifs « holistes », ce que montre suffisamment la pratique républicaine. Louis Dumont sait que le principe dominant de la société française est bien celui qu'a énoncé Benda, l'idéologie abstraite de l'unité, réduite à la citoyenneté, et obtenue par abstraction des différences : une idéologie à la fois très puissante, mais très pauvre, insuffisante à embrasser la complexité du réel, à englober les identités concurrentes, régionales, familiales, professionnelles, religieuses, ethniques. Celles-ci doivent donc être admises à un niveau subordonné, ce qui implique d'avoir distingué des niveaux et de les avoir hiérarchisés[1].

Nous n'aimons guère ce mot de hiérarchie : nous y lisons une inégalité de fait. Louis Dumont fait comprendre que non seulement il n'y a pas de vie sociale sans hiérarchie, mais qu'il n'y a pas de vie intellectuelle qui n'appelle une hiérarchie. Il invite chacun de nous à l'établir dans sa propre pensée, entre les valeurs qu'il estime supérieures et les valeurs auxquelles il accorde un statut subordonné. Cependant, et voici le plus important, hiérarchiser n'est pas nier, mais englober, la valeur subordonnée ; celle-ci n'a pas à disparaître ; elle est elle-même une valeur ; elle mérite respect et considération, n'entre pas forcément en conflit avec la valeur dominante ; mieux, elle peut

1. Louis Dumont, *Essais sur l'individualisme. Une perspective anthropologique sur l'idéologie moderne*, Paris, Éd. du Seuil, 1993. *L'idéologie allemande.France Allemagne et retour*, Paris, Gallimard, 1991.

elle-même, dans une situation donnée, devenir la valeur essentielle et se subordonner à son tour la valeur qui la dominait.

Bref, la lecture de Louis Dumont nous aide à saisir qu'on peut respecter et cultiver ses appartenances sans que celles-ci rendent impossible tout espace commun. Son œuvre nous fait sortir de la pensée binaire et sommaire qui nous interdit, au nom de la logique meurtrière du tout ou rien (celle de Clermont-Tonnerre, accordant tout aux juifs comme individus et rien comme groupe particulier), de nous sentir à la fois français, breton, juif, alsacien, ou tout ce qu'il nous plairait d'être. Pour dessiner une double, voire une triple ou une quadruple appartenance, il nous faut distinguer les différents niveaux de nos vies, déterminer ceux où domine le point de vue du collectif et ceux où la particularité retrouve ses droits. À tel moment, dans telle situation ou tel rôle, c'est telle facette de notre identité qui réclame de se subordonner les autres : il suffit de songer au conflit qui peut naître entre l'attachement patriotique et l'attachement familial, pour comprendre que dans une circonstance donnée telle fidélité peut parler plus fort que les autres.

On dira que juger au cas par cas n'est pas simple, fait entrer dans une perplexité infinie et jette parfois dans l'embarras. J'en suis d'autant mieux convaincue que sur maints problèmes qui ont agité et agitent encore notre vie publique, je me suis souvent sentie en porte à faux avec des « républicains » qui sont mes amis, et avec lesquels je partage bien des opinions. Qu'il s'agisse de la représentation politique des hommes et des femmes, du port du voile, de la tolérance montrée aux langues régionales — questions qui renvoient toutes trois à la place accordée par une société à ses différences —, les républicains plaident sans faiblesse pour l'égalité abstraite et contre la particularité, tiennent que la vérité est une et l'erreur foisonnante. J'envie la tranquillité avec laquelle ils abordent et tranchent ces questions. Face à eux, je me sens perplexe et double, oscillant sans cesse, au gré du problème considéré, entre le point de vue de l'universel et celui du particulier. Il m'arrive de chercher consolation auprès de ceux qui disent se sentir communautaristes avec les libéraux, libéraux avec les communautaristes[1]. Mais cela ne suffit pas à dissiper mon trouble.

J'en ai d'abord fait l'expérience dans les controverses qui ont entouré la parité. Le but poursuivi par ses partisans — remédier à la maigre représentation des femmes dans la vie politique —, je n'ai aucun mal à le faire mien. J'ai vécu dans un monde de femmes seules qui ne comptaient que sur elles pour vivre et survivre, convaincues, sans avoir forcément lu Jules Renard, qu'être féministe, c'est d'abord ne pas croire au prince charmant. Féministe, je pense aussi l'être si par là on entend la satisfaction que procure tout traitement plus équitable des femmes, le plaisir que fait toute réussite féminine. Le camp de la parité devrait donc être le mien.

Oui, mais voilà. J'ai du mal à entrer dans l'argumentation de ceux qui veulent inscrire la parité dans la constitution et l'imposer par la loi. Les femmes possèdent-elles les vertus que leur prête si généreusement le manifeste de la parité? Douceur, humanité,

---

1. Ainsi, chez Michael Walzer, *Pluralisme et démocratie*, Paris, éd. Esprit, 1997.

compassion, écoute, résistance à l'abstraction : dans ces mots tendres j'entends un très vieux discours patelin ; loin d'avoir servi à émanciper les femmes, il les a longtemps confinées près des berceaux et des fourneaux. J'ai plus de peine encore à croire, car dans la revendication de parité rôde aussi cet argument, que seules les femmes sont aptes à représenter des femmes. N'est-ce pas confondre la représentation, au rebours de la doctrine républicaine, avec la représentativité ? Enfin, je ne parviens pas à voir dans les femmes une communauté pourvue de droits particuliers. Dans toute cette affaire, je penche pour des mesures vigoureuses capables de favoriser la participation des femmes à la vie politique, parmi lesquelles, au premier chef, l'interdiction du cumul des mandats.

Il est vrai qu'ici les partisans de la parité m'attendent avec un argument réputé irréfutable. Alors que la prise en compte dans le suffrage de toute autre distinction, ethnique ou religieuse, serait contradictoire de l'universalité, la distinction sexuelle, à laquelle aucun être humain ne peut échapper, est pourvue à les en croire d'une évidence telle qu'elle ne conteste nullement l'universel. En conséquence, la représentation du groupe sexué est la seule, disent-ils, qu'il soit licite d'évoquer dès lors qu'on parle de droits politiques. Mais est-ce si sûr ? N'est-ce pas en ce cas fonder les droits dans la nature ? Et quelque chose me souffle aussi que l'humanité n'est pas l'addition des individus mâles et des individus femelles, mais ce que les uns et les autres ont en commun. C'est pourquoi, dans le domaine politique, celui du bien commun, la considération de l'appartenance biologique, comme de toute autre appartenance, n'est pas pertinente. La force du principe démocratique est de ne faire

dépendre les droits d'aucune spécification particulière : le sujet de droit, universel dans l'exacte
mesure où il est dénué, est un être sans qualités, ni
double ni sexué.

Dans cette controverse, je me sentais donc, au côté
de mes amis républicains, fermement universaliste,
sûre de la capacité de la raison à mettre entre parenthèses la détermination d'origine. Élire un représentant, c'est dire s'il est susceptible de contribuer au
bien commun, et la question de savoir s'il est homme,
femme, blanc, noir, homo ou hétérosexuel doit être un
motif nettement subordonné. J'étais même convaincue
qu'il fallait, dans la sphère du politique, faire de l'abstraction un éloge plus vigoureux encore en refusant
toutes les épithètes qui attachent l'universel à un
contenu particulier. L'universel « masculin », dont on
a tant parlé à propos du sort fait aux femmes par la
Révolution, puis la République française ? Un oxymore où le substantif s'évapore, car s'il est masculin,
il n'est plus universel. L'universel « menteur », si souvent dénoncé, de concert avec l'égalité « formelle »,
par la pensée socialiste ? Il l'est si peu que les femmes,
nullement abusées, en ont tout de suite saisi la vérité.
Dans l'universalité proclamée des droits, quand bien
même elle était immédiatement contredite par le suffrage censitaire, elles n'ont pas vu l'illusion, mais
l'arme même dont elles avaient besoin. C'est elle qui
leur a servi à sentir et à faire sentir comme insupportable leur exclusion. C'est elle qui a rendu leurs
revendications écoutables. La vertu d'une pensée
universaliste est de révéler l'insuffisance de ce qui est
en faisant briller à l'horizon ce qui devrait être. Ne
serait-elle que « formelle », l'égalité est un alcool enivrant, une passion forte, qui pousse les êtres à vouloir

l'étendre : à terme, elle a fait entrer les femmes dans l'espace public.

Je suis donc peu disposée à sexualiser la politique, persuadée qu'il y a des situations et des rôles où la particularité a peu de choses à dire. Dans le travail professionnel, ai-je envie qu'on me juge « en tant que femme »? Je suis chercheur, j'ai été professeur : dans ces rôles, c'est la fonction, non le sexe, qui importe, c'est la manière de l'exercer qu'il convient de juger et c'est pourquoi la féminisation des noms me laisse si réticente. Je n'en marque pas moins un temps d'arrêt devant les conséquences où les universalistes souhaitent parfois entraîner ceux qui leur font allégeance, en exigeant d'eux le déni de toutes les différences, la transcendance de toutes les particularités. La mise entre parenthèses de la différence sexuelle ne peut être généralisée. Si, comme toute autre singularité, elle n'a rien à dire dans la vie politique, elle a beaucoup à dire en revanche dans d'autres domaines de l'existence. Dans la relation amoureuse, dans le lien familial, dans la filiation, la différence sexuelle n'a-t-elle aucun sens? Certes, la vie démocratique paraît aujourd'hui devoir dissoudre toutes les différences dans le grand clapot tiède de l'indifférenciation. Mais je doute que cette indifférenciation puisse jamais aller à son terme de similitude : car si je sais à quel point l'évocation de la « nature » féminine a pu servir à assujettir les femmes, je ne crois pas possible d'ignorer qu'il y a une particularité de l'existence féminine entée sur la nature, qui fait plus angoissante leur relation au temps, plus étroite leur dépendance à la part non choisie de l'existence.

À supposer d'autre part qu'une indifférenciation accomplie soit possible, est-elle souhaitable? Elle l'est à l'évidence quand les différences servent à justifier l'oppression, et que des mesures iniques, brimades, fouet, ou prison, les imposent et les perpétuent. Mais elle ne l'est nullement si l'on convient que les différences, tout en nous distinguant des autres, nous lient aussi à eux et donnent à l'existence humaine sa variété, son relief, sa couleur romanesque. Bref, je refuse de considérer comme antagonistes l'égalité abstraite, au nom de laquelle je bronche devant la parité, et la différence sexuelle. Une inconséquence, me dit-on.

Inconséquence encore quand a surgi dans notre vie politique le problème du voile. Et inconséquence de sens inverse cette fois. Car mon premier mouvement, je ne sais si j'ose l'avouer, avait été de me trouver dans le camp de ceux que les universalistes appelaient « le Munich de l'école républicaine ». J'étais favorable à l'accueil des jeunes filles aux foulards dans l'école de la République, hostile à la volonté de légiférer. Ce qui m'y conduisait ? Le souvenir de la manière pragmatique et prudente dont Jules Ferry et Ferdinand Buisson avaient traité l'affaire des crucifix à l'école : ceux-ci étaient devenus illégaux dans l'espace public, mais les pères fondateurs de l'école républicaine n'en avaient pas moins réfléchi à l'opportunité et à la manière d'appliquer la loi. Fallait-il décrocher les crucifix tout de suite ? Et partout ? À ces questions épineuses ils avaient apporté une réponse nuancée, l'œil sur une constante boussole, le « vœu » des populations. Ils recommandaient de profiter de vacances, ou d'une campagne de réfection des locaux scolaires, pour décrocher le crucifix et... oublier de l'y remettre, quitte à lui rendre sa place si l'entourage s'émeut. Leur principe de conduite inaltéré est que mieux vaut recevoir l'enseignement historique et civique sous un crucifix que n'en pas recevoir du tout, leur pari que luira bientôt le jour où les hommes de bonne volonté reconnaîtront que la place du crucifix est à l'église, non à l'école.

Je me disais donc, avec en tête la sagesse des républicains de l'école héroïque, que mieux valait accueillir au collège les jeunes filles aux foulards que les condamner à rester chez elles, sous l'autorité de pères despotiques et de frères vengeurs. Seule l'assistance aux cours, gymnastique comprise, me semblait non négociable. Et je pensais aussi que pour gagner ces jeunes filles à la culture républicaine, les Français pouvaient tirer quelque confiance de la force et de la séduction de leur histoire. Bref, j'étais favorable à l'avis du Conseil d'État : en novembre 1989, il avait reconnu aux élèves le droit de manifester leurs croyances à l'intérieur de l'école, et par conséquent de porter des signes religieux, à condition toutefois que ceux-ci ne constituent pas un acte de propagande de nature à troubler la vie des établissements. Et il laissait aux chefs de ces établissements, forts de leur connaissance intime du terrain et des entours, le soin d'apprécier la situation.

Par ailleurs, je ne pensais pas indispensable de légiférer, dans la crainte de donner aux islamistes avides d'en découdre la facilité de présenter les jeunes exclues en victimes, voire en martyres, championnes de la liberté de surcroît. Et n'était-ce pas d'autre part priver celles-ci du seul lieu où elles pourraient apprendre les règles de la vie commune ? Cette fois donc ma pente était de tolérer quelques foulards, en pariant pour l'avenir sur les vertus d'émancipation de l'enseignement républicain. Quitte à passer, car l'inflation verbale avait marqué toute la controverse, pour une adepte de cette nouvelle « étoile jaune », une croisée du « tchador ».

La loi votée, la première de nos lois à accueillir dans son titre le mot de laïcité, et en dépit du prestige que gardait pour moi ce mot sésame, ne m'avait pas davantage convaincue de la justesse de ses attendus. J'étais sensible à l'hypocrisie qui avait consisté à voiler le voile islamique sous la brumeuse formule des « signes ostensibles » dont il fallait, selon les législateurs, purger au plus vite l'espace scolaire (j'aurais préféré, et de loin, l'épithète d'« ostenta-toires », bien plus claire, dont avait usé le Conseil d'État). J'étais scandalisée par l'application mise à prétendre que foulard, croix, kippa sont d'égales entorses à la laïcité, agacée par les arguties sur la taille des croix ou le turban des malheureux sikhs. Et peu impressionnée par la muleta, constamment agitée, d'une société communautarisée. Il me semblait aussi que l'école publique avait de tout temps toléré un signe, fort ostensible celui-ci, de l'appartenance religieuse, en se soumettant au calendrier liturgique. Une soumission certes compréhensible dans un pays qui, comme le dit Jules Ferry, « fait des reposoirs », mais généralement passée sous silence dans le débat, comme les subventions accordées aux établissements chrétiens, juifs et musulmans, ou la législation en vigueur en Alsace et Moselle, dérogation ostensible à la loi commune.

Là-dessus cependant, mes sentiments ont fini par bouger. Juger au cas par cas est moins simple qu'ap-pliquer un principe, et je comprends l'embarras des chefs d'établissement, mis en demeure d'arbitrer entre foulards innocents et foulards prosélytes, et soulagés de pouvoir s'abriter derrière une loi. Si ce difficile examen continue dans l'idéal de me paraître souhaitable, je conviens, surtout après avoir lu les rapports de la commission Stasi, qu'il devient presque impossible quand il y a une flambée de situations intolérables, comme le refus des soins donnés aux femmes dans les hôpitaux quand le médecin est un homme. On touche là au seul argument capable d'emporter mon assentiment : car si je ne suis pas sûre que le foulard soit sur le front d'une petite fille le signe de l'incapacité à entrer dans un apprentissage scolaire[1], il met en revanche entre l'homme et la femme une marque d'inégalité, prétexte au contrôle des pères et des frères sur les filles, des maris sur leurs épouses. De ce point de vue, le foulard n'est plus seulement un signe d'appartenance religieuse parmi d'autres signes. Si donc l'interdiction protège les jeunes filles qui ne veulent pas porter le voile, mais y sont contraintes par la pression de la famille ou du quartier, on peut y souscrire comme à une mesure provisoire, destinée à résoudre une situation inextricable, à donner un coup d'arrêt aux groupes qui refusent les règles de la vie commune.

La question, pourtant, n'est pas définitivement tranchée dans mon esprit. Car la position « républicaine » ne me semble pas seulement inspirée par la nécessité de répondre à la menace islamiste, mais par la constante difficulté de la politique française à faire place à la diversité. Ce que montre assez le problème, si étrangement dramatisé, des langues régionales, avec sa récente relance. Dans ce débat-ci, je sais

---

1. C'est la thèse de Hélé Béji, « Radicalisme culturel et laïcité », *Le Débat*, n° 58, janvier-février 1990.

mieux de quel côté je penche et, cette fois, ce n'est pas du côté de l'universel. En 1992, quand les représentants du peuple avaient voté l'inscription du français dans la constitution, cet énoncé péremptoire : « la langue de la République est le français », m'avait paru ambigu. Doit-on comprendre que le français est la langue républicaine par excellence ? Pourquoi n'avoir pas, plus simplement, écrit que le français est la langue officielle de la République ? J'étais convaincue que l'idéologie n'était pas absente de la formulation.

Ce devait sans tarder devenir une évidence. Ces huit petits mots innocents sont devenus une formule sacramentelle. C'est elle qui a donné au Conseil d'État, en 1996, les raisons de ne pas ratifier la Charte européenne des langues régionales ou minoritaires, au prétexte que la Constitution s'oppose à ce que soient reconnus des droits collectifs. Elle, encore, qui a fait repousser l'amendement qui prévoyait de lui adjoindre ce bémol, « dans le respect des langues et des cultures régionales ». Elle, enfin, qui a inspiré au Conseil constitutionnel, en 1999, le refus de ratifier la Charte, au motif, si emblématique de notre culture politique, que la Charte, en conférant « des droits spécifiques à des groupes de locuteurs de langues régionales ou minoritaires, porte atteinte aux principes constitutionnels d'égalité devant la loi, et d'unicité du peuple français ». Dans tous ces débats, on a senti rôder le monstre du communautarisme, le spectre de la destruction de l'unité nationale. Ce sont eux, à nouveau, qu'on a vu réapparaître en juin 2008, quand le gouvernement et l'Assemblée ont eu l'inspiration d'introduire dans l'article premier de la Constitution la mention que les langues régionales « font partie du patrimoine national ». Énoncé purement descriptif et nullement normatif, mais qui a suffi à déclencher l'hostilité du Sénat et de l'Académie française et à faire retentir à nouveau les couplets dramatiques de la mort de la nation. Désormais, la référence aux langues historiquement implantées sur notre territoire est acquise, mais je doute que cette reconnaissance patrimoniale éteigne le débat et rende caduc le psychodrame.

En quoi la mention d'un patrimoine linguistique pluriel est-elle contradictoire de la reconnaissance du français comme langue commune, c'est ce que je ne parviens pas à concevoir. En les pensant parfaitement compatibles, je n'ai pas le sentiment de camper du côté de la particularité. Rien n'empêche en effet de reconnaître la prééminence du français. Rien n'empêche non plus de mettre des conditions à la pratique des langues minoritaires : la principale est que soit préservée la liberté des membres du groupe ; car s'il s'agit d'imposer la langue bretonne au tribunal, à l'hôpital, ou de réclamer que les actes administratifs soient rédigés en breton, je doute, après deux siècles de déclin de la langue, qu'il y ait en Bretagne une majorité ou même une forte minorité pour porter cette revendication. Mais il faudrait en retour que soit abandonné le mépris constamment montré à la valeur subordonnée ; qu'on cesse d'assimiler toute langue minoritaire à un patois, et tout patois à une servitude ; et qu'on ouvre libéralement les possibilités d'apprentissage et de perfectionnement de ces langues aux individus qui le souhaitent.

Dans tous ces débats, j'ai eu en permanence le sentiment de pousser devant moi un troupeau d'incertitudes. L'affrontement binaire du particulier et de l'universel, que les républicains mettent si volontiers

en scène, est d'une impérieuse et confortable simplicité. L'inconfort est pour celui qui vit dans un paysage embrouillé, contraint néanmoins de situer ses
réponses dans le cadre raide qui lui est imposé.
Lorsqu'il suit sa pente, souhaite juger au cas par cas
et réserver son opinion incertaine, il sent à quel point
sa réponse est piteuse, dépourvue de la superbe des
idées claires et distinctes.

Juger au cas par cas, pourtant, c'est aussi l'*ars
vitae*. Et les vies ne sont pas simples. Nous errons au
milieu de données chaotiques, occupés sans cesse à
arbitrer entre l'essentiel et l'accessoire, à choisir, élire,
exclure, au risque de l'injustice et de l'ambivalence ; à
hiérarchiser aussi, ce que rend manifeste le plus banal
de nos emplois du temps. Il nous faut donc composer.
Mieux, au fur et à mesure que se déroule la phrase
d'une vie qui doit intégrer des situations et des rencontres nouvelles, des enjeux et des rôles inédits, des
expériences qui s'accumulent et des souvenirs qui
s'empilent, il nous faut sans cesse recomposer : un
travail jamais achevé.

L'exercice que l'écolage enfantin m'avait entraînée
à faire portait alors dans les classes le beau nom de
« composition française », injustement détrôné
aujourd'hui au profit de prétentieuses « disserta-
tions ». La composition française, discipline reine de
la classe, scandait le chemin des écoliers. Et comme
la France dont l'école contait l'histoire était aussi une
écolière cheminant vaillamment au cours des siècles
vers plus de justice et de liberté, les enfants étaient
portés à croire que la nation, de son côté, avait réussi
sa composition française. Ses progrès, comme les
leurs, pouvaient donner matière à une belle narration.

Est-ce en raison de ces habitudes scolaires qu'à la question : qui êtes-vous, nous ne sachions répondre qu'en racontant une histoire, la nôtre? Cette histoire, nous disent les communautaristes, est faite de notre appartenance à la communauté. À quoi les universalistes répondent qu'elle n'a rien à voir avec l'appartenance. Je ne crois ni les uns ni les autres. Ni les universalistes, parce que notre vie est tissée d'appartenances. Ni les communautaristes, parce qu'elle ne s'y résume pas. Après tout, c'est l'individu qui tient la plume et se fait le narrateur de sa vie; le narrateur, c'est-à-dire l'ordonnateur, l'arrangeur, l'interprète. Or, la narration est libératrice. C'est elle qui fait de la voix « presque mienne » d'une tradition reçue la voix vraiment mienne d'une tradition choisie. Elle qui dessine l'identité, mais sans jamais céder à l'identitaire car le parcours biographique corrige, nuance, complique à l'infini la vision absolutisée des identités.

Tel est en tout cas le sentiment qui m'a conduite à reconsidérer l'austère commandement qui invite les historiens à s'absenter, autant que faire se peut, de l'histoire qu'ils écrivent. Puis déterminée, toute réflexion faite, à le transgresser.

Avant-propos                                      13

La scène primitive                                17

La Bretagne incarnée                              47

L'école de la Bretagne                            77

L'école de la France                             107

L'école de l'Église                              135

L'éloignement                                    157

Une composition française                        189

# DU MÊME AUTEUR

L'ÉCOLE, L'ÉGLISE ET LA RÉPUBLIQUE, 1871-1914, Paris, Armand Colin, 1962 ; rééd. Éd. du Seuil, coll. « Points histoire », 1992.

LA FÊTE RÉVOLUTIONNAIRE, 1789-1799, Paris, Gallimard, 1976.

LA CLASSE ININTERROMPUE. CAHIERS DE LA FAMILLE SANDRE, ENSEIGNANTS, 1780-1960, Paris, Hachette, 1979.

L'ÉCOLE DE LA FRANCE. ESSAIS SUR LA RÉVOLUTION, L'UTOPIE ET L'ENSEIGNEMENT, Paris, Gallimard, 1984.

L'HOMME RÉGÉNÉRÉ. ESSAIS SUR LA RÉVOLUTION FRANÇAISE, Paris, Gallimard, 1989.

LES MOTS DES FEMMES. ESSAI SUR LA SINGULARITÉ FRANÇAISE, Paris, Fayard, 1995 ; rééd. Éd. Gallimard, coll. « Tel » nº 303.

LA MUSE DÉMOCRATIQUE. HENRY JAMES OU LE POUVOIR DU ROMAN, Paris, Calmann-Lévy, 1998.

LES AVEUX DU ROMAN. LE XIXᵉ SIÈCLE ENTRE ANCIEN RÉGIME ET RÉVOLUTION, Paris, Fayard, 2001 ; rééd. Éd. Gallimard, coll. « Tel » nº 329.

JULES FERRY, Paris, Bayard/BnF, coll. « Les grands hommes d'État », 2005.

VARENNES. LA MORT DE LA ROYAUTÉ, Paris, Gallimard, coll. « Les journées qui ont fait la France », 2005.

COMPOSITION FRANÇAISE, Paris, Gallimard, 2009 ; rééd. « Folio » nº 5137.

*En collaboration avec Jacques Ozouf*

LA RÉPUBLIQUE DES INSTITUTEURS, Paris, Gallimard-Éd. du Seuil, 1992.

*Sous la direction de François Furet et Mona Ozouf*

DICTIONNAIRE CRITIQUE DE LA RÉVOLUTION FRANÇAISE, Paris, Flammarion, 1988.

LA GIRONDE ET LES GIRONDINS, Paris, Payot, 1991.

LE SIÈCLE DE L'AVÈNEMENT RÉPUBLICAIN, Paris, Gallimard, 1993.

*Dernières parutions*

4783. Lao She — *Le nouvel inspecteur* suivi de *Le croissant de lune.*

4784. Guy de Maupassant — *Apparition et autres contes de l'étrange.*

4785. D. A. F. de Sade — *Eugénie de Franval.*

4786. Patrick Amine — *Petit éloge de la colère.*

4787. Élisabeth Barillé — *Petit éloge du sensible.*

4788. Didier Daeninckx — *Petit éloge des faits divers.*

4789. Nathalie Kuperman — *Petit éloge de la haine.*

4790. Marcel Proust — *La fin de la jalousie.*

4791. Friedrich Nietzsche — *Lettres choisies.*

4792. Alexandre Dumas — *La Dame de Monsoreau.*

4793. Julian Barnes — *Arthur & George.*

4794. François Bégaudeau — *Jouer juste.*

4795. Olivier Bleys — *Semper Augustus.*

4796. Éric Fottorino — *Baisers de cinéma.*

4797. Jens Christian Grøndahl — *Piazza Bucarest.*

4798. Orhan Pamuk — *Istanbul.*

4799. J.-B. Pontalis — *Elles.*

4800. Jean Rolin — *L'explosion de la durite.*

4801. Willy Ronis — *Ce jour-là.*

4802. Ludovic Roubaudi — *Les chiens écrasés.*

4803. Gilbert Sinoué — *Le colonel et l'enfant-roi.*

4804. Philippe Sollers — *L'évangile de Nietzsche.*

4805. François Sureau — *L'obéissance.*

4806. Montesquieu — *Considérations sur les causes de la grandeur des Romains et de leur décadence.*

4807. Collectif — *Des nouvelles de McSweeney's.*

4808. J. G. Ballard — *Que notre règne arrive.*

4809. Erri De Luca — *Sur la trace de Nives.*

4810. René Frégni — *Maudit le jour.*

4811. François Gantheret — *Les corps perdus.*

4812. Nikos Kavvadias — *Le quart.*

4813. Claudio Magris — *À l'aveugle.*

4814. Ludmila Oulitskaïa — *Mensonges de femmes.*

| | |
|---|---|
| 4815. Arto Paasilinna | *Le bestial serviteur du pasteur Huuskonen.* |
| 4816. Alix de Saint-André | *Il n'y a pas de grandes personnes.* |
| 4817. Dai Sijie | *Par une nuit où la lune ne s'est pas levée.* |
| 4818. Antonio Tabucchi | *Piazza d'Italia.* |
| 4819. Collectif | *Les guerres puniques.* |
| 4820. Patrick Declerck | *Garanti sans moraline.* |
| 4821. Isabelle Jarry | *Millefeuille de onze ans.* |
| 4822. Joseph Kessel | *Ami, entends-tu...* |
| 4823. Clara Sánchez | *Un million de lumières.* |
| 4824. Denis Tillinac | *Je nous revois...* |
| 4825. George Sand | *Elle et Lui.* |
| 4826. Nina Bouraoui | *Avant les hommes.* |
| 4827. John Cheever | *Les lumières de Bullet Park.* |
| 4828. Didier Daeninckx | *La mort en dédicace.* |
| 4829. Philippe Forest | *Le nouvel amour.* |
| 4830. André Gorz | *Lettre à D.* |
| 4831. Shirley Hazzard | *Le passage de Vénus.* |
| 4832. Vénus Khoury-Ghata | *Sept pierres pour la femme adultère.* |
| 4833. Danielle Mitterrand | *Le livre de ma mémoire.* |
| 4834. Patrick Modiano | *Dans le café de la jeunesse perdue.* |
| 4835. Marisha Pessl | *La physique des catastrophes.* |
| 4837. Joy Sorman | *Du bruit.* |
| 4838. Brina Svit | *Coco Dias ou La Porte Dorée.* |
| 4839. Julian Barnes | *À jamais et autres nouvelles.* |
| 4840. John Cheever | *Une Américaine instruite* suivi d'*Adieu, mon frère.* |
| 4841. Collectif | *«Que je vous aime, que je t'aime!»* |
| 4842. André Gide | *Souvenirs de la cour d'assises.* |
| 4843. Jean Giono | *Notes sur l'affaire Dominici.* |
| 4844. Jean de La Fontaine | *Comment l'esprit vient aux filles.* |
| 4845. Yukio Mishima | *Papillon* suivi de *La lionne.* |
| 4846. John Steinbeck | *Le meurtre* et autres nouvelles. |
| 4847. Anton Tchékhov | *Un royaume de femmes* suivi de *De l'amour.* |
| 4848. Voltaire | *L'Affaire du chevalier de La* |

*Barre* précédé de *L'Affaire Lally.*

4849. Victor Hugo — *Notre-Dame de Paris.*
4850. Françoise Chandernagor — *La première épouse.*
4851. Collectif — *L'œil de La NRF.*
4852. Marie Darrieussecq — *Tom est mort.*
4853. Vincent Delecroix — *La chaussure sur le toit.*
4854. Ananda Devi — *Indian Tango.*
4855. Hans Fallada — *Quoi de neuf, petit homme ?*
4856. Éric Fottorino — *Un territoire fragile.*
4857. Yannick Haenel — *Cercle.*
4858. Pierre Péju — *Cœur de pierre.*
4859. Knud Romer — *Cochon d'Allemand.*
4860. Philip Roth — *Un homme.*
4861. François Taillandier — *Il n'y a personne dans les tombes.*
4862. Kazuo Ishiguro — *Un artiste du monde flottant.*
4863. Christian Bobin — *La dame blanche.*
4864. Sous la direction d'Alain Finkielkraut — *La querelle de l'école.*
4865. Chahdortt Djavann — *Autoportrait de l'autre.*
4866. Laura Esquivel — *Chocolat amer.*
4867. Gilles Leroy — *Alabama Song.*
4868. Gilles Leroy — *Les jardins publics.*
4869. Michèle Lesbre — *Le canapé rouge.*
4870. Carole Martinez — *Le cœur cousu.*
4871. Sergio Pitol — *La vie conjugale.*
4872. Juan Rulfo — *Pedro Páramo.*
4873. Zadie Smith — *De la beauté.*
4874. Philippe Sollers — *Un vrai roman. Mémoires.*
4875. Marie d'Agoult — *Premières années.*
4876. Madame de Lafayette — *Histoire de la princesse de Montpensier et autres nouvelles.*
4877. Madame Riccoboni — *Histoire de M. le marquis de Cressy.*
4878. Madame de Sévigné — *« Je vous écris tous les jours... »*
4879. Madame de Staël — *Trois nouvelles.*
4880. Sophie Chauveau — *L'obsession Vinci.*
4881. Harriet Scott Chessman — *Lydia Cassatt lisant le journal du matin.*
4882. Raphaël Confiant — *Case à Chine.*

4883. Benedetta Craveri — *Reines et favorites.*
4884. Erri De Luca — *Au nom de la mère.*
4885. Pierre Dubois — *Les contes de crimes.*
4886. Paula Fox — *Côte ouest.*
4887. Amir Gutfreund — *Les gens indispensables ne meurent jamais.*
4888. Pierre Guyotat — *Formation.*
4889. Marie-Dominique Lelièvre — *Sagan à toute allure.*
4890. Olivia Rosenthal — *On n'est pas là pour disparaître.*
4891. Laurence Schifano — *Visconti.*
4892. Daniel Pennac — *Chagrin d'école.*
4893. Michel de Montaigne — *Essais I.*
4894. Michel de Montaigne — *Essais II.*
4895. Michel de Montaigne — *Essais III.*
4896. Paul Morand — *L'allure de Chanel.*
4897. Pierre Assouline — *Le portrait.*
4898. Nicolas Bouvier — *Le vide et le plein.*
4899. Patrick Chamoiseau — *Un dimanche au cachot.*
4900. David Fauquemberg — *Nullarbor.*
4901. Olivier Germain-Thomas — *Le Bénarès-Kyôto.*
4902. Dominique Mainard — *Je voudrais tant que tu te souviennes.*
4903. Dan O'Brien — *Les bisons de Broken Heart.*
4904. Grégoire Polet — *Leurs vies éclatantes.*
4905. Jean-Christophe Rufin — *Un léopard sur le garrot.*
4906. Gilbert Sinoué — *La Dame à la lampe.*
4907. Nathacha Appanah — *La noce d'Anna.*
4908. Joyce Carol Oates — *Sexy.*
4909. Nicolas Fargues — *Beau rôle.*
4910. Jane Austen — *Le Cœur et la Raison.*
4911. Karen Blixen — *Saison à Copenhague.*
4912. Julio Cortázar — *La porte condamnée et autres nouvelles fantastiques.*
4913. Mircea Eliade — *Incognito à Buchenwald...* précédé d'*Adieu !...*
4914. Romain Gary — *Les trésors de la mer Rouge.*
4915. Aldous Huxley — *Le jeune Archimède* précédé de *Les Claxton.*
4916. Régis Jauffret — *Ce que c'est que l'amour et autres microfictions.*
4917. Joseph Kessel — *Une balle perdue.*

4918. Lie-tseu — *Sur le destin* et autres textes.
4919. Junichirô Tanizaki — *Le pont flottant des songes.*
4920. Oscar Wilde — *Le portrait de Mr. W. H.*
4921. Vassilis Alexakis — *Ap. J.-C.*
4922. Alessandro Baricco — *Cette histoire-là.*
4923. Tahar Ben Jelloun — *Sur ma mère.*
4924. Antoni Casas Ros — *Le théorème d'Almodóvar.*
4925. Guy Goffette — *L'autre Verlaine.*
4926. Céline Minard — *Le dernier monde.*
4927. Kate O'Riordan — *Le garçon dans la lune.*
4928. Yves Pagès — *Le soi-disant.*
4929. Judith Perrignon — *C'était mon frère...*
4930. Danièle Sallenave — *Castor de guerre*
4931. Kazuo Ishiguro — *La lumière pâle sur les collines.*
4932. Lian Hearn — *Le Fil du destin. Le Clan des Otori.*
4933. Martin Amis — *London Fields.*
4934. Jules Verne — *Le Tour du monde en quatre-vingts jours.*
4935. Harry Crews — *Des mules et des hommes.*
4936. René Belletto — *Créature.*
4937. Benoît Duteurtre — *Les malentendus.*
4938. Patrick Lapeyre — *Ludo et compagnie.*
4939. Muriel Barbery — *L'élégance du hérisson.*
4940. Melvin Burgess — *Junk.*
4941. Vincent Delecroix — *Ce qui est perdu.*
4942. Philippe Delerm — *Maintenant, foutez-moi la paix!*
4943. Alain-Fournier — *Le grand Meaulnes.*
4944. Jerôme Garcin — *Son excellence, monsieur mon ami.*
4945. Marie-Hélène Lafon — *Les derniers Indiens.*
4946. Claire Messud — *Les enfants de l'empereur*
4947. Amos Oz — *Vie et mort en quatre rimes*
4948. Daniel Rondeau — *Carthage*
4949. Salman Rushdie — *Le dernier soupir du Maure*
4950. Boualem Sansal — *Le village de l'Allemand*
4951. Lee Seung-U — *La vie rêvée des plantes*
4952. Alexandre Dumas — *La Reine Margot*
4953. Eva Almassy — *Petit éloge des petites filles*
4954. Franz Bartelt — *Petit éloge de la vie de tous les jours*
4955. Roger Caillois — *Noé* et autres textes

4956. Casanova — *Madame F.* suivi d'*Henriette*
4957. Henry James — *De Grey, histoire romantique*
4958. Patrick Kéchichian — *Petit éloge du catholicisme*
4959. Michel Lermontov — *La Princesse Ligovskoï*
4960. Pierre Péju — *L'idiot de Shangai* et autres nouvelles
4961. Brina Svit — *Petit éloge de la rupture*
4962. John Updike — *Publicité*
4963. Noëlle Revaz — *Rapport aux bêtes*
4964. Dominique Barbéris — *Quelque chose à cacher*
4965. Tonino Benacquista — *Malavita encore*
4966. John Cheever — *Falconer*
4967. Gérard de Cortanze — *Cyclone*
4968. Régis Debray — *Un candide en Terre sainte*
4969. Penelope Fitzgerald — *Début de printemps*
4970. René Frégni — *Tu tomberas avec la nuit*
4971. Régis Jauffret — *Stricte intimité*
4972. Alona Kimhi — *Moi, Anastasia*
4973. Richard Millet — *L'Orient désert*
4974. José Luís Peixoto — *Le cimetière de pianos*
4975. Michel Quint — *Une ombre, sans doute*
4976. Fédor Dostoïevski — *Le Songe d'un homme ridicule et autres récits*
4977. Roberto Saviano — *Gomorra*
4978. Chuck Palahniuk — *Le Festival de la couille*
4979. Martin Amis — *La Maison des Rencontres*
4980. Antoine Bello — *Les funambules*
4981. Maryse Condé — *Les belles ténébreuses*
4982. Didier Daeninckx — *Camarades de classe*
4983. Patrick Declerck — *Socrate dans la nuit*
4984. André Gide — *Retour de l'U.R.S.S.*
4985. Franz-Olivier Giesbert — *Le huitième prophète*
4986. Kazuo Ishiguro — *Quand nous étions orphelins*
4987. Pierre Magnan — *Chronique d'un château hanté*
4988. Arto Paasilinna — *Le cantique de l'apocalypse joyeuse*
4989. H.M. van den Brink — *Sur l'eau*
4990. George Eliot — *Daniel Deronda, 1*
4991. George Eliot — *Daniel Deronda, 2*
4992. Jean Giono — *J'ai ce que j'ai donné*
4993. Édouard Levé — *Suicide*
4994. Pascale Roze — *Itsik*
4995. Philippe Sollers — *Guerres secrètes*

4996. Vladimir Nabokov — *L'exploit*
4997. Salim Bachi — *Le silence de Mahomet*
4998. Albert Camus — *La mort heureuse*
4999. John Cheever — *Déjeuner de famille*
5000. Annie Ernaux — *Les années*
5001. David Foenkinos — *Nos séparations*
5002. Tristan Garcia — *La meilleure part des hommes*
5003. Valentine Goby — *Qui touche à mon corps je le tue*
5004. Rawi Hage — *De Niro's Game*
5005. Pierre Jourde — *Le Tibet sans peine*
5006. Javier Marías — *Demain dans la bataille pense à moi*
5007. Ian McEwan — *Sur la plage de Chesil*
5008. Gisèle Pineau — *Morne Câpresse*
5009. Charles Dickens — *David Copperfield*
5010. Anonyme — *Le Petit-Fils d'Hercule*
5011. Marcel Aymé — *La bonne peinture*
5012. Mikhaïl Boulgakov — *J'ai tué*
5013. Arthur Conan Doyle — *L'interprète grec et autres aventures de Sherlock Holmes*
5014. Frank Conroy — *Le cas mystérieux de R.*
5015. Arthur Conan Doyle — *Une affaire d'identité et autres aventures de Sherlock Holmes*
5016. Cesare Pavese — *Histoire secrète*
5017. Graham Swift — *Le sérail*
5018. Rabindranath Tagore — *Aux bords du Gange*
5019. Émile Zola — *Pour une nuit d'amour*
5020. Pierric Bailly — *Polichinelle*
5022. Alma Brami — *Sans elle*
5023. Catherine Cusset — *Un brillant avenir*
5024. Didier Daeninckx — *Les figurants. Cités perdues*
5025. Alicia Drake — *Beautiful People. Saint Laurent, Lagerfeld : splendeurs et misères de la mode*
5026. Sylvie Germain — *Les Personnages*
5027. Denis Podalydès — *Voix off*
5028. Manuel Rivas — *L'Éclat dans l'Abîme*
5029. Salman Rushdie — *Les enfants de minuit*
5030. Salman Rushdie — *L'Enchanteresse de Florence*
5031. Bernhard Schlink — *Le week-end*
5032. Collectif — *Écrivains fin-de-siècle*
5033. Dermot Bolger — *Toute la famille sur la jetée du Paradis*

| 5034. | Nina Bouraoui | *Appelez-moi par mon prénom* |
|---|---|---|
| 5035. | Yasmine Char | *La main de Dieu* |
| 5036. | Jean-Baptiste Del Amo | *Une éducation libertine* |
| 5037. | Benoît Duteurtre | *Les pieds dans l'eau* |
| 5038. | Paula Fox | *Parure d'emprunt* |
| 5039. | Kazuo Ishiguro | *L'inconsolé* |
| 5040. | Kazuo Ishiguro | *Les vestiges du jour* |
| 5041. | Alain Jaubert | *Une nuit à Pompéi* |
| 5042. | Marie Nimier | *Les inséparables* |
| 5043. | Atiq Rahimi | *Syngué sabour. Pierre de patience* |
| 5044. | Atiq Rahimi | *Terre et cendres* |
| 5045. | Lewis Carroll | *La chasse au Snark* |
| 5046. | Joseph Conrad | *La Ligne d'ombre* |
| 5047. | Martin Amis | *La flèche du temps* |
| 5048. | Stéphane Audeguy | *Nous autres* |
| 5049. | Roberto Bolaño | *Les détectives sauvages* |
| 5050. | Jonathan Coe | *La pluie, avant qu'elle tombe* |
| 5051. | Gérard de Cortanze | *Les vice-rois* |
| 5052. | Maylis de Kerangal | *Corniche Kennedy* |
| 5053. | J.M.G. Le Clézio | *Ritournelle de la faim* |
| 5054. | Dominique Mainard | *Pour Vous* |
| 5055. | Morten Ramsland | *Tête de chien* |
| 5056. | Jean Rouaud | *La femme promise* |
| 5057. | Philippe Le Guillou | *Stèles à de Gaulle* suivi de *Je regarde passer les chimères* |
| 5058. | Sempé-Goscinny | *Les bêtises du Petit Nicolas. Histoires inédites - 1* |
| 5059. | Érasme | *Éloge de la Folie* |
| 5060. | Anonyme | *L'œil du serpent. Contes folkloriques japonais* |
| 5061. | Federico García Lorca | *Romancero gitan* |
| 5062. | Ray Bradbury | *Le meilleur des mondes possibles* et autres nouvelles |
| 5063. | Honoré de Balzac | *La Fausse Maîtresse* |
| 5064. | Madame Roland | *Enfance* |
| 5065. | Jean-Jacques Rousseau | *« En méditant sur les dispositions de mon âme... »* |
| 5066. | Comtesse de Ségur | *Ourson* |
| 5067. | Marguerite de Valois | *Mémoires* |
| 5068. | Madame de Villeneuve | *La Belle et la Bête* |
| 5069. | Louise de Vilmorin | *Sainte-Unefois* |
| 5070. | Julian Barnes | *Rien à craindre* |
| 5071. | Rick Bass | *Winter* |

5072. Alan Bennett      *La Reine des lectrices*
5073. Blaise Cendrars      *Le Brésil. Des hommes sont venus*
5074. Laurence Cossé      *Au Bon Roman*
5075. Philippe Djian      *Impardonnables*
5076. Tarquin Hall      *Salaam London*
5077. Katherine Mosby      *Sous le charme de Lillian Dawes*
5078. Arto Paasilinna      *Les dix femmes de l'industriel Rauno Rämekorpi*
5079. Charles Baudelaire      *Le Spleen de Paris*
5080. Jean Rolin      *Un chien mort après lui*
5081. Colin Thubron      *L'ombre de la route de la Soie*
5082. Stendhal      *Journal*
5083. Victor Hugo      *Les Contemplations*
5084. Paul Verlaine      *Poèmes saturniens*
5085. Pierre Assouline      *Les invités*
5086. Tahar Ben Jelloun      *Lettre à Delacroix*
5087. Olivier Bleys      *Le colonel désaccordé*
5088. John Cheever      *Le ver dans la pomme*
5089. Frédéric Ciriez      *Des néons sous la mer*
5090. Pietro Citati      *La mort du papillon. Zelda et Francis Scott Fitzgerald*
5091. Bob Dylan      *Chroniques*
5092. Philippe Labro      *Les gens*
5093. Chimamanda Ngozi Adichie      *L'autre moitié du soleil*
5094. Salman Rushdie      *Haroun et la mer des histoires*
5095. Julie Wolkenstein      *L'Excuse*
5096. Antonio Tabucchi      *Pereira prétend*
5097. Nadine Gordimer      *Beethoven avait un seizième de sang noir*
5098. Alfred Döblin      *Berlin Alexanderplatz*
5099. Jules Verne      *L'Île mystérieuse*
5100. Jean Daniel      *Les miens*
5101. Shakespeare      *Macbeth*
5102. Anne Bragance      *Passe un ange noir*
5103. Raphaël Confiant      *L'Allée des Soupirs*
5104. Abdellatif Laâbi      *Le fond de la jarre*
5105. Lucien Suel      *Mort d'un jardinier*
5106. Antoine Bello      *Les éclaireurs*
5107. Didier Daeninckx      *Histoire et faux-semblants*
5108. Marc Dugain      *En bas, les nuages*
5109. Tristan Egolf      *Kornwolf. Le Démon de Blue Ball*
5110. Mathias Énard      *Bréviaire des artificiers*

*Photocomposition* CMB Graphic
*Impression Novoprint*
*à Barcelone, le 20 septembre 2010*
*Dépôt légal : septembre 2010*

ISBN 978-2-07-043788-7./Imprimé en Espagne.